그래도 나는 내가 좋다

A n d y

H o l z e r

그래도
나는 내가 좋다

안디 홀처 지음

여인혜 옮김

다반
일상의 책

목차

그대들은 존재하는 사물을 보고 질문을 던진다.

"왜 그렇지?"

하지만 나는 한 번도 존재한 적 없는 사물들에 대해 꿈꾸고 질문을 던진다.

"왜 안 되는데?"

— 조지 버나드 쇼

Andy Holzer

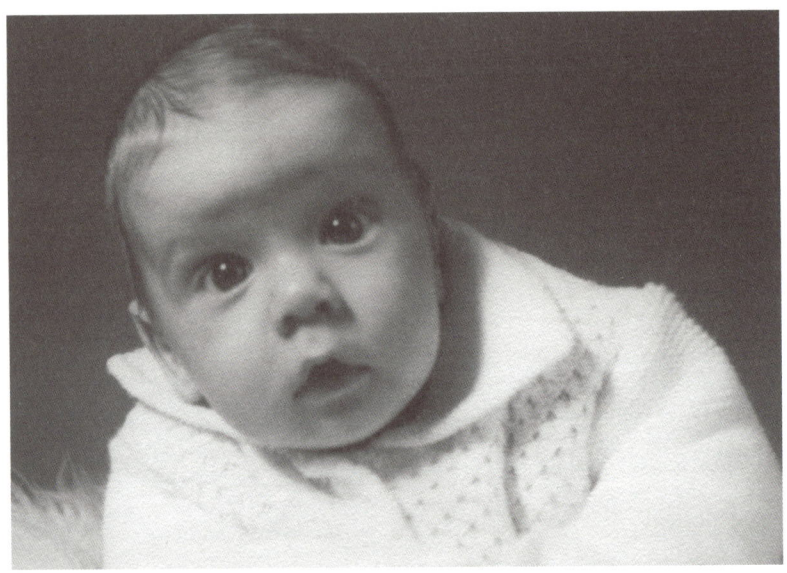

(위) 시력이 없어도 나는 모든 사물을 주의 깊게 인지하고 세상의 소리를 듣는다. 1969 © Archiv Holzer

(아래) 홀처 집안의 크리스마스 1970 © Archiv Holzer

나의 영성체 사진. 카메라를 똑바로 쳐다보라는
사진가의 지시 때문에 나는 괴로워했다.
1975 ⓒ Archiv Holzer

나는 진짜 산악등반가처럼 자일을 타게 될 날을 학수고대해 왔다.
슈피츠코펠 봉에 첫 번째 투어를 떠나면서 오랜 꿈이 이루어졌다.
1975 ⓒ Archiv Holzer

누나와 아버지와 함께 레플레스코펠 봉을 오르기 위해 애쓰고 있는 중이다. 1973 ⓒ Archiv Holzer

자랑스럽게 나는 국제 돌로미텐 크로스컨트리 대회에 참가했다. 45킬로미터 구간에서 뒷사람이
나를 바싹 추격하고 있다.1986 ⓒ Archiv Holzer

(위) 함께 암벽 등반을 할 좋은 동반자를 찾을 수 있었다. 한스 브루크너 씨는 진짜 산악의 세계로 가는 문을 나에게 열어
주었다. 이 사진에서 나는 그와 함께 높이 2,772미터의 리엔츠 돌로미텐 산 중 가장 높은 그로세 잔트슈피체 봉에 오르고
있다. 1990 ⓒ Maria Holzer

(아래) 자비네를 이끌고 리엔츠 돌로미텐의 가파른 뷔겔아이젠 봉의 모퉁이를 오르던 중에 찍은 사진 1992 ⓒ Archiv Holzer

(위) 세븐 서밋 프로젝트의 서막: 4개의 서로 다른 대륙에서 온 다섯 명의 시각 장애인들이 킬리만자로 등정에 성공했다. 킬리만자로는 5,895미터로 아프리카에서 가장 높은 산이다. 2005 ⓒ Archiv Holzer

(아래) 엘브루스 산의 정상에서 시속 120킬로미터의 폭풍이 몰아쳤다. 그곳을 지나려면 납작 엎드려서 기어가야 했다. 유럽 대륙의 최고봉인 이 산의 높이는 5,624미터이다. 2006 ⓒ Hansjorg Fauster

(왼쪽 면) 나는 시각 장애인으로는 최초로 그로세 친네의 위험천만한 북벽을 올랐다. 2004 ⓒ Martin Kopfsguter

(위) 두 눈, 세 팔과 네 발로 페터 마이어와 나는 아콩카구아에 올랐다. 아콩카구아는 남미 대륙의 가장 높은 봉우리로 그 높이는 6,962미터에 달한다. 2007 ⓒ Archiv Holzer

(아래) 이 사진에서 나는 지구에서 가장 추운 산에서 장비를 운반하고 있다. 마운트 맥킨리의 높이는 6,194 미터로 북아메리카 대륙의 최고봉이다. 2008 ⓒ Andreas Scharnagl

(오른쪽 면) 카르스텐츠 피라미드의 봉우리에 오르기 위해서는 자일로 다리를 만들어서 산마루의 넓은 균열을 건너야 했다. 악명 높은 티폴리안 트래버스의 모습이다. 카르스텐츠 피라미드는 4,884미터 높이로 오세아니아 주의 최고봉이다. 2009 ⓒ Andreas Unterkreuter

2005년 돌로미텐을 오른 아주 특별한 자일 원정대의 모습. 다리를 절단한 휴 허 씨가 시각 장애인 동료 웨이언메이어와 나를 이끌고 프로이스투름 봉의 남벽에 올랐다. ⓒ Sabine Holzer

안전한 바위 턱을 다시 찾기 위해 나는 왼손으로 위쪽을 더듬는다. 오른발로 딛고 있는 암벽의 아주 작은 돌출부가 서서히 부서지는 것을 느낀 찰나 천만다행으로 손으로 잡을 만한 곳을 찾았다. 이런 순간을 지난 10분 동안 벌써 네 번이나 넘겼다. 나는 이런 극한의 위험에 내 자신이 노출되었음에도, 아니 어쩌면 그 때문에 이런 상황을 기묘하게 즐긴다. 내 가능성의 한계를 다시 확장하는 듯한 가슴 벅찬 기분이 든다.

나는 절벽 위 30미터 지점에 있다는 것을 확신했다. 평상시 한스 씨가 위에서 나를 끌어 올릴 때와 달리 이날 내 안전 자일은 위에서부터 팽팽하게 내려오지 않았다. 대신 자일은 등산용 벨트에서부터 아래쪽을 향해 완만한 포물선을 그리며 느슨하게 매달려 있었다. 내가 급경사의 암벽에 오르기 시작할 때 곁에 서서 자일을 건네주던 어머니는 나의 실력을 맹목적으로 신뢰했다. 처음으로 정식 암벽 등반을 해보는 어머니로서는 다른 선택의 여지가 없었을 것이다. 어머니는 암벽 등반을 할 때 멤버들과 어떻게 호흡을 맞춰야 하는지에 대해서 전혀 몰랐다. 암벽에 첫발을 내딛기 전에 나는 어머니에게 추락제동용 매듭 만드는 법을 빨리 알려 주었다.

9월의 아름다운 날 산에 함께 오를 다른 파트너를 구할 수 없었기 때문에, 어머니는 아침부터 나와 함께 두 시간 동안 길이 듬성듬성 나 있는 자갈밭을 지나 테플리츠 봉의 밑동까지 올랐다. 서서 걸어갈 때 나는 같이 가는 사람의 소리에 의지한다. 그 사람의 발자국 소리를 분석하면 다음에 내 발이 단단한 지반, 매끄러운 초지의 표면, 경사진 바위 계단 혹은 부드러운 이끼를 밟게 될 것인지 예측할 수 있다. 그래서 이 험난한 지대를 오를 때 나는 어머니를 안내자로 앞세워서 뒤따라갔다. "이제 우리는 눈 덮인 구간으로 올라가야 해요. 그런 다음 오른쪽으로 조금 더 가서 오른쪽에서 두 번째에 있는 골짜기 속으로 가야 해요." 나는 머릿속에 기억해 둔 지도를 토대로 어머니에게 루트 설명을 했다. 그렇게 해서 어머니는 초입까지 나를 이끌 수 있었다. 그 지점에서부터 나는 다시 팀의 리더가 되었다. 수직으로 뻗어 올라가는 길에서 나는 손으로 더듬으면서 방향을 찾을 수 있기 때문이다. 우리 자일 등반팀의 사기를 북돋우기 위해 나는 어머니에게 위에 올라가면 지대가 평평해져서 가기 쉬울 거라고 이야기했다.

이날은 험난한 하루가 될지도 모른다는 느낌이 들었다. 바위가 침식되었거나 기상 상황 때문에 바위가 부서지기 쉬운 상태가 되었을 때의 유황냄새가 났다. 바위의 깊숙이 패인 곳까지 스며든 미끄러운 물 얼룩은 일종의 경고 신호와 같았다. 선물가게에서 유리 선반을 기어 올라가다가 지푸라기라도 잡는 심정으로 커피 잔이나 화분을 움켜잡을 때 바로 이런 기분일 것 같았다. 하지만 나는 한 사람 정도 간신히 통과할 수 있는 크기의 갈라진 틈 속에서 계속해서 위로 올라갔다. 바위가 쉬이 부서지는 북쪽 암벽은 앞을 볼 수 있는 보통의 등반가들에게도 매우 위험하다. 따라서 나에게는 적합한 루트가 아니라고 말했던 한스 씨의 말이 공감되었다. 그럼에도 불구하고 나는 산을 오르고 싶다는 충동을 접을 수 없었고, 쉰이 넘은 어머니를 등반 파트너로 삼아 이 구간을 통과하기 위해 애쓰고 있었다. 잠시 돌아갈까 생각에 잠겼으나, 이 불안한 길을 되돌아가는 것도 자살행위처럼 느껴졌다. 위로 올라갈 수 있는 가능성이 보일 때, 내려오는 것은 순전히 정신 나간 짓이다. 나의 깊은 곳 어딘가에서 두려워할 필요가 없다는 직감이 강하게 들었다.

등반용 헬멧이 갑자기 튀어나온 암벽에 부딪친다. 갈라진 균열의 위쪽 끝에 도달했고 오른쪽 루트가 더 이상 그렇게 가파르지 않을 것이라는 확신이 든다. 나는 오른쪽 모퉁이 쪽을 더듬어 본다. 거대한 욕조의 가장자리처럼 느껴지는 융기된 암벽을 뛰어넘는 것을 시도한다.

발로 벽을 차서 그 반동으로 힘껏 뛰어오를 때 바위의 파편이 부서졌다. 순간 나는 심연 속으로 떨어질지도 모른다는 생각이 들었다. 이 구역에서 보조 안전장치를 하나도 장착하지 않은 상태로 추락했다가는 살아남기 힘들 것이다. 안정장치는 차치하고 장치를 걸 수 있는 하켄Haken(암벽의 틈을 박아 전진용, 확보용으로 사용하는 금속제의 칼날 같은 장비, 일종의 못 ―옮긴이)조차 찾을 수 없었다. 나는 직관적으로 상체를 뒤집었다. 몇 초 전에 손에 만져졌던 손가락 크기의 틈새를 정확히 붙잡았다. 순간 아래쪽 멀리 어딘가에서 바위 조각이 둔탁한 소리를 내며 깨지는 소리가 들렸다. 불현듯 어머니가 저 아래 있다는 생각이 떠올랐다!

"조심해!"라고 어머니는 소리쳤다. 내가 있는 곳까지 어머니의 시야가 닿지 않은 상태였다. 따라서 어머니는 내가 고군분투하고 있다는 사실을 알지 못했다. 다행히도 방금 그 바위가 비껴갔고 어머니가 무사하다는 것을 알고는 안심이 되었다. 어머니에게 격려의 말을 외치면서 나는 바위산의 가파른 능선 위로 힘껏 올라갔다.

나는 한 번도 이 암벽에 직접 와본 적이 없었다. 따라서 머릿속에 있는 지도를 따라 올라가야 했다. 사람들이 내게 어떤 사물에 대해서 묘사하면 나는 핵심 사항들에 대해서 추가 질문을 한다. 그렇게 질문과 답을 몇 차례 주고받으면서 나는 아주 세밀하고도 정확한 이미지를 떠올릴 수 있다. 이 루트에 대한 이미지 역시 다른 등반가들의 설명을 토대로 구성해 낸 것이다. 이제 그것이 신뢰할 만한 것이기를 바랄 뿐이다. 그 이미지에 따르면 50미터 길이의 내 자일은 곧 끝나게 된다. 그리고 여기 어딘가에 두 개의 하켄이 박혀 있는 첫 번째 확보지점(암벽 등반에서 하켄을 걸거나 자일을 조정하기 위해서 임시로 대기하는 지점—옮긴이)이 있을 것이다. 내 자일이 아직 2미터는 남아 있다고 어머니가 아래에서 큰 소리로 확인해 준다. 이제 서둘러서 내 안전을 확보한 후에 자일로 팽팽하게 잡아당겨서 어머니를 안전하게 끌어 올려야 한다. 그리고 다음 자일 구간(자일 하나로 갈 수 있는 구간. 보통 1자일 구간은 50미터 정도 된다—옮긴이)을 공략해야 한다. 하지만 이곳에 사람이 직접 손으로 박아 놓은 하켄이 실제로 있다는 그 어떤 실마리도 보이지 않았다. 내가 올바른 루트에 있는지 의구심이 생기면서 점차 신경이 곤두서기 시작했다. 물론 내 머릿속의 지도와 실제의 지형도가 일치하지 않았거나 어떠한 착오가 있었을 가능성도 있었다. 금속 하켄을 찾기 위해 나는 두 손으로 바위를 마구 더듬었다. 갑자기 어머니가 낙오되면 어떻게 하나 하는 걱정이 들었다. 갑자기 내 목숨뿐만 아니라 어머니의 목숨까지 내 손안에 달렸다는 생각이 들었다. 입에 모래라도 낀 듯 입안이 깔깔하면서 혀끝에 씁쓸한 맛이 감돌았다.

아래쪽에서 어머니가 무슨 일이 있는지 계속해서 물었다. 자일의 움직임이 별로 없자 무슨 문제가 생겼다는 것을 알아챈 것이다. 나는 침착한 목소리로 신발 끈을 묶는 중이라고 이야기했다. 난관에 봉착한 우리 팀을 구출할 수 있는 것도 나 자신뿐이라는 사실에 마음을 다잡았다. 다시 한 번 정신을 집중해서 다른 등산가들이 몇 달 전에 테플리츠봉의 북쪽 암벽에 대해서 해주었던 설명을 떠올려 보았다. 당연히 그들은 앞이 안 보이는 내가 자일 등반팀을 이끌고 이 루트에 오르는 무모한 짓을 감행하리라는 것을 꿈에도 알지 못했을 터였다. 아마 조금이라도 눈치를 챘더라면 할 말을 잃어버렸을 것이다.

그들 중 한 사람이 하켄이 쉽게 손에 닿지 않은 곳에 있었다고 한 말이 떠올랐다. 카라비너Karabiner(쇠고리 모양을 한 등반 용구의 일종. 하켄을 암벽 크랙에 박고 하켄의 구멍에 카라비너를 건 다음 자일을 통과시킨다 ―옮긴이)를 걸기 위해서는 약간 더 높이 올라가야 한다고 했다. 나는 손에 카라비너를 쥔 채 팔을 높이 뻗어 보았다. 드디어 하켄이 달그락거리는 금속성의 소리가 들렸다. 재빠르게 카라비너를 건 다음에 자신감에 찬 목소리로 외쳤다. "따라 올라오세요!"

잠시 후에 아래서 어머니가 올라오기 시작하는 소리가 들렸다. 일단 어머니가 자일을 타고 내가 있는 곳까지 첫 번째 자일 구간을 올라오게 해야 했다. 곧 마음속 깊은 곳에서 자신감이 되살아났다. 어머니가 자일의 반대편 끝에서 신속하게 올라오고 있었다. 뿌듯한 감정이 밀려왔다. 내가 우리 특별한 팀을 이끄는 리더라는 사실에 자부심이 느껴졌다.

350미터 높이의 험한 암벽의 한가운데를 올라갈 때 어머니와 나 사이에는 많은 말들이 오가지 않았다. 여기서 탈출할 수 있는 유일한 방법은 위로 올라가는 것뿐이었다. 경거망동을 하지 않고 서로에 대해 믿어 주는 것이 우리 팀에 긍정적인 영향을 끼친다는 것을 어머니는 금방 파악한 듯했다. 아직 우리 앞에는 자일 구간이 12개나 남아 있었다.

어머니는 두 번째 자일 구간을 보고는 충격을 받은 듯했다. 하지만 앞을 보지 못하는 나에게 내색하지 않으려고 노력했다. 어머니는 급경사의 미끄러운 바위면과 수평을 이루면서 건너갔다. 어머니는 이제 다음 목표 지점까지의 루트와 중간에 설치된 하켄들을 한눈에 볼 수 있었다. 어머니는 미로와도 같은 절벽 위의 낯선 루트를 보고는 두 번째 자일 코스를 정복하는 데 도움이 될 만한 설명을 해주었다. 어머니의 간략한 설명만 듣고 나는 방향을 잡았다. 이제 내 몸을 세심하게 조율하고 한 발 한 발에 집중해야 했다. 이 가파른 경사면을 가로지르는 것은 내게 커다란 도전이었다. 이제 발이 더 이상 손을 따라가지 못했고, 또 저 아래에 어떤 풍경이 펼쳐져 있는지 전혀 알 수 없었기 때문이다. 나는 고난이도의 공중 곡예와도 같은 행위를 무사히 마쳤다. 길이 20미터에 폭이 손 한 뼘 정도 되는 균열이 나타나자 반가운 마음이 들었다. 이 균열은 암벽을 넘어 중간 거점까지 가는 길을 알리는 이정표였기 때문이다. 다시금 하켄에 카라비너를 걸고 자일을 묶었다. 그런 다음 어머니에게 "따라오세요."라고 외쳤다. 어머니는 나의 보호를 받으면서 이제 몇 발자국 더 정상에 가까워졌다.

한 시간 또 한 시간이 흘렀고 자일 구간들을 차례로 통과했다. 우리는 금방 서로의 장점과 약점을 파악해서 속도를 조절할 수 있었다. 이제 가장 높은 지점까지는 표고標高 40미터만 남았다. 나는 어머니를 먼저 올라가게 했다. 어머니는 믿기지 않는다는 듯 나를 바라보았다. 물론 어머니의 시선을 눈으로 봐서 안 것은 아니었다. 나는 숨결과 체온은 물론 그 밖의 다른 무의식적인 신호들을 토대로 어머니의 각 신체 부위가 어떤 자세를 취하고 있는지 알 수 있었다.

어머니는 언제나 자존감이 있는 분이었다. 어머니는 가파른 벽의 마지막 몇 미터를 올라간 후 정상에 먼저 도달하였다. 어머니는 감격에 겨워 환호성을 질렀다. 아마도 이날은 어머니의 삶에서 아주 특별한 하루로 기억될 것이다.

아주 평범한 어린 시절

　나의 고향 마을인 암라흐는 동티롤에 위치한 인구 300명의 작고 목
가적인 보금자리이다. 그곳은 남쪽으로는 험준한 돌로미텐 산맥(남부
티롤의 백운석 산맥 —옮긴이)의 뾰족한 봉우리들과 북쪽으로는 자연
적이고 낭만적인 윤곽선을 가진 타우에른 산맥(동 알프스의 고개 —옮
긴이) 사이에 있는 리엔츠의 평평한 골짜기가 살포시 자리 잡고 있다.
그리고 그 주변은 '암라흐 숲'이 포근하게 감싸고 있다. 이러한 전원적
인 지역에서 아버지는 농장을 하는 생가에서 성장했다. 리엔츠 출신의
어머니와 결혼한 후 큰아버지 알로아스 부부와 두 가족이 함께 살 수
있는 집을 지었다. 1961년 결혼한 부모님은 힘들게 장만한 집으로 이사
하였다. 아버지는 우편배달부이었고 어머니는 포목점의 판매원이었
다. 따라서 두 분은 함께 살 거처를 마련하기 위해 온갖 노력을 해야 했
다. 1963년에 드디어 두 분 사이에서 첫째 딸이 세상에 태어났다. 어머
니가 며칠 후에 퇴원해서 나의 누나인 엘리자베트를 데리고 집으로 돌
아올 때 우리 집안은 축제 분위기였다.

하지만 부모님은 이 행복감을 며칠밖에는 누릴 수 없었다. 충격적인 소식이 도착했기 때문이다. 투어를 떠난 외삼촌이 다음 날 아침 출근을 해야 하는데도 한밤중이 되어도 돌아오지 않았기 때문이다. 프란츠 삼촌은 열정적이며 활동력이 넘치는 등산가였고, 17세의 어린 나이에 이미 다수의 어려운 루트를 정복했었다. 삼촌은 성령강림제의 긴 주말 연휴를 활용하여 일상을 벗어나 따사로운 돌로미텐 암벽으로 2박 3일간의 투어를 떠난 것이다. 토요일에 삼촌은 혼자 길을 떠났고, 월요일 밤까지도 프란츠 삼촌의 흔적은 전혀 없었다.

삼촌의 실력을 전적으로 믿는다 하더라도, 무언가 문제가 생겼을지도 모른다고 부모님은 직감하였다. 목요일 오후가 되서야 삼촌이 리엔츠 지역의 돌로미텐 산맥의 약 1,400미터 정도 높이의 북쪽 암벽에서 눈사태와 산사태로 목숨을 잃었다는 비보가 날아왔다. 수준급 산악 등반가였던 할아버지께서 아들을 찾는 산악 수색작업에 직접 나섰던 것이다.

첫 번째 아이를 낳은 후 친오빠를 잃어야만 했던 당시 21세의 어머니에게 그 한 주는 롤러코스터를 탄 것처럼 감정의 극과 극을 오가는 시간이었을 것이다. 어머니보다 14살 연상이었던 아버지가 당시에 힘겨운 시간을 보내는 아내를 위로하기 위해 온갖 시도를 하였다.

하지만, 두 번째의 어려운 시련이 젊은 부부를 기다리고 있었다. 의사들이 몇 가지 검진을 한 후에 딸인 엘리자베스가 '색소성 망막염 Retinitis pigmentosa'일 가능성이 있다는 진단을 내렸기 때문이다.

의학에서 축약어 'RP'로 불리는 이 안과 질환은 망막에 생기는 중증

질병으로 치료가 불가능하며 종종 완전히 실명될 수도 있는 병이다. 원래 빛에 민감하게 반응하는 시각세포는 동공을 통해 안구 뒤쪽 망막에 투사된 이미지를 전기적 신호로 변화시킨다. 그리고 그 신호는 시신경을 거쳐 대뇌로 전달된다. 하지만 망막의 색소가 손상되는 이 질병에 걸리면 시각적 수용체로 작용하는 간상세포가 부분적이거나 완전히 소실된다.

딸아이의 눈에 문제가 있다는 것을 전혀 몰랐던 부모님으로서는 엘리자베트 누나가 실명하게 될 것이라는 소식은 청천벽력과도 같았다.

나의 누나는 망막의 바깥쪽 시각세포가 서서히 소멸되는, 즉 시야 범위가 외곽에서 중심 쪽으로 갈수록 점차 좁아지는 형태의 RP를 앓고 있었다. 시력이 약간 남아 있는 사춘기까지는 파이프나 총구를 통해 보는 것처럼 시야가 매우 좁아진 채로 사물을 볼 수 있다.

엘리자베트 누나는 아기 때부터 시각적인 결함을 다른 감각기관에서 얻은 정보를 통해 상쇄할 수 있게끔 오감을 조절해 나갔다. 누나는 정상적으로 앞을 볼 수 있는 아이처럼 장난감을 가지고 놀았다. 물건이 떨어지면 그것이 어디에 떨어지는지 소리를 듣고는 정확히 목표물을 향해 손을 뻗었다. 친숙한 환경에서는 길을 찾는 데 전혀 문제가 없었다. 엘리자베트 누나가 2살이 넘어서 첫 번째 소풍을 갔을 때 특이한 행동 방식이 눈에 띄었다. 가령 아버지가 달리는 자동차나 풀을 먹고 있는 작은 말을 가리켰을 때, 누나는 아무런 반응도 보이지 않았던 것이다.

하지만 차가 멈추거나 모터의 소음이 갑자기 사라지면, 누나는 갑자기 동물에 관심을 보이면서 움직였다. 누나의 이 특이한 인지 방식에 대해 의구심을 품게 된 부모님은 그 원인을 찾기로 하였다. 엘리자베트 누나는 시각적 행동과 관련하여 특이점이 없었기 때문에 의사들은 처음에 안과 질환을 염두에 두지 않았었다. 심지어는 특이한 행동 방식은 정신질환과 연관이 있을지도 모른다고 추측하기도 했었다. 하지만 한 안과의사가 정확한 원인을 발견했고 어머니에게 딸아이가 실명하게 될 것이라고 말했다. 의사는 부모님에게 앞으로 아이를 가질 경우 똑같은 질병을 갖고 태어날 것이며 병이 좀 더 진행된 상태일 수도 있다고 경고했다. 하지만 이미 둘째를 갖고 있었던 어머니에게 이 불행한 소식은 너무 늦게 도착한 셈이었다. 그것이 내 운명이었다. 1966년 9월 3일 0시 22분, 어머니는 리엔츠 병원에서 나를 낳았다.

***

신의 뜻이건 변덕스러운 자연의 조화였던 간에, 앞을 볼 수 없는 두 아이의 운명에 대해 통보받았을 때 부모님은 절망하지 않았다. 반대로 두 분은 사자와 같은 용맹함으로 자녀들을 위해 싸우고 힘을 냈다. 전문가들의 조언 없이도 부모님은 우리들에게 충만한 삶을 가능케 하는 유일한 방법은 평범한 아이들과 똑같이 자라게 하는 것이라고 직관적으로 판단하였다. 그래서 내 머리가 식탁의 모서리에서 5센티미터 정도 다가갔을 때에도 부모님은 특별히 경고하지 않았다. 왜냐하면 내가 언젠가 한 번쯤은 그곳에 부딪치게 될 것이고, 그것이 아프다는 것을 알게 되면 저절로 주의하게 될 것이기 때문이다.

어린 시절 나는 나의 방, 거실, 부엌, 욕실, 복도, 계단을 두 손과 두 다리 그리고 피부의 민감한 감각으로 탐색했다. 해당 신체 부위에 고통이 느껴지면, 그곳은 장해물이 위치한 곳임을 알았다.

내 눈을 검진한 결과, 둘째 아이로 태어난 나의 경우 누나보다 질환이 훨씬 심각하게 진행되었다는 것이 밝혀졌다. 내가 태어나기 전에 의사들이 했던 예언이 정확히 적중했던 것이다.

그것은 꼭 내게 치명적인 결함은 아니었다. 나는 처음부터 시각이 담당해야 할 역할을 귀, 코를 비롯한 나머지 감각기관에 배분할 수 있었기 때문이다. 작은 아이였을 때부터 나는 '암흑' 속에서 곡예를 부리듯 편안하게 지냈다. 이것은 마치 2개 국어를 사용하면서 성장하는 것과 비슷했다.

생후 첫 몇 개월 동안 인간은 아주 짧은 시간에 굉장히 많은 것을 배운다. 그런 집중적인 배움의 시기는 이후의 생애 그 어느 때에도 다시 돌아오지 않는다. 유아 시절부터 나는 앞을 볼 수 있는 사람들과 어울리는 방법에 상당히 숙달된 상태였다. 따라서 내가 시각 장애인이라는 사실은 친구들과 함께 놀 때 걸림돌이 된 적이 없었다. 친구들도 나를 이상하거나 특이하다고 생각하지 않았다. 당시의 내 놀이 친구들은 주로 친가 쪽 사촌 형제들이었다. 그리고 그들은 암라흐에서 아주 가까운 동네에서 살고 있었다. "안디는 앞을 잘 못 본단다." 그들의 부모님들은 아이들에게 알려 주었다. 하지만 이 충고는 사촌들이나 나에게 별로 중요하지 않았다. 함께 떠들며 돌아다닐 때 그것은 특별한 문제로 작용하지 않았기 때문이다. 우리들 모두 서로 달랐고, 어떻게 하면 함께 재미있게 어울릴 수 있는지 잘 알고 있었다. 예를 들어 공놀이를 할 때에는 나는 흥미를 느끼지 못했다. 앞을 볼 수 없는 내가 불리할 수밖에 없는 놀이였기 때문이다. 두 발에 자루를 매달고 달리는 경주를 할 때면 프란츠가 싫어했다. 프란츠는 6개월 만에 체중 975그램의 조산아로 세상에 태어났고 다른 아이들에 비해 체력이 약한 편이었다. 우리 모두는 또래 집단 내에서 무시당하지 않으려고 자신의 약점을 감추고 싶어했다.

삼촌네 헛간에서 건초 위에 뛰어내리는 놀이를 할 때면 사촌 카를리와 하네스의 도움을 받아야 했다. 헛간 가장 꼭대기 층에서 뛰어내려서 맨 아래층의 건초더미에 도달하려면 중간층에 나있는 빈 구멍을 통과해야 했다. 이 두 사촌들의 움직임은 민첩해서 뛰어내릴 때 먼지투성이의 나무 대들보에 몸이 부딪치는 일이 없었다. 그 와중에 둘은 특별한 방식으로 많은 정보들을 암시해 주어서 내가 다치는 일 없이 함께 뛰어놀 수 있었다.

나에게 결정적인 정보를 준 것은 목소리 톤이었다. 그 소리를 듣고는 구멍 옆에 녹슨 못의 날이 튀어나와 있는 위험한 상황인지, 아니면 마음을 놓고 뛰어도 되는지 알 수 있었다. 즉, 사촌들이 그런 위험성을 직접 알렸다기보다는, 목소리 톤에서 많은 상황을 유추할 수 있었다. 아마도 아이들은 내가 원래 뭐든지 잘해 낸다고 생각했을 것이다. 그렇게 아이들은 나를 믿어 줌으로써 나에게 베풀 수 있는 가장 큰 호의를 베풀었다. 한네스와 카를리가 크게 외치는 소리를 토대로 나는 공간에 대해서 분석하고 점프할 지점을 찾을 수 있었다. 그래서 나는 건초더미 위에 아주 정확하게 착지할 수 있었다.

또 다른 큰 도전을 만난 것은 친척들과 함께 젖소들을 외양간에 몰아넣을 때였다. 한스 삼촌은 내 아버지의 가장 큰 형으로, 할아버지의 농장을 물려받았다. 삼촌은 다섯 아이인 한네스, 막달레나, 마티아스, 게르트라우트, 세피의 아버지이었다. 목장은 마을의 외곽부분에 위치했는데, 고집이 센 소들을 돌발 상황 없이 암라흐의 비좁은 길을 통과해서 집까지 몰고 가기란 그리 간단하지 않았다. 농장으로 돌아오는 길에 소들은 이웃 농장의 채소밭에서 농작물을 뜯어먹거나 다른 집의 소들에게 다가가고 싶어 했다. 길의 폭이 갑자기 좁아진 지점에서 우리들은 손에 개암나무 막대기를 쥐고 앞장섰다. 20마리의 소규모 소 떼를 바른 길로 이끌기 위해서였다. 한스 삼촌은 대게 소들의 뒤에 따라오면서 우리에게 지시를 내렸다.

삼촌은 종종 내게 다른 농가로 빠지는 샛길을 막는 일을 시켰다. 그럴 때면 나 혼자서 이 문제를 처리해야 한다는 책임감에 마음이 무거워졌다. 소리만 듣고서 소가 내 뒤에 와있는지, 막다른 곳으로 가버렸는지, 아니면 내 앞에서 잘 지나가고 있는지 판단하기가 좀처럼 어려웠다. 여러 마리의 소들이 한꺼번에 내는 발소리가 농장 건물 벽에 반사되면서 소리를 분간해 내기 어려웠다. 한스 삼촌은 내가 해놓은 일이 미덥지 못하자 추가로 다른 일거리를 맡겼다.

어른들도 다른 아이들처럼 나를 스스럼없이 대했다. 나의 몸짓이나 행동만으로는 별다른 제약이 눈에 띄지 않았기 때문이다. 어른들은 엘리자베트 누나와 내가 앞을 못 본다는 것을 알고 있었지만, 그렇다고 특별한 대우를 하지는 않았다. 소 떼를 모는 무리가 한참 지나간 후에 나 혼자 개암나무 막대기를 들고 남아 있는 상황도 일어났다. 뒤를 따라오던 관광객 소리를 듣고 우리 무리라고 착각했던 것이다.

소들을 외양간에 들여놓고 나면 남몰래 긴장한 상태에서 벗어날 수 있었다. 소들의 털을 솔로 빗겨 주면 동물들과 친밀감을 느낄 수 있었고 다시 기분이 좋아지곤 했다. 소들은 비좁은 우리에 갇혀 있었다. 나는 이 커다란 동물들의 체온은 물론 아주 작은 움직임도 느낄 수 있었다. 그래서 다음 순간 소가 엎드리려고 하는지 아니면 다른 방향으로 움직이려고 하는지 예측할 수 있었다. 그것은 내게 안정감을 주었다. 600킬로그램에 달하는 동물이 나의 보살핌에 만족을 하는지 아니면 불편함을 느끼는지도 알 수 있었다.

가끔 가까운 도시에서 아이들이 외양간을 구경하러 찾아왔다. 아이들은 키가 겨우 소의 허벅지 정도밖에 되지 않는 내가 소들 곁에 그렇게 가까이 다가갈 수 있다는 점을 놀라워했다. 내가 능숙하게 소의 배 아래를 통과해서 다른 쪽으로 가뿐하게 건너가면 아이들은 탄성을 질렀다.

겨울에 스키점프 연습을 위해 한네스와 함께 점프대를 만들 때에도 나는 즉흥성을 발휘했다. 점프대의 크기는 약간 작은 편이었다. 오히려 그 점 때문에 도움닫기 구간, 도약대의 점프할 지점과 착지할 곳을 계산하기가 훨씬 수월했다. 우리의 키가 더 커졌을 무렵 점프대의 크기도 비례해서 커졌고, 우리는 더 멀리까지 점프할 수 있게 되었다. 최고 기록이 20미터 이상을 훌쩍 뛰어넘고 속도도 붙으면서 스키점프는 허공을 향해 몸을 던지는 무모한 행위처럼 느껴졌다.

가끔 도움닫기를 하다가 나는 중심을 잃고 비틀거렸다. 스키 한쪽으로만 점프대를 내딛기도 하였다. 그럴 때 무시무시한 추락은 피할 수 없었다. 마을의 아이들은 종종 큰 흥미를 갖고 우리들을 구경했다. '들개'라는 별칭으로 불리던 내가 비틀거리다가 고꾸라지면 구경하던 아이들은 탄성을 질렀다. 나는 아이들에게 점프대를 볼 수 없다는 사실을 말하지 않았고 일부러 재미있게 하려고 계획된 행동이었던 것처럼 굴었다. 천재적이고 기발한 묘기를 소화해 내는 실력파에 무결점이라는 이미지가 무너진다면 나는 상심하고 말았을 것이다.

장기적으로는 이 상태를 유지할 수 없다는 것이 분명했다. 사고를 최소화하는 방안을 찾지 못하면 우리를 지켜보는 군중들 앞에서 체면을 구길 것이 뻔했다. 그래서 나는 얼마 전부터 우리 집 거실에 생긴 새로운 컬러 텔레비전을 활용하게 되었다. 당시는 인스부르크에서 동계 올림픽게임이 개최될 때였다. 세계 최고 타이틀을 놓고 벌이는 생중계 경기들을 최대한 많이 접하기 위해 나는 매일같이 화면 앞에 앉았다.

해설자가 지루한 설명을 늘어놓을 때면 화가 났다. 해설과 배경음 사이로 들리는 현장의 소리는 내가 정보를 얻을 수 있는 유일한 통로였기 때문이다. 관중들의 함성소리와 점프대를 스치는 마찰음으로 나는 스키선수들이 어디까지 활강했는지 예측할 수 있었다. 언제 점프대에서 뛰어올랐고 언제 착지했는지의 시간 차도 감지할 수 있었다. 좋아하는 선수들이 등장했을 때 탁월한 기록을 냈는지, 점프 실수를 했는지도 쉽게 분간할 수 있었다.

관객들의 환호성과 웅성거림으로 내가 소리만 듣고 연상한 내용이 맞는지 확인할 수 있었다. 한 한국인 선수가 점프를 실패했을 때, 아마추어 스키점프 선수로서의 내 이력을 되돌아볼 기회가 생겼다. "저런! 전나뭇가지 옆으로 아슬아슬하게 스치고 지나갔군요!"라며 진행자는 아시아 출신 선수의 실수에 대해서 언급했다. 나는 아버지에게 스키점프와 전나뭇가지가 무슨 상관이 있는지 물어보았다. 도움닫기 구간의 가장자리와 착지지점에는 눈 속에 전나뭇가지가 파묻혀 있다고 아버지는 설명했다. 선수들의 시선을 집중하는 데 도움을 주고 점프할 지점을 효과적으로 계산할 수 있게 하기 위해서 전나뭇가지들을 꽂아 둔다는 것이다. 이 새로운 발견을 나는 우리의 스키점프 프로젝트에 바로 접목시켰다. 나는 한네스에게 전나뭇가지들을 모아서 도약 구간 양쪽에 나란히 1미터 간격으로 파묻자고 제안했다. 그러자 그것이 어디에 소용이 있는지 한네스가 물었고, 나는 전날 TV에서 프로 스키점프 선수들의 시선을 집중하는 효과를 내기 위해 전나뭇가지를 활용하는 것을 보지 않았느냐고 되물었다. 물론 나는 시선 집중 효과보다는 도움닫기 트랙과 점프대를 정확하게 포착할 확률을 높일 수 있다는 점에서 그 아이디어에 열광했다. 다리에 전나뭇가지가 스치는 순간 내가 트랙에서 벗어났다는 것을 감지할 수 있을 것이다. 이 단순한 트릭을 통해 순식간에 경로를 수정할 수 있을 터였다.

하얀 눈 위에 초록색 전나뭇가지가 대비를 이루는 우리의 점프대는 이제 훨씬 프로다운 분위기를 연출했다. "이것 역시 안디의 탁월한 아이디어였죠."라고 내 친구들은 이야기했다. 내가 갑자기 다시 점프대 위로 화살처럼 정확하게 공중을 가를 수 있게 되었다는 사실을 사람들은 눈치채지 못했다. 점프를 성공할 때마다 나는 남몰래 이 천재적인 아이디어에 대해 만족감을 느꼈다.

우리 집의 지붕을 교체하는 공사는 일가친척들에게 대소동과도 같았다. 겨울철의 엄청난 폭설로 해가 갈수록 실내의 기온이 떨어지자, 오래된 기와들을 교체하기로 하였다. 대소사가 있을 때마다 암라흐에서 이웃들은 언제나 품앗이를 다녔다. 이제 우리 집의 지붕 위는 이웃들과 친척들로 며칠 동안 분주해질 것이 분명했다. 부모님은 이 공사를 진행할 때도 어린 나를 제외시키지 않았다. 나는 망치와 못 몇 개를 들고 아버지, 로이스 삼촌, 카를리, 한네스를 비롯한 다른 조력자들과 나란히 지붕의 서까래 위에서 작업을 했다.

나는 손으로 주변의 마룻대를 더듬어 보았고, 서까래 사이로 떨어지지 않도록 주의했다. 다른 아이들과는 달리 나는 그곳에서 놀 수 있는 여지가 거의 없었다. 왜냐하면 이 좁은 서까래 위에서 잘못 움직였다가는 추락할 수 있었기 때문이다. 작업이 진척되고 지붕이 더 많이 덮여갈수록 내가 움직일 수 있는 여지가 더 커졌고, 새 기왓장을 전달하는 작업에서도 보탬이 될 수 있었다. 이웃 마을에서 온 기와공이 최대한 신속하게 자재를 쓸 수 있도록 기와들을 작은 더미로 쌓아 지붕 위 공간에 놓아야 했다.

마을 사람들은 앞이 보이지 않는 내가 지붕 위에서 돌아다니고 있다는 것을 기이하게 여기고는 부모님에게 계속해서 주의를 주었다. 바로 건너편 집에서 사시던 레니 고모는 이런 위험한 장면을 보고는 언제나 처럼 촛불을 켜고 하느님께서 나를 보호해 주시길 기도하였다.

***

우리 가족들은 독실한 신자였고, 신앙생활은 나의 어린 시절부터 큰 비중을 차지하였다. 암라흐의 성당이 성녀 오틸리어를 주보성인으로 모셨다는 사실은 신의 오묘한 뜻처럼 여겨졌다. 성녀 오틸리어는 이 세 상에 눈이 아프거나 앞이 보이지 않는 사람들의 수호성인이었기 때문 이다. 일요일의 미사는 매주 있는 아주 평범한 일상 중 하나였다. 어린 아이였던 나는 성당 본당의 오른쪽 뒤편에 있는 남자 신도들의 좌석에 서 아버지와 다른 어른들 틈 사이에 앉아 있었다.

누나는 여성 신도들의 좌석에서 주임 신부님의 설교를 차분하게 들 었다. 성당에 다니는 것이 버겁게 느껴지기 시작한 것은 나중의 일이 다. 언젠가부터 우리 어린이들은 뒤편의 어른들 좌석이 아니라 앞쪽 에 있는 청년부 자리에 아이들끼리 앉아야 했던 것이다. 그때부터 나 는 신성하고 고요한 공간에서 되도록 신자들의 눈에 띄지 않고 내 자 리를 찾기 위해 온 집중을 기울여야 했다. 일요일마다 사촌들이 어느 줄에 앉아 있는지 확인하는 것은 나에게 무척이나 어려운 일이었다. 그래서 나는 종종 엉뚱한 줄에 앉곤 했다. 한네스, 프란치와 카를리의 옆자리를 찾지 못해서 낯선 체취가 나는 곳에 앉게 되면 순간 몹시 창피해졌다. 영성체 때문에 자리에서 일어서서 경건한 마음으로 제단실로 올라간 후에 다시 내 자리를 찾아야 할 때면 난 더 큰 곤란에 직면했다. 그래도 어수선한 상황을 틈타 나는 사람들을 몰래 만지면서 방향을 잡을 수 있었다.

카톨릭의 어린 신자들은 8세가 되면 첫 영성체 의식을 치르면서 처음으로 성체를 모실 수 있게 된다. 하지만 첫 영성체는 나에게 괴로운 기억으로 남게 되었다. 암라흐에서 첫 영성체를 받는 아이들은 총 5명이었다. 우리들은 마치 성당에서 결혼식을 올리는 부부처럼 오틸리어 성당의 앞쪽 좌석에 앉아 있어야 했다. 의식에 참여한 모든 사람들이 구경거리라도 만난 듯 나의 일거수일투족을 모두 관찰하는 것 같아서 왠지 부끄러워졌다. 장엄한 의식에서 절대 실수가 있어서는 안 되었기에, 전 과정을 일일이 주임 신부님과 함께 미리 연습했다. 5명의 첫 영성체를 받는 아이들은 정확한 차례에 일어나거나 무릎을 꿇었고, 성경의 구절들을 낭독해야 했다.

미사가 끝난 후에 나는 다른 4명의 친구들과 함께 의기양양하게 성당에서 나왔다. 그리고 평생 단 한 번뿐인 하루를 기념사진으로 간직하게 해줄 사진사에게 갔다. 나는 그런 특별한 날에 독실한 어린이 신자에게 어울릴 법한 나비넥타이와 올리브 그린색 양복 차림이었다. 그리고 손에는 촛불을 들고 포즈를 취했다.

나의 눈빛에 힘이 아예 없지는 않았던 모양이다. 사진사는 계속해서 나에게 미소를 짓고 카메라를 바라보라고 주문했다. "이쪽을 봐야지!

여기! 똑바로 쳐다볼 수는 없겠니? 아니 저쪽 말이야!" 그런 명령을 듣자 서글픈 감정이 들었다. 사진가가 눈에 초점이 없다는 지적을 했을 때 마음이 아팠지만 나는 애써 담담한 척했다. 하지만 이내 나의 인내심은 바닥이 났고 서럽게 울음을 터뜨렸다.

매해 축제 행렬을 하는 성체축일은 나에게 정신적 도전과도 같았다. 인간 띠를 이루는 기다란 행렬에서 십자가를 진 사람, 성가대, 고위 성직자들이 맨 앞에 섰다. 그리고 성자의 모형을 들고 가는 사람과 악단이 뒤를 따랐다. 긴 행렬은 들판을 가로지르거나 암라흐의 길을 따라 움직였다. 사람들은 기도하며 음악 소리에 보조를 맞추었다. 성별과 연령에 따라 남자들, 여자들, 청소년들이 따로 무리를 이루어 걸어갔다. 마을의 광장에 들어서자 행렬이 멈춰 섰다. 화려한 꽃 장식에 하얀 테이블보가 덮인 탁자 앞에서 주임 신부님은 신성한 복음을 전파했다. 행렬 내내 나는 신도들의 대열에서 이탈하거나 낙오될까 봐 전전긍긍했다. 사방이 조용할 때면 내 앞이나 뒤에서 가는 사람들의 발자국 소리를 듣고 방향을 잘 알 수 있었다. 하지만 악단이 탬버린과 트럼펫을 연주하면서 축제의 흥취를 돋우기 시작했을 때 나는 방향 감각을 완전히 상실했다. 나는 사람들의 이목을 끌지 않고 이 축제를 끝까지 잘 버텨내기 위해 애썼다. 신도들의 긴 행렬 속에서 내 자리를 이탈하지 않고 그들과 함께 행진할 수 있기 위해 온갖 노력을 해야 했다.

***

　나의 부모님들은 시각 장애인인 우리들이 아주 평범한 삶의 다채로운 면들을 경험하며 살 수 있도록 언제나 애썼다. 우리들에게 스키, 스케이트, 수영, 자전거, 썰매를 비롯해서 동부 티롤의 어린이들이 하는 것은 무엇이든지 가르치려고 노력하였다. 나의 균형 감각은 언제나 탁월한 편이었고, 스키나 썰매, 스케이트를 타는 데 별다른 큰 문제는 없었다. 나는 어린이용 자전거의 보조바퀴를 제거하고 탈 수 있을 만큼 금방 자전거 타기에도 능숙해졌다. 유일한 난제는 내가 바닥에 직접 발이 닿지 않는 상태에서 금방 방향 감각을 잃어버린다는 점이었다. 나의 발바닥은 더 이상 땅바닥에 대한 정보를 전달하지 못했기 때문에 내가 어디에 있는지 인식하기 위해서는 다른 감각들을 사용해야 했다.

　다행히도 나에게는 오감 중 4개의 다른 감각들이 있었다. 스키를 탈 때 아버지가 내는 마찰음이 들리면 뒤따라오던 나는 제때 커브를 돌 수 있었다. 두세 번 정도 스키를 탔던 곳에서는 슬로프의 미세한 울퉁불퉁함까지 알게 되었다. 낭떠러지를 피하려면 어디에서 커브를 돌아야 하는지도 예상할 수 있었다. 머릿속에서 그려진 구간의 이미지에 따라 마음껏 스키를 타는 것은 아주 즐거웠다. 프로 스키선수들이 경기 시작 전에 머릿속으로 루트를 여러 차례 떠올리는 것도 이와 비슷할 것이었다.

　리프트를 타야 할 때면 언제 탈 차례가 오고 어느 방향으로 가는지 알 수 없어서 종종 곤란을 겪었다. 리프트가 움직이는 각도를 파악할 때 아주 약간의 착오가 있어도 리프트를 붙잡을 수 없었다. 따라서 나는 리프트가 오면 있는 힘껏 꽉 잡아야만 했다. 그런 상황에서 나는 아버지를 놓치기 일쑤였고, 스키장에 온 다른 사람들은 나의 허둥대는 모습을 보고 킥킥거리며 비웃었다.

시간이 흐름에 따라 나는 스키장의 세세한 지점들까지 머릿속에 기억할 수 있었다. 그곳이 경사진 지대나 눈이 얼어붙은 지점 또는 리프트 타는 곳이든 간에 내가 어디에 있는지 언제나 정확히 알 수 있었다. 일요일마다 우리 가족은 겨울의 아름다움을 만끽할 수 있었다. 앞을 볼 수 없다는 장애는 결코 문제가 되지 않았다.

여름철에는 소외양간, 헛간과 우리 집 옆에 펼쳐진 암라흐의 숲이 어린이들의 놀이터였다. 한네스와 함께 나는 숲의 부드러운 바닥을 헤집고 돌아다니면서 작은 나뭇가지를 주웠다. 그 가지로 우리들은 블록 쌓기 방식으로 작은 농장들을 만들려고 했다. 나는 작은 막대기들을 바닥에 일정한 간격으로 촘촘히 꽂았다. 그 열이 팔 길이만큼 될 때까지 나는 동일한 작업을 했다. 또 정확히 직각으로 다음 열을 만드는 작업을 몇 차례 더 했다. 그렇게 우리의 작은 집은 기본 토대가 완성되었다. 이제 나는 벽을 만들 약간 더 긴 나뭇가지가 필요했다. 또한 창과 문의 출입구를 설치하려면 특별한 창의성이 요구되었다. 지붕은 고목에서 채취한 나무껍질로 만들었다. 우리들은 울타리도 만들었고 전나무의 방울로 소를 만들었다. 그렇게 해서 다른 아이들이 만든 작품보다 더 멋진 농장이 탄생했다.

내 작품을 만들 때 모든 부분들을 일일이 손으로 만져 가며 작업했기 때문에 그것이 어떻게 생겼는지 알 수 있었다. 하지만 사촌인 한네스가 조립한 농장이 정확히 어떤 모습인지는 알 도리가 없었다. 부서지기 쉬운 건축물을 자칫 잘못 건드렸다가 망가뜨리는 마음 아픈 실수를 하지 않기 위해서 나는 그것을 만지지 않기로 했다. 대신 상상력과 한네스의 묘사를 토대로 그의 창작물이 어떤 모습일지 머릿속으로 그려 보았다.

***

안과에 정기 검진을 받으러 갈 때마다 언제나 신경이 곤두섰다. 의사 선생님이 나에게서 무엇을 또 발견하려고 하는지 이해할 수 없었다. 내가 앞을 볼 수 없다는 사실은 이미 부모님과 마을 사람들에게 충분히 들을 만큼 들은 상태였다. 검진 도구에 달려 있는 딱딱한 렌즈가 각막을 압박할 때 왜 그 고통을 감수해야 하는지 납득이 되지 않았다. 검안경으로 안구 뒤의 망막조직을 정밀하게 검사하기 위해 안과 의사 선생님은 검사 도구로 안구에 압박을 가했던 것이다. 그 절차는 극도로 고통스러웠다. 그 때문에 나는 때때로 기절을 하기도 했다. 마치 내 눈 속에 코르크 마개를 쑤셔 넣거나 눈알을 돌리려고 하는 것 같은 끔찍한 느낌이었다. 나는 어렸을 때부터 눈이 많이 민감한 편이었기 때문에 아마도 간단한 처치도 다른 아이들보다 훨씬 힘들게 받아들였던 것 같다.

이 고통의 시간이 지나간 후에 의사 선생님이 의자에서 일어나면서 지난 번 검사 때에 비해 달라진 것이 없다고 이야기했다. 그 순간 진료실의 분위기가 무겁게 가라앉았다. 내 망막이 재생될지도 모른다는 의학적으로 근거 없는 희망의 끈을 부모님은 마지막까지 놓지 않으려 하였다. 나로서는 지금까지 아무런 제약도 느끼지 못하고 행복하게 살아왔기에 이 상황이 어떤 결과를 불러올지 예측할 수 없었다.

부모님과 의사 선생님 사이에서 시각 장애인을 위한 학교에 관련된 대화가 오갈 때 나는 귀를 쫑긋 세웠다. 그런 특별 기관들에서는 시각 장애인들을 위한 맞춤 교육이 이루어진다. 따라서 그곳은 나 같은 어린이가 적합한 교육을 받을 수 있는 유일한 통로이기도 했다. "안드레아스를 바보로 만들지 않으시려면 그 학교에 꼭 보내셔야 합니다." 선생님은 부모님에게 간곡하게 권유하였다. 나는 눈물이 왈칵 쏟아졌다. 그런 기관들의 교육 방식이나 특징이 마음에 안 들어서 그런 것이 아니다. 그것보다는 가족들과 친구들이 있는 암라흐를 떠나서 수백 킬로미터 떨어진 곳에서 학교를 다니게 된다는 것이 두려웠다. 집에 돌아와서 잠자리에 들 때 나는 어머니의 목을 부둥켜안았다. 그 자리에서 나를 집에서 내보내지 말아 달라고 간청했다. 어머니는 그렇게 하겠다고 바로 약속하였다. "설령 네가 바보가 되는 일이 있더라도 우리는 널 보내지 않을 거란다."라고 어머니가 이야기했다. 나를 시각 장애인 학교에 보내지 않기로 한 부모님의 탁월한 선택은 앞으로 내 인생을 결정지었다.

***

　나의 아름다운 유아기는 너무나 빨리 흘러갔다. 내게 예측 불가능한 위협이 점점 가까이 다가오고 있었다. 동갑내기 놀이 친구들은 새 가방을 메고 처음으로 등교하는 날을 손꼽아 기다렸지만, 나는 그 불가사의 한 날을 마음속으로 두려워했다.

　학교는 내게 위협으로 다가왔다. 새로운 학급 친구들과 선생님들과 함께 아주 평범한 방식으로 지내려면, 지금까지 살면서 써왔던 기술들을 모두 바꾸어야 했다. 나는 마을 사람들을 발소리나, 목소리 또는 가까이 다가갔을 때 나는 체취로 식별할 수 있었다. 또한 모든 상황은 예측 가능했다. 하지만 리엔츠 초등학교 입학식을 위해 부모님과 함께 강당에서 대기하던 6살짜리 소년이었던 나는 100명 정도 되는 학교 아이들이 한꺼번에 내는 소음들을 듣고는 하얗게 질렸다. 학교에 대한 나의 두려움이 근거 없지 않다는 것을 깨달았다. 암라흐에는 초등학교가 없었기 때문에 마을의 모든 아이들은 근방에 있는 유일한 리엔츠의 초등학교까지 3킬로미터에 달하는 등굣길을 다녀야만 했다.

　대강당에서 울리는 소리는 내 방향 감각을 완전히 뒤죽박죽으로 만들었다. 갑자기 나는 구제불능이 되어 어머니에게 전적으로 기댈 수밖에 없었다. 그렇게 행동에 제약이 생긴 것은 처음 있는 일이었다. 내 앞, 옆, 뒤 그리고 심지어는 위에서 울려 퍼지는 무수히 많은 학생들과 학부형들이 웅성거리는 소리는 커다란 학교 건물에 수많은 계단과 층이 있다는 사실을 암시했다. 나는 누군가와 부딪치거나 계단에 걸려 넘어질 것이 두려워서 혼자서는 한 발자국도 옮기려 하지 않았다. 암라흐의 친구들이 곤경에 처해 벌벌 떠는 나를 발견하지 않기만을 간절히 바랐다.

한 교사가 내 이름을 호명했을 때 나의 작은 심장은 스키점프대 위나 건초더미 위에서 최고의 점프를 했을 때보다 훨씬 격렬하고 빠르게 뛰기 시작했다. 선생님을 무서워해서가 아니었다. 실수 없이 어머니 뒤를 따라 혼잡스러운 사람들 무리를 통과해서 갈 엄두가 나지 않았기 때문이다.

어머니와 나는 드디어 수많은 문서들과 서류철들이 쌓여 있는 책상 앞으로 다가갔다. 부모님이 여교장 선생님과 면담을 하는 동안 나는 약간 긴장을 늦출 수 있었다. 어른들이 대화를 나누는 동안에 나는 학교에 대해서 머릿속으로 나름의 상상을 펼쳤다.

순간 어머니가 다소 화가 났다는 것을 알아차렸다. 그때부터 나는 어머니와 교장 선생님이 나누는 대화에 귀를 기울였다. 부모님의 목소리 톤은 어렸을 때부터 친숙했다. 따라서 앞을 볼 수 있는 사람들이 표정으로 상대방의 감정을 알아차리는 것과 마찬가지로 나는 목소리에서 모든 것을 알아챌 수 있었다. 어머니는 평정심을 잃어버린 것 같았다. 화제는 다시 시각 장애인 학교에 대한 것이었다. 그것은 내가 부모님, 누나, 친척들과 친구들이 있는 고향 마을을 떠나 앞으로 몇 년 동안 멀리 떨어진 도시에서 지내야 한다는 것을 의미했다. 나는 부모님이 나를 특수학교에 보내지 않으리라는 것을 확신했다. 나는 약속을 전적으로 믿고 있었기 때문이다.

장애가 있는 어린이들과 장애가 없는 어린이들을 함께 교육시킴으로써 서로에 대해 배우게 하는 통합 교육 모델은 70년대 초반의 동티롤 지역에서는 아주 동떨어진 이야기였다. 따라서 시각 장애인인 내가 리엔츠의 이 초등학교에 입학할 수 있는 가망성은 별로 없는 것 같아 보였다. 학교 따위는 잊어버리고 마음껏 즐겁게 살게 될지도 모른다는 희망이 솟아났다. "앞을 볼 수 있는 다른 애들은 학교에 가는 대신 나는 안 가도 괜찮아." 그것이 이 세상의 정의라고 나는 상상했다. 그 상상은 나를 행복하고 흡족하게 만들었다.

나는 모든 것이 예측 가능한 암라흐에 있는 나의 작은 세계로 돌아가기를 갈망하고 있던 터였다. 이곳 학교는 내게 너무도 혼란스러웠다. 그때 굿벵어 선생님이 여교장 선생님에게 나를 자신의 반에 받아들이겠다고 했다. 부모님은 안도하였다. 반면 나는 꿈꾸던 자유의 상상 나래를 접어야만 했다. 나의 고된 학교생활이 시작될 날이 점점 가까워져 왔다. 아늑한 고향 마을에서 보내는 나의 마지막 여름날은 그렇게 순식간에 흘러가 버렸다.

첫 등교일은 처음으로 나에게 씁쓸한 낭패감을 안겨 주었다. 나는 요즘도 극한의 상황을 겪을 때 그때의 감정이 떠오른다. 담임 선생님은 활동적인 아이들과 얌전한 아이들 사이에 평화가 지켜질 수 있고 아이들을 잘 통솔할 수 있게 교실의 좌석 배치를 하였다. 내 자리는 모범생이 주로 앉는 중간 줄의 첫 번째 좌석이었다. 물론 나는 천성적으로 모범생과는 아니었다. 내 짝은 같은 고향 출신에다가 예전부터 나에 대해서 잘 알고 있는 클라우스였다. 나는 클라우스와 암라흐에서 종종 함께 놀던 사이였다. 담임 선생님은 반 아이들과 내가 친해질 수 있도록 노력하였다. 하지만 그 방식은 나를 화나고 불편하게 만들었다. 선생님은 나에게 전혀 따뜻하지 않았다. 오히려 그 반대였다. 굿벵어 선생님은 나를 상당히 무뚝뚝하게 대하였다.

몇 년이 지난 후에서야 그 방식 때문에 학급 친구들과 잘 어울릴 수 있었다는 것을 깨달았다. 만약 선생님이 계속 나를 배려하고, 나의 약점을 보호하거나 부진한 성취도를 눈감았더라면 선생님의 사랑을 독차지하는 아이처럼 비춰지면서 따돌림을 당했을 것이다. 굿벵어 선생님은 내가 짝, 클라우스와 수업 시간 중에 잡담을 할 때면 나를 가차 없이 혼냈다. 나는 벌로 칠판 앞에 팔을 들고 서있어야 했다. 내가 복도에서 바닥에 있는 가방에 걸려 넘어질 위기에 처하면 언제나 반 친구들이 도와주었다. 나는 아이들이 내 편이라는 것을 알 수 있었다.

어느 날 담임 선생님은 내 손에 분필을 쥐어 주고는, 선생님이 이끄는 대로 칠판에 어떤 형태를 그리게 하였다. "안디가 방금 칠판에 쓴 것은 A란다." 선생님은 반 아이들을 향해 이야기했다. 그러고 나서는 칠판 가득 A를 썼고, 반 아이들은 그것을 연습공책에 따라 그려야 했다. 이런 방식으로 굿벵어 선생님은 알파벳과 숫자를 가르쳤다. 그때 함께 썼던 글자의 이미지는 지금까지도 내 머릿속에 남아 있다.

필기할 때 줄을 똑바로 맞추는 것은 특히 어려웠다. 공책의 줄은 냄새도 소리도 나지 않았기 때문이다. 그래서 담인 선생님은 자를 활용해서 필기하는 방법을 고안해 냈다. 한 줄을 다 쓸 때마다 자를 2센티만 아래로 내리면 다음 줄이 시작되었다. 그렇게 해서 나는 갑자기 여러 페이지가 넘는 작문을 쓸 수 있게 되었다. 내 상상력에는 한계가 없었다. 맞춤법 틀린 곳이 무수히 많다는 것을 제외하고는 선생님은 내 작문에 아주 흡족해하였다. 나는 필기한 단어를 볼 수 없었기에, 맞춤법이 틀렸다는 사실을 앞을 볼 수 있는 다른 아이들만큼 금방 알아챌 수는 없었다.

내가 쓴 글을 직접 읽는 것은 불가능했다. 그럼에도 선생님은 내가 쓴 글을 큰 소리로 읽어 보라고 시켰다. 선생님은 그때마다 내게 그 문장들을 외워서 말해 보라고 하였다. 나는 전체 글에서 기억나는 일부 단편만을 더듬으면서 말했다. 따라서 내 발표 내용을 반 친구들이나 선생님이 알아들을 수 없을 때가 많았다. 하지만 핵심은 내가 발표를 하고 작문을 읽었다는 것이다. 굿벵어 선생님이 내 작문을 모범 글이라고 소개하면서 아이들에게 큰 소리로 읽어 줄 때면 나는 더 놀랐다. 선생님은 나에게만 살짝 대소문자 표기와 맞춤법이 틀린 부분을 알려 주었다. 따라서 반 전체 아이들 앞에서 창피를 당하지 않을 수 있었다. 선생님은 절대 포기하지 않고 다른 아이들에게 들리지 않는 조용한 목소리로 내 공책의 철자가 틀린 부분을 고쳐 주었다.

36년이 지난 현재 시점에도 나는 글자를 가르쳐 주던 굿벵어 선생님의 지칠 줄 모르는 노고에 대해 무한한 고마움을 느낀다. 그 사이에 나는 컴퓨터로 글을 쓰게 되었다. 특별한 소프트웨어를 활용하면 모니터 상의 문장을 음성으로 변환하여 스피커를 통해 들을 수 있다. 책이나 신문처럼 인쇄된 글은 스캔한 후 마찬가지로 변환해서 들을 수 있다. 텍스트를 입력할 때면 나는 아주 평범한 키보드를 이용한다. 그 키보드에는 표준규격에 맞게 'F', 'J'와 '5'가 약간 돌출되어 있다. 그래서 비서들이 눈 감고도 아주 빠른 속도로 타자를 치는 것을 가능케 한 정통 타법인 열손가락 타법을 익힐 수 있게 되었다. 기술의 발달이 없었다면 내 머릿속에 있는 내용들을 이 책의 페이지에 옮기는 것은 불가능했을 것이다.

수학 시간은 훨씬 쉬웠다. 긴 문장보다는 짧은 숫자들을 기억하기가 쉬웠기 때문이다. 연산은 나에게 문자 그대로 암산일 수밖에 없었다. 앞을 볼 수 없는 대신 상상력을 개발할 수밖에 없었던 나에게 연산은 큰 문제가 되지 않았다. 중간 합계를 적어 두어야 하는 복잡한 문제에서는 종종 막힘이 있었다. 하지만 대수함수나 분수 계산은 금방 쉽게 배울 수 있었다.

곧 학급 친구들과 친해지면서 아주 자연스럽게 어울릴 수 있게 되었다. 하지만 체육 시간에 피구를 할 때면 예외였다. 공이 소리 없이 공중을 가르며 반대편 아이를 맞추는 것을 들을 수는 있었다. 하지만 나로서는 그 이상의 반응을 하는 것은 불가능했다. 그래서 편을 짤 때 나는 언제나 맨 마지막에 남았다. 나는 팀에게 불리했기 때문이다. 반면 줄이나 막대기 또는 사다리를 타고 천장까지 올라가는 훈련에서 나는 언제나 에이스였다.

4년제의 초등학교 시절이 끝날 무렵 내가 실업계 혹은 인문계 고등학교로 진학할 것인지 결정해야 했다. 굿뱅어 선생님은 내가 인문계 고등학교에 진학한 후 대학 입학 자격시험까지 무난히 통과할 수 있으리라고 보았다. 나는 선생님의 진로 지도에 마음을 기울이지 않았다. 그래서 부모님에게 선택을 맡겼다.

***

10살이 될 때까지 내가 직업 선택을 할 때 제약이 있을 거라고 전혀
예상하지 못했다. "나는 전기 기술자나 기계공이나 기관사가 될 거예
요."라고 말했고, 그런 직업에는 대학 입학 자격시험이 필요 없었다. 스
키점프와 장거리 스키 분야에서 두각을 드러냈던 나는 운동선수도 되
고 싶었다. 운동선수가 되려면 지구력과 승부욕만 있으면 되었고, 학교
는 그 길을 지연시킬 뿐이라고 생각했다. 사실 나는 학교생활의 압박감
과 고통에서 하루 빨리 벗어나고 싶다는 생각뿐이었다. 가능만 하다면
앞을 볼 수 없어도 즐길 수 있는 활동들에 전념하고 싶어 했다.

결국 나는 4년제의 초등학교를 졸업하고 난 후에 4년제의 실업계 고
등학교에 진학하기로 결정했다. 새 학교에서 처음 적응하면서 전혀 새
롭고 훨씬 어려운 단계로 접어들었다는 것을 바로 깨달았다. 우리 반의
남자아이들은 다른 지역 출신이 많았다. 아이들이 쓰는 다채로운 사투
리는 나를 불안하게 했다. 또한 담임 선생님 한 분이 계속해서 우리 반
수업을 하는 것이 아니라 매 수업 시간마다 선생님이 바뀌는 것도 부담
스러웠다. 예를 들어 수학과 생물은 담임이신 슈타인레히너 선생님이
가르쳤지만 역사와 지리 수업은 호퍼 선생님이 담당하였다. 물리와 화
학 역시 독일어나 공업을 가르치는 선생님과 다른 분이 수업하였다. 그

래서 각각의 목소리와 그에 해당하는 특징들을 익히는 것은 거의 불가능한 일처럼 여겨졌다. 처음에 선생님들도 마찬가지로 나의 특이한 인지 방식에 적응하느라 힘겨워하였다. 초등학교 시절 굿벵어 선생님이 짊어졌던 것과 비슷한 운명을 고등학교에서는 슈타인레히너 선생님이 지게 되었다. 선생님은 나의 재능과 특징에 관심을 가졌고, 내게서 최상의 것을 끌어내기 위해 의식을 갖고 노력하였다. 하지만 그 길은 결코 쉽지 않았다. 우리들은 한창 사춘기를 앓고 있었고 개인적인 약점은 물론 다른 것들에 관심이 쏠려 있을 시기였기 때문이다. 나는 앞을 볼 수 없다는 점을 온갖 수단을 동원해서 교묘하게 감추려고 했고 그 점역시 선생님을 힘들게 만들었다. 왜냐하면 내게 어떤 문제가 있는지 다른 선생님들과 학생들은 거의 알아채지 못했기 때문이다. 시각 장애인이라고 하기에 나는 너무 활동적이고 적극적인 편이었다. 문이 반쯤 열려 있다는 것을 모르고 머리를 부딪칠 때도 있었다. 하지만 순간적으로 기지를 발휘해서 일부러 웃기는 연기를 한 것처럼 꾸몄고, 아이들은 웃음보를 터뜨렸다.

나는 첫 번째 수학 시험을 아직까지도 잘 기억하고 있다. 나에 대해 몰랐던 기간제 선생님은 나에게 큰 곤란을 안겨 주었다. 선생님의 문제 출제 방식은 내 능력의 테두리 밖에 있었기 때문이다. 선생님은 문제가 적혀 있는 복사된 시험지를 나누어 주었고, 그 문제를 푸는 데 우리에게는 1시간이 주어졌다. 계산 문제는 몇 분 만에 풀 수 있을 테지만 나로서는 수학 선생님이 어떤 문제를 냈는지 알 방도가 없었다. 손을 들고 시험지에 뭐라고 적혀 있는지 공개적으로 질문할 수도 있었다. 하지만 몇몇 아이들의 비웃음을 사거나 자칫 선생님에게 따귀 세례를 받을 수도 있었다. 그래서 나는 질문을 하는 대신 읽을 수 없는 수학 시험지와 답안용 공책과 필통이 놓인 책상 앞에 웅크렸다.

한 시간 내내 답안지에 아무것도 쓰지 않는다는 것을 들키지 않기 위해, 나는 집중해서 문제를 푸는 것처럼 보이려고 애썼다. 선생님이 내 책상 가까이에 다가올 때면 내 맥박은 급격하게 상승했다. 그럴 때면 선생님이 지나갈 때까지 위기를 모면하기 위해서 긴장한 채 답안용 공책 페이지를 넘겼다. 시험이 끝났을 때 나는 다른 아이들과 함께 내 답안 공책을 제출했다. 물론 나는 선생님에게 답안지를 돌려받을 날이 곧 올 것이라는 사실도 알고 있었다. 하지만 부모님을 실망시킬까 봐 나의 곤란했던 상황에 대해서 이야기하지 않았다.

다음 학부모 간담회 때 그날의 사건이 문제로 드러났다. 아버지는 낙담한 채로 집으로 돌아왔다. 교장 선생님으로부터 내가 아주 불성실하다는 이야기를 들었다고 했다. "최근 수학 시험에서 안디는 답안지에 숫자조차도 하나 적지 않았답니다." 나는 선생님들에게 신뢰감을 느낄 수 없었던 이유에 대해서 낱낱이 고백해야 했다. 선생님들은 자전거를 타고 학교에 오는 내가 시험지의 문제들을 읽을 수 없다는 사실을 이해하지 못했던 것이다. 슈타인레히너 선생님은 나의 약점에 대해 알고 있었고, 다음 시험 때는 문제들을 읽어 주기로 약속했다. 그 후로 나는 수학 시험을 볼 때 계산에만 집중하면 되었다. 결국 나는 이 과목에서 평균 정도의 성적은 얻을 수 있었다.

***

나는 어린 시절부터 앞을 볼 수 있는 내 친구들과 마찬가지로 자전거를 타고 마을을 돌아 다녔다. 나는 균형 감각이 좋은 편이라서 자전거를 타는 데 별다른 지장이 없었다. 보통 내이의 전정기관이 균형 감각을 담당하는데, 균형을 잡을 때 시각은 보조적인 역할을 한다. 가령 한 발로 설 때 고정된 지점에 시선을 집중하면 균형 잡기가 훨씬 수월하다. 하지만 몇 초만 지나도 비틀거리며 균형을 잡기 위해 두 팔을 허우적거릴 것이다.

아무리 오래 버티더라도 1~2분이 경과되면 숙련되지 않은 사람은 넘어지지 않으려면 다리를 내려야 한다. 눈을 감고 한 발로 서있는 것은 훨씬 어렵다. 시각에 의존할 수 없기 때문이다. 시각 장애인들은 이런 시각의 도움을 원천적으로 기대할 수 없기 때문에 대부분 균형 감각이 평균 이상으로 발달한다. 이런 이유 때문에 나는 스케이트, 스키는 물론 자전거를 탈 때 유리했다.

자전거를 탈 때 가장 어려운 점은 자전거 도로와 장해물을 식별하는 것이었다. 나는 동네 근방에 있는 몇 개 되지 않는 도로들과 골목길들을 모조리 기억했다. 또한 과거 암라흐에서는 자동차들이 거의 다니지 않았기 때문에 앞이 보이지 않아도 자전거를 타고 다니는 데 큰 위험은 없었다. 멀리까지 갈 때는 자전거 전용 도로를 따라 나있는 울타리가 밭과 정원이 있는 경계선을 알려 주었다. 가끔 암라흐에 자동차들과 트랙터들이 지나갈 때면 나는 금방 그 위치를 파악해서 즉각적으로 대응했다. 피치 못할 상황에는 울타리 쪽으로 자전거의 핸들을 돌렸고, 팔을 뻗어 손에 닿는 감촉으로 내가 전용 도로에서 제대로 가고 있는지를 확인했다. 그리고 위험 요소가 지나갈 때까지 그 자리에 멈춰 서있었다.

자전거를 타는 다른 사람들의 위치도 자전거 바퀴의 소리로 알 수 있었다. 경주용 자전거는 저항을 최소화하는 타이어 때문에 소음이 가장 적어서 위치를 판단하는 것이 어려운 편이었다. 오래된 자전거의 경우 바퀴가 내는 덜컹거리는 소리 때문에 분간하는 것이 제일 쉬웠다. 다행히도 난점을 만날 때마다 그것을 해결할 아이디어는 바닥나는 법이 없었다. 그래서 나는 자전거를 탈 때 꼬마 아이들처럼 바퀴살에 종이상자를 매달기로 했다. 바퀴에 매달린 상자는 자전거가 움직일 때마다 큰 소음을 만들어 냈다. 이때 내 자전거가 너무 큰 소리를 내서 방향 잡는 데 도움이 되는 다른 자전거 소리까지 압도해 버리지 않도록 주의해야 했다. 그래서 나는 친구들보다 더 두꺼운 마분지를 이용해서, 다른 아이들의 소리를 더 잘 들을 수 있게 신경 썼다.

보행자는 별도의 문제였다. 동네 사람들은 내가 자전거를 타고 오면 피해야 한다는 것을 잘 알고 있었다. 하지만 여름에 우리의 아름다운 마을에 휴양차 온 관광객들은 산책길에 앞이 보이지 않는 주행자가 돌아다니고 있다는 것을 알 리가 없었다.

자전거 타기에 숙달되면서 나는 학교 친구들과 함께 자전거를 타고 암라흐에서 학교가 있는 리엔츠까지 3킬로미터에 달하는 길을 다녔다. 우측통행이 잘 지켜지는 소도시의 규칙적인 교통 상황에 나는 쉽게 익숙해졌다.

마을에서는 짓궂은 남자아이들이 예측할 수 없는 방향에서 불쑥 튀어나왔기 때문에 조심해야 했다. 등교 시간 30분 전에 5명에서 10명 정도 되는 아이들이 매일 자전거를 갖고 모였다. 우리들은 매일 20분 동안 대열을 이루면서 자전거를 타고 리엔츠까지 함께 갔다. 나는 앞에 가는 친구들을 따라가기만 하면 되었다. 하지만 가끔씩 남자아이들은 비장의 기술로 여자아이들을 놀래키고 싶어 했다. 남자아이들은 옆에서 자전거를 타고 있는 여자아이들 사이로 갑작스럽게 끼어들기를 시도했다. 여자아이들은 깜짝 놀라서 소리를 질러 댔다.

남자아이들은 이 위험한 트릭을 나에게도 강요했다. 내가 핸들로 여자아이들 곁에 얼마나 가까이 다가갔는지 알 수 없지만 짓궂은 장난을 성공시켰다. 내가 갑자기 끼어들 때면 여자아이들은 더 크게 새된 소리를 질렀고, 그것은 나를 더욱더 자극했다.

그러다가 사고가 일어나고 말았다. 끼어들기를 시도하다가 내 오른쪽 페달이 옆에서 달리고 있던 여자아이의 자전거에 걸린 것이다. 우리들은 균형을 잡기 위해 동시에 왼쪽으로 핸들을 꺾었다. 내 왼쪽에서 달리고 있던 여자아이는 갑작스러운 사태에 대처하지 못하고 쓰러졌다. 게다가 다른 아이들이 우리 뒤를 바짝 쫓아오고 있는 상태였다. 결국 자전거를 타던 아이들이 연쇄적으로 쓰러지는 사고가 일어났다. 빠른 속도로 달리던 우리들은 페달과 핸들에 부딪치며 찰과상을 입었다. 또한 무릎과 팔꿈치가 아스팔트길에 긁혔다. 이 상황에서 장난을 성공시킨 것에 대해 승리의 미소를 지을 수 없는 것은 분명했다. 나는 여자

아이들의 불평과 탄식은 물론 남자아이들의 비웃음을 참아 넘겨야 했다. 이 사고의 장본인은 다름 아닌 나였기 때문이다. 이때 사고로 내 자전거 페달은 휘어 버렸고, 학교까지 남은 길을 가기가 힘들었다. 더 큰 문제는 학교에서 집으로 돌아왔을 때였다. 나는 아버지에게 이날 사고에 대해서 설명해야 했다. 나는 아버지에게 모든 사실을 알리는 대신 자전거가 망가진 이유를 교묘하게 둘러댔다.

암라흐는 아주 작은 마을이었고, 나의 짓궂은 장난은 아주 금방 부모님의 귀에도 들어가게 되었다. 하지만 그것이 계속되는 내 장난을 막지는 못했다. 남자아이들은 자전거를 탈 때 조심스럽게 앞바퀴로 앞서 가는 사람의 뒷바퀴를 살짝 건드리는 장난을 했다. 그러면 앞 사람은 브레이크를 걸어 멈춰 서야만 했다. 이 장난을 칠 때 바퀴가 부딪치면서 내는 소리는 왠지 짜릿했다. 내가 뒷바퀴를 들이받으려고 시도할 때 앞에 가는 아이가 눈치채고 갑자기 속도를 내서 달아나면 약이 올랐지만 길을 가로지른 다음 있는 힘껏 반대 방향으로 도망가야 했다. 그러다 한번은 경주용 자전거와 정면에서 충돌을 했고, 우리 둘 다 자전거에서 심하게 넘어지고 말았다. 천만다행으로 상대방은 거의 다치지 않았고 내 자전거만 부서졌다. 내가 시각 장애인이기 때문에 볼 수 없었다는 손쉬운 해명은 하지 않았다. 왜냐하면 그것은 상대방을 더욱더 화나게 만들 수 있었기 때문이다. 나는 상처를 혀로 핥으면서 고물이 된 자전거를 걸어서 집까지 가져왔다. 나는 그 후로도 몇 년 동안 자전거를 타면서 장난을 즐겼다. 하지만 18살이 되었을 때 자전거 타기를 그만두었다.

그 계기가 된 사고는 내가 치료 마사지사로 근무하던 리엔츠 병원의 바로 앞에서 일어났다. 나는 간호사를 자전거 바퀴로 가볍게 스쳤던 것이다. 그 간호사는 내가 자전거를 타는 방식에 적잖게 충격을 받은 듯했다. 그녀는 다친 곳이 전혀 없었지만 분통을 터트렸다. 그녀는 어떻게 '눈 뜬 장님'이 자전거를 갖고 길거리를 나다닐 수 있는지 이해할 수 없다고 소리를 질렀다. 만약 내가 완전히 앞을 보지 못한다는 것을 알았더라면 자신이 무사한 것에 대해 하느님께 감사드렸을 것이다.

***

여름휴가 때면 부모님은 어린 우리들을 데리고 도보 여행을 떠났다. 누나와 나는 고산지대의 비좁은 길 위를 걷는 것을 힘들어했기 때문에 여행을 그다지 달가워하지 않았다. 형형색색의 꽃이 피어나는 들판과 경이로운 대장관을 연출하는 산의 모습을 엘리자베트 누나와 나는 만끽할 수 없었다.

어머니는 좋은 향기가 나는 알프스 산의 꽃을 내 코끝에 갖다 댔다. 그렇게 해서라도 내가 이 매혹적인 식물에 대해서 알게 되길 바랐던 것이다. 지루함을 느끼다가도 작은 개울물이나 개천을 건널 때만은 긴장했다. 아버지의 목소리가 변할 때면 주의해야 할 순간이었다. 나는 손으로 징검다리의 바닥을 더듬으면서 재빠르게 넘어갔다. 누나는 건너오는 데 시간이 좀 더 걸렸다. 모두 건너올 때까지 나는 자갈돌과 나뭇가지들을 만지며 기다렸다. 이 짧은 순간들은 도보 여행 전 과정 중 가장 흥미로웠다. 왜냐하면 그 몇 초 동안이나마 나는 세상을 실제로 만져 볼 수 있었기 때문이다. 길이 더 가파르고 험난할수록 더 신이 났다. 평지를 걸을 때면 손으로 바닥을 만질 일이 없지만 가파른 지대를 갈 때면 손으로 주변을 만질 수 있었기 때문이다. 그런 구간을 갈 때면 나는 갑자기 의욕에 넘쳤고 발걸음이 훨씬 가벼워졌다.

아버지는 이번 여행을 계획할 때 이 점을 고려하였다. 따라서 나를 위해 바위가 있는 경사진 루트를 물색했다. 나는 암벽을 정식으로 타고 싶어 했지만 그 요구는 받아들여지지 않았다. 부모님은 앞을 볼 수 없는 작은 아들이 암벽 등반을 할 수 있을 거라고는 믿지 못했기 때문이다. 그리고 어머니와 아버지는 암벽 등반에 필수적인 도구인 자일과 하켄을 다룰 줄 몰랐다. 게다가 돌로미텐에서 목숨을 잃은 외삼촌 때문에 부모님은 암벽 등반을 하고 싶다는 나의 야심찬 꿈을 단념시키고 싶어 했다.

산에 오를 때면 부모님은 내게 정상에서 길의 가장자리에 놓인 바위들을 만져 볼 수 있게 했다. 그렇게 해서 지루한 소풍과 정식 산악 등반 사이의 환상적인 절충안을 만들었다. 내게 있어 정식 산악 등반과 가족 소풍을 구분 짓는 중요한 기준은 꼭대기에 정상을 표시한 십자가가 서 있는지 여부였다. 몇 시간 동안 땀을 흘리며 산을 오른 후에 정상에서 십자가를 만질 수 있게 되면 그날은 내 생의 최고로 아름다운 날처럼 느껴졌다. 그리고 손과 무릎의 욱신거리는 아픔은 금방 잊어버릴 수 있었다.

언젠가부터 훨씬 더 높고 경사가 가파르며 험준한 산들에 대해서 꿈꾸기 시작했다. 나는 아버지에게 더 난이도가 높은 산에 오르자고 조르기 시작했다. 나는 사람들이 두 눈으로 바라보는 알프스의 장엄한 광경에 호기심을 느꼈고, 그것을 두 손으로 만져 보고 싶어 했다. 부모님은 암라흐 근방에 있는 모든 산꼭대기에 나를 데리고 올라갔다. 내 머릿속에 이 근방의 산에 대한 지도가 차츰 완성되어 갔다. 동쪽의 '에더플란 봉', 서쪽의 '뵈제 바이벨레 봉'과 리엔츠 계곡의 북쪽에 있는 '슐라이니츠 봉'은 내가 어린 시절 최초로 올라갈 수 있었던 봉우리였다. "2,900미터 높이의 슐라이니츠 봉에 오른 것은 3,000미터 등정의 성과를 달성한 것과 다름없단다."라고 아버지는 말했다. 아마도 아들이 그걸로 만족했을 거라고 생각했던 것 같다. 하지만 장엄한 돌로미텐 산맥의 뾰족한 봉우리들이 리엔츠의 계곡을 감싸면서 남쪽 지평선을 형성하고 있다는 사실을 아버지는 내게 이야기하지 않았다. 프란츠 삼촌이 마지막으로 올라갔던 '호흐슈타델 봉'의 북벽도 하늘 높이 솟아 있었기 때문이다. 다섯 개의 탑 모양의 '슈피츠코펠 봉'이나 '그로세 테플리츠 봉'은 당시에 마법과도 같은 힘으로 나를 사로잡았다.

부모님과 함께 처음으로 리엔츠의 돌로미텐 산에 올라가게 되었을 때 나는 정식 산악 등반을 한다는 사실에 잔뜩 설레였다. 몇 시간이 소요되는 등산 코스에는 지루한 평지와 구불구불한 숲길은 물론 험난하고 가파른 자갈밭 길들이 포함되어 있었다. 따라서 산을 오르면서 나 자신을 계속 채찍질해야 했다. 돌부리가 많은 험한 지형이 끝이 나면서 드디어 우리는 정상에 도착했다. '라저르츠반트'의 정상에 꼭대기를 표시하는 십자가가 없었음에도 나는 기뻤다.

산 정상에서 휴식을 취하면서 간식을 먹을 때 먼발치서 암벽 등반을 하는 사람들의 해머 소리가 들렸다. 그들은 '로테 투름 봉'의 서쪽에 수직으로 뻗어 있는 슈미트 침니를 힘겹게 오르고 있었다. 로테 투름은 웅장한 형세의 봉우리로 우리가 있는 곳에서 동쪽으로 불과 백 미터 정도 떨어진 곳에서 구름을 뚫고 하늘 높이 솟아 있었다. 자일과 하켄을 활용해서 산을 오르는 진짜 암벽 등반팀을 본 것은 그때가 처음이었다. 순간 내 머릿속에는 그동안 상상 속에서 그려 봤던 것보다 훨씬 가파르고 험준한 돌로미텐의 인상적인 산세가 떠올랐다.

"우리 내일은 로테 투름 봉에 올라가자."고 아버지가 농담을 던졌다. 아버지는 우리에게 그 목표는 실현 불가능하다는 것을 반어적으로 표현했던 것이다.

하지만 그 말이 앞으로 내가 영원히 로테 투름 봉에 올라갈 수 없다는 것을 뜻하지는 않았다. 나는 그 사실에 나름 위안을 삼았다. 라저르츠반트에서 내려올 때 아버지는 또다시 농담을 던졌다. "슈피츠코펠 봉도 산책 삼아 가볼까?" 사실 2,718미터에 달하는 그 봉우리는 우리가 있던 곳에서 비교적 멀리 떨어져 있었고, 그곳에 오르려면 건너편의 골짜기에부터 등산을 시작해야 했다. 그 말씀이 농담이라는 사실을 나는 알고 있었다. 하지만 그 말은 깎아지른 듯 험준한 잿빛의 거대한 산에 대한 동경을 일깨웠다. 7살짜리 소년이었던 나는 갑자기 로테 투름 봉과 슈피츠코펠 봉이라는 두 개의 새로운 목표를 마음속에 품게 되었다. 이 환상적인 바위산이 어떻게 생겼는지 나는 부모님에게 묻고 또 물었다. 그 산에 대한 선명한 이미지를 얻고 싶었던 것이다. 언젠가는 정상에 있는 십자가를 꼭 품에 안으리라는 야망을 나는 가슴에 새겼다.

몇 시간 동안 산을 내려오면서 다리에 힘이 풀렸지만 나는 투정을 부리지 않았다. 이날은 나에게 아주 특별한 하루였기 때문이다.

*****

추운 계절이 다시 우리의 고장을 찾아왔고 자연은 완전히 다른 색 빛깔의 옷으로 갈아입었다. 어렸을 때 나는 쉽게 뭉쳐지는 부드러운 눈을 갖고 재미있게 놀았다. 그해 겨울에는 나는 완전히 새로운 취미에 발을 들여놓았다. 평지와 언덕을 가로질러 60킬로미터 이상의 코스를 완주하는 돌로미텐 크로스컨트리 스키 대회가 리엔츠에서 개최되었던 것이다. 우리 집 앞을 지나가는 스키 코스의 트랙을 준비할 때 마을은 떠들썩한 잔치 분위기였다. 한때 농부들이 트랙터로 다져 놓은 들판과 농지 위에서 스키 활주로를 만드는 기계는 거칠게 증기를 내뿜으며 1미터 이상 쌓인 눈을 파헤쳤다. 참가 선수들이 대규모로 출발할 때를 대비해서 많은 공간이 필요했다. 따라서 기계는 압력으로 눈밭 위에 20개 이상의 크로스컨트리 스키용 활주로를 만들었다. 우리 집은 3킬로미터 구간에 위치했다. 따라서 출발지대의 활주로가 우리 집 앞까지 오지 않을 것은 분명했다. 아침 식사를 마친 후 아버지는 나와 함께 1월의 추운 날씨에 설원을 가로질러 넓게 다져진 활주로까지 힘차게 걸었다.

아버지는 25개국에서 온 수천 명의 활력이 넘치는 선수들이 무리를 지어 달리는 모습을 나에게 체험하게 하고 싶어 했다. 영하 20도의 추위 때문에 나는 투정을 부렸다. 손과 발이 꽁꽁 어는 것을 막기 위해 몸을 분주하게 움직이고서야 훨씬 견딜 만해졌다.

나는 다시 상상의 나래를 펼치기 시작했다. 긴박감이 넘치는 경주를 아버지와 함께 관람객 맨 앞줄에서 보게 될 거라고 기대했던 것이다. 하지만 먼 곳에서 둔탁한 총성이 들렸다. 아버지는 그것이 출발 신호일 거라고 이야기했고, 나는 크게 실망했다. 총성이 들린 후에 아무 일도 일어나지 않자 나는 참을성을 잃고 말았다. 다시 따뜻한 집으로 들어가고 싶어졌다. 아버지는 선두 그룹의 선수들이 3킬로미터 지점까지 오려면 몇 분은 걸리기 때문에 곧 빠른 속도로 우리 앞을 지나갈 것이라고 이야기했다.

무릎까지 눈에 파묻힌 채 나는 참을성을 갖고 추위를 견뎠다. 끝나지 않을 것 같은 기다림 끝에 먼발치에서 소리가 들려왔다. 아버지가 선수들이 몰려올 것이라고 설명했던 곳에서 나는 작은 소리였다. 처음에는 윙윙거리는 소리가 규칙적으로 들려왔고, 곧 선수들이 스틱으로 눈 위를 찍는 소리까지 세세하게 들을 수 있었다. 얼마 지나지 않아 선두 그룹의 선수들이 우리의 바로 앞을 지나고 있다는 것을 알 수 있었다. 60킬로미터의 긴 구간을 빠른 속도로 질주하는 초인적인 힘에 대해 갑자기 존경심이 들었다. 가능만 하다면 나도 저 트랙 위에 올라가서 치열한 경주에 참가하고 싶었다. 수천 명의 장거리 스키선수들이 지나가는 소리가 10분 이상이나 지속되었다는 것을 나는 의식하지 못할 정도로 몰입해 있었다. 아버지는 선두 그룹 주자들이 모두 지나간 후에 이제 집에 돌아가겠느냐고 물어보았다. 하지만 나는 극도의 흥분에서 벗어나지 못한 상태였다. 지금 트랙 위를 달리는 것은 아마추어 선수들이고, 프로급 주자들이 이미 사라진 후라는 것을 나는 알아채지 못했다. 선수들이 지나가는 소리와 단편적인 말소리가 차츰 들리지 않게 되자 그제야 나는 발이 떨어졌고 따뜻한 집으로 돌아갔다. 주말에 성당에 갔을 때 근육통에 시달리며 집에서 휴식을 취하고 있을 위대한 선수들에 대한 생각뿐이었다.

점심 식사 중에 아버지는 다시 함께 스키 경기장에 가보겠느냐고 물었다. 우승 후보자가 반환점을 돌아 이미 50킬로미터 이상을 완주한 상태이며, 곧 다시 우리 마을을 통과해 간다고 했다. 물론 나는 그 제안을 물리칠 수 없었다. 경주 코스는 시작점 직후의 3킬로미터 지점과 결승점 직전의 57킬로미터 지점에서 암라흐를 지나도록 설계되어 있었다. 위대한 선수들을 다시 만날 수 있다는 사실이 믿기지 않았다. 우리는 즉시 다시 경주 코스로 달려갔다. 경기를 중계하는 무전기에서 우승 후보자가 곧 암라흐를 통과한다는 소식이 들렸다. 나는 모든 감각을 곤두세우고 선수들을 맞을 준비를 했다. 마을에 모여 있던 사람들이 하나둘씩 박수를 치기 시작했다. 곧 나는 아침에 무수히 많은 선수들이 한꺼번에 스틱을 찍거나 분주하게 함성을 지르던 웅장한 소리를 곧 다시 듣게 되리라는 기대를 품었다. 하지만 이번에는 달랐다. 대신 마을 사람들의 응원하는 소리 사이로 선수 하나가 쉭 지나가는 소리가 잠시 들렸을 뿐이다. 마지막 3킬로미터 구간에서 번호 2번 선수가 실수를 하지 않는다면 이 경주를 이길 것이 분명했다. 4분 후도 똑같은 상황이 되풀이 되었다. 사람들이 조금씩 박수를 치자, 선수 하나가 내 앞으로 빠른 속도로 지나가는 소리가 들렸다. 돌로미텐 경기의 우승자는 핀란드의 파울리 시토넨 선수였고, 오스트리아의 헤르베르트 바흐터가 2등을 차지했다. 승자는 이미 결정되었지만, 계속해서 스키선수들이 우리 앞을 지나갔다. 반 시간 후에는 50명 이상의 선수들이 암라흐를 통과하였다. 문득 나는 몹시 궁금해졌다. 아침에 내 앞을 스치고 지나갔던 그 많은 선수들은 모두 어디쯤 와있을까?

냉기가 다시 내 부츠 속으로 스며들었다. 하지만 다시 집에 가자는 아버지의 이야기를 나는 귀담아 듣지 않았다. 이가 덜덜 떨리는 와중에 나는 아버지에게 선수들이 더 이상 그룹을 지어 달리지 않고 왜 혼자서 힘겹게 가고 있는지 물었다. 선수들 간의 기량과 실력 차이가 나서 그렇다고 아버지가 명료하게 말해 주었다.

최고의 기량과 실력은 타고나거나 저절로 얻어지는 것이 아니다. 돌로미텐 크로스컨트리 스키 경기는 나에게 아주 강렬할 인상을 남겼다. 나는 앞을 지나가는 선수들 하나하나의 소리에 몰입했다. 그 소리에 귀 기울이면 각 선수들의 컨디션과 실력을 알 수 있을 것만 같았다. 나머지 선수들이 결승점을 통과하는 것을 리엔츠의 광장에서 구경시켜 주겠다는 아버지의 약속을 받아 내고는 나는 따뜻한 집으로 돌아왔다. 저녁 6시가 되어 리엔츠 시내의 광장에 맨 마지막 선수가 결승점에 도달했다. 이탈리아 출신의 이 선수가 걸어서 왔다면 훨씬 더 빨리 왔을지도 모른다고 생각했다. 6시간 전에 경기의 우승을 차지한 파울리 시토넨 선수와 이 마지막 주자는 완전히 다른 인생을 살 것이라는 생각이 들었다.

집에서 나는 어머니에게 낡은 자투리 천에 숫자를 꿰매서 번호표를 만들어 달라고 부탁했다. 하얀색 바탕에 붉은 색으로 숫자 2를 새겨 달라고 했다. 성탄절에 선물로 받은 트레이닝복은 절묘하게도 하늘색이었다. 그래서 내 복장은 파울리 시토넨 선수의 것과 거의 비슷해졌다. 나는 언제나 사물의 색깔과 형태를 아주 중요하게 생각했다. 그래서 쉴 새 없이 사람들에게 내가 눈으로 볼 수 없는 사물에 대해 물어보았다. 핀란드 출신의 우승자의 모습에 대해 아버지는 세밀하게 설명했다. 나는 그 이미지를 기억하고 있었다.

나는 알파인 스키를 신고 처음으로 크로스컨트리 스키의 활주로에 올랐다. 한 구간씩 천천히 나아가면서 나는 집 주변의 지역을 탐색했다. 크로스컨트리 스키의 활주로는 마치 기차의 철로처럼 뻗어 있어서 그 길을 따라만 가면 된다. 하지만 두 개의 트랙이 교차하는 지점에서는 혼란스러웠다. 곧 나는 스틱을 찍는 수를 세서 턴을 해야 하는 지점을 기억해 두었다. 가령, 스틱으로 326번 찍은 후에 오른쪽으로 턴을 하면 다른 트랙으로 진입할 수 있었다. 마찬가지로 1,789번째 스틱을 찍은 후에 왼쪽으로 턴을 하면 곧 교회 종소리가 들리는 이웃 마을에 도착할 수 있었다.

반환점을 돌아서 집으로 돌아올 때면 당연히 좌우를 뒤바꿔서 계산해야 했다. 바닥에 미세하게 울퉁불퉁함이 느껴지면 계곡 분지로 길을 잘못 들지 않게 주의했다. 스키를 타면서 나는 지금껏 한 번도 맛보지 못한 자유를 느꼈다. 평지와 언덕을 가로지르는 크로스컨트리 스키선수처럼 나는 독립적이었다. 게다가 등판 번호 2번을 달고 있었다. 나는 최고의 기분이었다. 이듬해 겨울 방학에 계곡 분지에 눈이 충분히 쌓였을 때 나는 크로스컨트리 스키를 혼자서 집중적으로 연습했다. 나는 장거리용 스키를 신고 계속해서 더 먼 곳으로 가려고 노력했다. 점차 돌로미텐의 트랙 전체를 탐색할 수 있었다. 하지만 오후에 햇살이 비칠 때면 설원에서 스키를 타고 가르는 것을 멈춰야만 했다. 크로스컨트리 스키의 트랙에 치명적인 단점이 하나 있다면, 앞에서 나보다 느린 속도로 가는 다른 주자들과 부딪칠 수 있다는 것이다. 앞 주자와 부딪칠 때엔 부상 위험이 있는 것 이외에도 속도가 줄어든다는 점이 아쉬웠다. 트랙 위를 지날 때면 내 스키의 소리가 너무 커서 주변의 소리가 들리지 않았다. 그래서 앞에 누군가 있다는 것을 미처 깨닫지 못한 채 종종 스키의 끝으로 들이받거나 뒤엉켜서 쓰러지는 일도 많이 일어났다. 넘어지는 일 그 자체는 대수롭지 않았다. 하지만 조심성 없이 전방을 주시하지 않았다는 비난이 쏟아지면 곤혹스러웠다. 장애가 있다는 것을 순순히 밝혔다면 상황은 분명 더 복잡해졌을 것이다. 대신 나는 정중히 사과하면서 초시계를 보다가 그만 집중력이 흐트러졌다고 변명을 했다. 다행히도 상대방이 별 부상을 입지 않았다면 나는 힘차게 스틱을 찍으며 달려 나갔다.

이후 청년 시절 나는 크로스컨트리 스키를 타다가 아주 곤란한 상황을 겪었다. 햇살이 반짝이는 오후에 마지막 교차 지점에서 불과 몇 미터를 앞둔 곳에서 나는 중년 부인을 들이받은 것이다. 나는 부인을 부축해서 일으켜 세운 후에 정중히 사과를 했다. 그리고는 가던 길을 계속 갔다. 그때 우연히도 가까운 도로에 경찰차가 접근하고 있다는 것을 나는 전혀 눈치채지 못했다.

부인은 다친 곳이 없었지만 화가 나서 경찰에게 달려가서 신고했던 것 같다. 그곳에서 12킬로미터를 더 나아갔을 때 나와 비슷한 속도로 달리던 앞 사람이 갑자기 속도를 줄이는 것이 느껴졌다. 근처에서 외치는 소리와 호루라기 소리를 듣고 반응을 한 것이다. 나 역시 속도를 줄였다. 하지만 앞서 가던 사람이 바람막이 역할을 하고 있어서 경찰관들이 트랙 옆에서 기다리고 있다는 것을 전혀 예상하지 못했다.

경찰에게 가려면 우리는 눈이 쌓인 5미터 높이의 언덕과 빽빽한 오리나무숲을 가로질러야만 했다. 아마도 내 앞에 가던 사람은 나와 비슷한 옷차림이었던 것 같다. 경찰관은 중년 부인이 묘사한 인상착의로는 식별할 수 없었기에 우리를 둘 다 불러들인 것이다.

혼자서는 길이 없는 지대를 자연스럽게 지나 경찰들에게 가기란 불가능했을 것이므로 나로서는 둘이 가게 되어서 다행스러웠다. 나는 그럴듯한 연기로 시각 장애가 있다는 사실을 밝히지 않고 상황을 수습했다. 나는 경찰들에게 크로스컨트리 구간을 완주한 직후에 리엔츠의 파출소로 출두하겠다고 약속했다. 집에 도착해서는 나는 아내 자비네와 어머니에게 상황을 설명했고, 둘은 나와 파출소까지 동행했다.

그곳에서 나는 내 관점에서 사건을 상세하고 구체적으로 진술했다. 하지만 과감하게도 나는 교묘한 연기로 시각 장애 때문에 충돌이 일어났다는 사실을 감추려고 했다. 더 이상 스키를 타지 말라는 금지 명령이 내려지면 나의 한정된 자유에 또 제약이 가해질 것이 두려웠다. 경찰관이 작성된 진술서를 검토한 후 서명을 하라고 책상 위로 내밀었을 때 나는 연기력의 한계에 다다르고 말았다. 자비네는 내가 곤란해 하는 것을 바로 눈치채고는 내 옆에서 서류를 들여다보다가 작은 소리로 읽어 주는 시늉을 하였다. 그러고는 상대가 알아채지 않게 펜을 쥔 내 오른손을 서명난 쪽으로 살며시 이끌었다.

모든 것이 순조롭게 마무리 되는 듯했다. 하지만 그날 저녁 어머니가 다시 진술을 하기 위해 경찰서에 출두하였다. 사고를 당한 부인은 다친 곳이 없었지만, 경찰관들이 나에게서 석연치 않은 점이 있다고 느낀 것이다. 곧 나는 고소를 당했다. 하지만 부인은 충돌의 진짜 원인을 알고는 적지 않게 당황했고 곧 소를 취하해 주었다.

이런 돌발 사고를 방지 위해서 나는 다른 사람들이 활주로를 사용하지 않는 이른 아침이나 늦은 오후에 연습을 하기로 했다. 나는 어두울 때 돌아다니는 것을 별로 개의치 않았다. 하지만 부모님은 어두운 밤중에 숲 주변을 헤집고 다니고 있을 아들 걱정으로 주름이 깊어졌다.

10살부터 12살까지 크로스컨트리 스키의 매력에 푹 빠졌다. 놀이를 하듯 스키를 타면서 자연스럽게 장거리 선수에 적합한 심폐기능을 갖추게 되었다. 그것은 지금까지 내게 큰 득이 되고 있다. 당시에 나는 종종 한 번에 50~60킬로미터를 완주했다. 나는 정상급 선수가 되어 큰 규모의 경주 대회에서 선두 주자로 달리는 모습을 언제나 상상했다. 따라서 느린 속도는 용납할 수 없었다. 이 상상은 최고의 성과를 내도록 나를 자극했다.

아버지는 나의 야심찬 꿈을 눈여겨보았고, 청소년 크로스컨트리 스키의 훈련을 받을 수 있게 해줬다. 그 훈련 프로그램에는 리엔츠 지역에 사는 9살에서 16살 사이의 남자아이들이 주로 참가했다. 그곳에서 매주 함께 기초 체력을 다지는 연습을 하기로 했다. 트레이너 선생님은 폭스바겐 버스로 집 앞까지 데리러 왔고, 훈련이 끝나면 다시 데려다 주었다. 같은 관심사를 가진 아이들과 함께 꿈을 키워 나갈 수 있다는 점에서 나는 잔뜩 설레었다. 하지만 함께 훈련을 받는 아이들이 내 친구들과는 완전히 다르다는 것이 곧 드러났다. 그들은 내 친구들과는 정반대였다. 그 아이들은 남의 약점을 들추어내고 괴롭히는 것을 즐겼다. 상상할 수 있는 모든 방법을 동원해서 아이들은 나를 괴롭혔다. 버스를 타고 갈 때 아이들은 내 훈련 가방에 있는 물건들을 뒤죽박죽으로 해놓거나 내 스틱의 손잡이 부분에 접착제를 발라 놨다.

동티롤에서 매주 일요일마다 지역을 바꿔서 소규모로 개최되는 크로스컨트리 스키 경주를 나는 결코 잊지 못할 것 같다. 출발 바로 직전에 준비해 둔 스키가 사라진 것이다. 그때 함께 훈련을 받는 아이들의 심술궂은 웃음소리가 들려왔다. 아이들에게 나는 좋은 놀림감이었다. 괴롭힘 때문에 내가 정신적으로 심각한 상태까지 갔다는 사실을 아마도 그 아이들은 몰랐을 것이다. 그 모임에서 2년을 간신히 버틴 후에 나는 결국 탈퇴했다. 다음부터는 혼자서 훈련을 하기로 결정했다. 그 모임에서 온갖 수모를 겪으면서 좌절하기도 했지만 운동 기량 측면에서는 많은 것을 배울 수 있었다. 그 점을 혼자서 훈련할 때에도 적용시켰다. 나중에 소규모의 크로스컨트리 스키 대회에 참가 했을 때 나는 스포츠 동아리에서 기량이 뛰어났던 아이들을 앞지르면서 더할 나위 없는 쾌감을 느꼈다. 출발 신호를 기다릴 때 모든 주자들이 서로 먼저 유리한 고지를 차지하려고 밀치락달치락할 때 예전에 함께 훈련을 받던 아이들의 목소리가 옆에서 들렸다.

모두 동시에 출발한 후 좋은 자리를 선점하려면 최대한 빨리 앞으로 치고 나가는 것이 중요하다. 트랙이 좁아지는 구간에서는 젖 먹던 힘까지 짜내야 출발 지점에서 앞서 갔던 경주자들을 추월할 수 있기 때문이다.

앞이 보이지 않는 나로서는 처음 10분 동안의 출발 구간이 가장 어려웠다. 주변의 소리는 뒤엉켜 있었고, 방향을 잡기 위해 선두 주자의 소리에 집중을 하는 것이 거의 불가능했기 때문이다. 몇 킬로미터를 통과한 후 참가 선수들이 한 줄로 정연하게 달리기 시작하는 지점부터는 훨씬 쉬워졌다.

혼자서 출발을 하는 경기에서도 곤란을 겪기는 마찬가지다. 출발 직후 몇 분간은 아무도 내 앞에 없기 때문에 경로를 찾기가 힘겨웠다. 때로는 지옥 같은 구간을 잘 통과한 후 비교적 괜찮은 위치에서 앞서 달리는 주자와 경쟁할 수 있었다. 이런 방식으로 나는 수십 킬로미터에 달하는 트랙에서 이탈하지 않고 결승점에 도달할 수 있었다. 결승점에 도착한 후에야 내 앞뒤에서 달린 주자가 누구인지 알 수 있었다. 스키 동아리에서 나를 괴롭히던 아이들이 나보다 늦게 결승점에 도착했다는 사실을 알게 되었을 때 나는 뿌듯했다.

국제 돌로미텐 크로스컨트리 경주 대회에 참가하겠다는 나의 야심찬 뜻을 이룰 날이 서서히 다가오고 있었다.

나는 그 대회를 위해 만발의 준비를 했다. 나는 출발 지점에서 4,000명의 선수들이 한꺼번에 앞다퉈 가려고 할 때 뒤처지는 일이 없도록 아버지에게 도움을 요청했다. 출발 선상에서 좋은 자리를 잡도록 도와 달라고 부탁했다. 내가 혼란의 틈바구니 속에서 부상 없이 멀쩡할 확률은 매우 낮다는 걸 알고 있었다. 하지만 아버지는 대회 참석을 허락하지 않으면 내가 마음에 더 큰 상처를 입을 거라는 것 또한 알고 있었다.

나는 맨 앞의 출발선에서 핀란드, 러시아, 스웨덴, 노르웨이 출신의 선수들 옆에 나란히 섰다. 몇 분 후면 최고의 기량을 갖춘 선수들과 60킬로미터의 트랙에서 경주를 벌이게 된다는 사실에 기분이 한껏 들떴다. 하지만 그 기분은 출발 신호가 내려질 때까지 아주 잠깐만 지속되었다.

나는 그만 옆에서 출발하는 선수의 스틱에 걸려 넘어진 것이다. 나는 머리를 바닥에 곤두박질쳤다. 몇 초 후에 다른 선수들이 뒤에서 밀치고 나오면서 내 등을 스키와 스틱으로 타고 지나갔다.

곧 나는 벌떡 일어났지만 몇 미터 가지 않아 다시 눈 위에 엎어지고 말았다. 시각 장애인 선수가 스타트 지점의 한가운데서 휘청거리고 있다는 것을 눈치챈 사람은 많지 않았다. 경기복이 찢겨지고 등의 상처에서는 피가 났지만 나는 경주를 포기하지 않았다. 시간이 조금 흐르자 선수들의 대소동이 점차 잦아들었다. 한 무리의 선수들은 10킬로미터 구간을 돌파해서 이웃 마을인 라반트에서 북적이고 있을 터였다.

어느덧 나는 리듬을 되찾았다. 목표 지점이 점점 더 가까워져 가고 있음에 기뻤다. 하지만 이탈리아 선수가 내 바로 앞에서 넘어졌다. 순간 나는 반사적으로 넘어져서 위험한 사고를 피할 수 있었다. 빠른 속도로 스키를 타고 달리다가 갑자기 장해물을 만났을 때 능숙하게 피하는 것은 거의 불가능했다. 매 킬로미터를 나는 무사히 통과했지만 식수대에서 이온음료나 곡물바를 챙길 여유는 없었다. 진행요원들은 내 코 앞까지 음료 컵과 간식을 건네줬다. 하지만 나는 언제나 손을 저으며 내 앞서 가는 주자를 놓치지 않으려고 온 집중을 기울였다. 다행히도 아버지는 트랙 옆에서 일정한 간격을 유지한 채 따라오면서 장거리를 완주하려면 꼭 필요한 음료와 음식을 건네줬다. 나는 60킬로미터를 완주하고 결승점을 통과한 후에도 속도를 줄여서 리엔츠의 메인 광장까지 갔다. 군중들이 환호하는 소리를 듣자 오랫동안 꿈꾸던 목표를 달성한 실감이 났다. 나는 무한한 자부심을 느꼈다.

***

1975년 8월 16일에 나의 미래에 큰 영향을 끼친 사건이 하나 있었다. 정식으로 암벽 등반을 하고 싶다는 오랜 소망이 드디어 실현된 것이다. 우리들은 슈피츠코펠 봉을 오르기로 했다. 새벽 5시 반에 폭스바겐 비틀을 타고 등산로의 출발 지점인 클람-브뤼클레로 향했다. 부모님과 로이스 삼촌과 사촌 형제인 프란츠와 카를이 함께했다.

내 머릿속에는 내비게이션 장치처럼 작동하는 가상의 지도가 있었는데, 나는 그것으로 우리가 가는 곳의 위치를 파악했다. 상당히 오래전부터 나는 이날을 위해 준비해 왔다. 차는 케르슈바우머 계곡으로 진입했다. 그곳은 예전에 가본적이 있는 라저르츠 지역과 마주보고 있었다. 주차장에서 나와 넓은 숲길을 걷기 시작할 때 일행을 놓치지 않고 따라가려고 애써야 했다. 계곡 물 소리가 들리기 시작했을 때 그 물이 혼합림을 통과하여 깊이 수백 미터의 좁은 골짜기로 흘러 들어가고 있다는 것을 감지할 수 있었다. 하지만 계곡물 소리는 마치 두꺼운 안개처럼 모든 소리를 뒤덮었고 나는 방향 감각을 거의 잃어버렸다. 왼편의 계곡에서 흐르는 물소리를 뚫고 가족들의 말소리가 들려왔다. 나는 그들의 발걸음을 쫓기 위해서 고군분투했다.

반시간 후에 우리 앞에 장해물이 하나 나타났다. 좁은 개울물이었다. 두 개의 물줄기가 하나로 합쳐지면서 거칠고 위협적인 소리가 났다. 발을 적시지 않고 그 물길을 건너려면 나는 아버지의 도움을 받아야만 했다. 아버지는 개울물 속에 자갈을 일일이 놓아서 징검다리를 만들었다. 나는 서커스 곡예사처럼 그 위에서 균형을 잡았다. 내가 몇 분 동안 위태롭게 한 발 한 발 내딛는 동안 사촌들은 개울가에서 심심해하며 기다리고 있었다.

다음으로 험난한 구간은 지난겨울 눈사태 때 쏟아진 눈이 딱딱하게 얼어붙은 설원이었다. 등산화를 신은 내 발은 빙판처럼 미끄러운 눈길 위에서 미끄러졌다. 작년의 눈사태가 만들어 놓은 지대를 지나가려면 정신을 집중해야 했다. 곧 앞이 안 보이는 것이 불리함으로 작용하지는 않는다는 것을 깨달았다. 오래된 눈이 도자기처럼 굳은 곳을 꽉 붙들면서 미끄러운 급경사면에서 넘어지지 않으려고 애썼다. 약 2시간이 지난 후에 우리는 케르슈바움 목장에 도착하였다. 그곳은 여자 목장주와 목동들이 운영하는 알프스의 목장이었다. 여름에 그곳에서 키우는 소와 말은 해발 1,900미터 정도 높이에 위치한 숲 근처에서 방목되었다. 그곳에서 우유와 치즈를 먹으면서 쉬는 동안 아버지는 암벽까지 가는 길이 얼마 남지 않았다고 하였다. 그 말은 큰 힘이 되었다. 나는 지금까지 힘들었던 것은 잊고 즐거운 마음으로 다시 산에 오르게 되었다.

반시간을 더 간 후에 우리들은 2,350미터 고지의 할레바흐토를에 도착했다. 그곳은 푸른 목장 지대에서 험준한 알프스 지대로 넘어가는 길목으로서 슈피츠코펠 봉으로 가는 관문이 위치해 있었다. 나는 울퉁불퉁한 산책로를 넘어지지 않고 일행들과 보조를 맞춰 갈 자신이 있었다. 이런 내 모습을 부모님은 대견해했고, 로이스 삼촌과 카를과 프란츠는 나를 오래 기다리지 않아도 되었다. 아버지는 내 앞에서 등산화를 신은 발로 힘차게 걸었고, 나는 그 소리를 따라 올라갈 수 있었다. 어머니는 내가 발을 잘못 디딜 경우를 대비해서 내 뒤에서 올라왔다. 자갈이 깔린 경사로를 힘겹게 넘어간 후에 우리가 목표로 한 봉우리의 진입로에 도착했다. 그곳에서 삼촌은 단 한 번뿐인 순간을 포착하기 위해서 Super-8 카메라를 꺼냈다. 배경의 모습까지 찍으려면 몇 발짝 뒤로 가야 했기 때문에 우리들은 긴장했다.

진입로에서부터 암벽까지 고정자일이 난간처럼 설치되어 있었다.

하지만 첫 번째 고정자일을 몇 미터 앞둔 지점에서 나는 좌절감에 빠졌다. 사촌 형제들이 신나서 이 자일을 난간 삼아 잽싸게 오르고 있을 때 나만 혼자서 가파른 협곡의 돌계단을 오르느라 진땀을 빼고 있었다. 나는 신발이 미끄러지거나 손으로 잡은 바위가 굴러 떨어질까 봐 불안해하며 움직였다. 내가 미끄러질 경우 얼마나 깊은 곳까지 추락할지 긴급 상황에서 어떻게 구조를 받을 수 있을지 불안하기만 했다. 나는 화를 내며 아버지에게 집에서 가져온 빨랫줄을 자일로 사용하자고 재촉했다. 이날 나는 정식 암벽 등반에 대한 기대감으로 가득 차 있었고, 케르슈바움 목장에서부터 자일을 꺼내 사용하기를 바랐다. 아버지는 2미터 더 올라간 후에 매듭 몇 개를 만들었고 암벽의 진입로에서 나를 그 끈으로 묶을 준비를 하였다. 어머니는 내가 미끄러지지 않고 길을 잘 찾을 수 있도록 아직 내 뒤에 있었다.

드디어 나는 진입로에 도달했다. 이제 진짜 암벽 등반을 하고 싶다는 간절한 소망이 이루어지기 직전이었다. 어머니는 기운을 내라고 보온병에서 차를 따라 주었다. 하지만 나는 차를 반 정도만 홀짝였다. 나는 차를 마시는 데 시간을 보내는 게 아까웠고 빨리 올라가고 싶어서 서둘렀다. 위로 올라가기 위해 암벽과 빨랫줄로 만든 자일을 손으로 만져 보았을 때 마치 다른 세상이 열린 듯한 기분이 들었다. 갑자기 나는 두 손으로 세상을 거머쥔 기분이었다. 그래서 모든 것이 너무 느려진 것 같았다. 부모님, 삼촌과 두 사촌들과 함께 나는 같은 속도로 올라갔다. 나라고 특별히 더 힘든 것은 없었다. 마치 나를 묶어 두었던 족쇄에서 풀려 난 것 같은 느낌이 들었다. 마지막 3시간짜리 힘겨운 코스를 수직으로 올라가면서 나는 큰 보상을 받은 기분이었다.

우리는 훨씬 더 높이 올라갔고 산마루 옆에 위치한 린더 산장에서 휴식을 취했다. 사촌 형제들은 너무 힘들고 발바닥이 욱신거린다고 투정을 부렸다. 아버지는 빨랫줄로 나를 꽉 묶었다. 이날 산꼭대기에 도달할지도 모른다는 생각에 나는 태어나서 처음으로 전율했다. 한 발 한 발 다시 천천히 나아갔다. 린더 산장에서 나선 후에 우리는 정상 앞을 가로막고 있는 깊은 협곡 아래로 기어 내려가야 했다.

로이스 삼촌이 다시 카메라를 꺼내 들었을 때 나는 정상이 그리 멀지 않은 곳에 있다는 것을 예감했다. 자일은 끝이 났고, 바위 지대는 다시 평탄해졌다. 정상 바로 앞에서 프란츠와 카를은 신이 나서 요들송을 불렀다.

고정자일이 없는 평평한 바위 위를 걸어가는 가는 것은 역시 힘들었다. 사방으로 나있는 낭떠러지들은 위협적이었다. 나는 두 손과 두 발로 기어서 일행들의 목소리가 들리는 방향으로 갔다. 순간 나는 내 허벅지보다 더 두껍고 하늘 높이 솟아 있는 둥근 기둥을 붙잡았다. 그제야 나는 진짜 꼭대기에 올라왔다는 확신이 들었다. 나는 하늘을 향해 솟아 있는 십자가의 기둥을 만져 보았다. 일행들에게 성공적인 등정에 대해서 축하의 말을 듣기 전에 나는 두 손으로 직접 지금 서있는 곳이 가장 높은 꼭대기인지 확인하고 싶었다. 십자가 기둥 주변의 몇 미터를 기어 다니면서 사방으로 낭떠러지가 있다는 걸 확인했다. 나는 태어나서 처음으로 모든 산마루는 한 점에서 모인다는 것을 몸소 체득할 수 있었다.

그동안 도보 여행을 할 때 목적지인 가장 높은 곳에 올라왔어도 여전히 멀리서 소 방울 소리가 들렸다. 하지만 이번에는 달랐다.

다음에 나는 산꼭대기의 십자가를 좀 더 꼼꼼히 더듬어 보았다. 그런 다음 손으로 두꺼운 기둥을 쓰다듬었다. 내 키 높이에서 네모진 양철 상자가 만져졌다. 상자의 위쪽 모서리에서 작은 뚜껑을 발견할 수 있었다. 그것을 열자 그 속에는 묵직한 책이 한 권 있었다. "이것은 정상까지 올라온 사람들이 기록을 남기는 방명록이란다."라고 어머니는 대견해하며 말했다. 우리 모두 이 두꺼운 방명록에 직접 이름을 적었다. 내 이름을 쓸 때는 어머니가 도와주었다. 산꼭대기에서 먹는 베이컨 샌드위치와 차는 지금까지 먹었던 그 어떤 음식보다 훨씬 맛있었다. 요즘도 어머니는 그때 비밀스럽게 반짝이던 내 눈 이야기를 하곤 한다. 내가 그 후로도 암벽 등반을 더 하게 되리라는 것을 어머니는 그때 예감했다고 한다.

하산하기 전에 어른들은 인상적인 파노라마와 아름다운 계곡 풍경에 대해서 감탄하였다.

산을 오르는 것보다 내려가는 것이 훨씬 어려웠다. 하지만 정상에 오른 후에 그 사실은 달갑게 받아들일 수 있었다. 몇 시간을 하산한 후에 케르슈바움 목장에 도착했을 때 두 발로 서있기조차 힘들었다. 주차장까지 가는 마지막 한 시간은 마치 끝없는 지옥과도 같았다. 로이스 삼촌은 투어의 마지막 모습을 촬영하였다. 12시간 만에 우리들은 다시 아버지의 폭스바겐에 올라탔다. 30분도 지나지 않아 나는 힘들었던 기억을 모두 잊어버렸고 내 마음속에는 또 산에 오르고 싶다는 욕망이 꿈틀거렸다.

***

외할머니는 늘 내게 두뇌 개발용 장난감을 선물하였다. 어느 해의 크
리스마스 때 할머니는 레고 블록을 선물해 주었다. 알록달록한 설계도
에는 복잡한 구조의 트랙터, 굴착기, 크레인, 지프차 등의 작은 부품 하
나하나에 번호가 매겨져 있었다. 나는 설계도를 읽을 수는 없었지만 다
양한 색깔과 형태의 수백 개 부품을 조립해서 완성된 작품을 내 책상
위에 당당히 올려놓고 싶었다. 아버지는 설계도에 따라서 트랙터를 조
립하였고 완성된 작품을 내가 손으로 만져 볼 수 있게 해줬다. 곧바로
나는 트랙터를 모두 분해했다. 나는 각 부품들을 상자의 원래 자리에
정확히 정돈하고는 0.5센티미터의 작은 블록들을 다시 찾아내는 연습
을 했다. 무수히 많은 반복 끝에 나는 트랙터의 모습을 입체적으로 떠
올릴 수 있게 되었다. 핸들이나 공기압 시스템, 기어 변속 장치 등의 세
세한 조립 방식까지 이미지로 떠올리는 것은 결코 쉽지 않았다. 하지만
나는 혼자의 힘으로 이 놀라운 작품을 직접 만들고 싶었다. 레고를 갖
고는 실물과 흡사한 4기통의 엔진 본체도 만들 수 있다. 톱니바퀴, 막대
기, 뚜껑, 특별한 형태의 연결 장치 등의 부품들을 조립하면 엔진이 만
들어졌다. 나는 부품들을 가지고 놀면서 크랭크축, 연접봉, 피스톤, 실
린더의 기능이 무엇인지 이해하게 되었다.

수업 시간에 앉아 있거나 교회에서 주임 신부님의 지루한 설교를 듣고 있을 때면 때때로 내가 조립하려는 작품 생각에 골몰했다. 그런 다음 책상에 앉아 조립을 시작하면 머릿속으로 생각했던 작품을 완성시키는 데 서너 시간 정도밖에 걸리지 않았다. 완성 작품을 처음으로 테스트할 때 설계도에 적혀 있는 것처럼 모든 것이 제대로 작동하면 부모님은 감탄하였다. 비슷한 형태의 조립 부품의 경우 색을 구별할 방도가 없었다. 따라서 색깔이 잘못된 부분이 있었지만 부모님은 개의치 않았다. 가령 설계도에 따르면 엔진 본체는 회색과 파란색이 주조를 이루지만, 내가 작은 부품을 고를 때 실수를 하는 바람에 재미있게도 빨간색이나 초록색 얼룩이 있었다. 그것은 대수로운 문제가 아니었다. 중요한 것은 내가 입체적인 3차원의 세계를 이해할 수 있게 된 것이다.

***

아버지가 성장한 커다란 농장 집의 거실 벽에는 오래된 기타가 걸려 있었다. 나도 어린 시절 그 농장 집에 방문할 때 그 기타에 흥미를 느꼈다. 오래전에 아버지는 형제들과 함께 특별한 행사가 있을 때마다 이 멋진 악기로 댄스곡을 연주하였다고 했다. 라디오나 TV가 보급되지 않았던 50년대에 암라흐 사람들은 종종 농장 집의 넓은 거실에 모이곤 했다. 로이스 삼촌은 시타르, 프란츠 삼촌은 풍금, 한스 삼촌은 플루트, 아버지는 기타로 댄스곡을 연주했고 사람들은 그 노래에 맞춰 춤을 추었다. 촛불과 레드와인 그리고 네 형제의 음악 연주가 어우러져 만들어 낸 분위기에서 마을 청년들 사이에 새로운 연애가 싹텄다.

오래된 기타에서 과거의 향취가 느껴졌다. 어린 시절 나는 언젠가 아버지처럼 이 여섯 개의 줄로 음악을 연주하게 되리라는 것을 예감했던 것 같다. 기타는 내가 까치발을 들고도 손가락 끝에 간신히 닿는 높이에 걸려 있었다. 나는 가끔 난롯가의 의자 위에 올라가서 기타를 만져 보았다. 기타 줄을 튕길 때면 나는 열광했다. 아버지가 기타로 연주를 하는 일은 거의 없었다. 하지만 잔칫날만큼은 아버지가 벽에서 악기를 내려 곡을 연주했다. 내가 좀 더 자라서 손가락이 기타의 핑거보드에 모두 닿을 수 있게 되었을 때 아버지는 나와 누나에게 간단한 코드 몇 개를 알려 주었다.

우리들은 이 코드의 조합을 굉장히 빨리 외웠다. 우리 둘 다 기타의 선율에 매료된 나머지 이 악기를 능숙하게 다루는 법을 하루 빨리 익히고 싶어 했다. 오래된 오르간을 연주하면서도 많은 시간을 보냈다.

나는 귀로 음악을 들으면서 12음계와 반음계를 자연스럽게 깨우쳤다. 곧 나는 2도 화음의 단순한 곡을 연주할 수 있었다. 또한 불협화음을 만들지 않으려면 언제 흰 건반과 검은 건반을 눌러야 하는지 정확히 알았다. 곧 나는 엘리자베트 누나와 함께 합주할 수 있게 되었다. 누나는 생일 선물로 받은 기타를 치고 나는 아버지의 오래된 악기로 연주하곤 했다.

우리들은 유행가와 팝송의 연주를 시도했고, 엘리자베트 누나는 기타를 치면서 노래를 부르기도 했다. 당시에 나는 성량이 작은 편이라서 노래를 부를 때 목소리 전달력이 많이 떨어졌다. 사운드에 좀 더 다양한 효과를 주기 위해서 나와 누나는 우리 집의 커다란 계단에서 기타를 치기도 했다. 부모님의 새 스테레오 스피커에 마이크를 꽂고 합주를 할 때면 우리들의 음악 소리가 집 전체에 울려 퍼졌다. 성탄절 저녁에 크리스마스 나무 밑에 엘리자베트 누나와 내 선물로 두 대의 전자 기타가 놓여 있었던 것을 나는 절대 잊지 못할 것이다. 아버지는 지하실에는 연습실을 꾸며 주었다. 우리는 '엘리안드레스'라는 이름의 2인조 밴드를 결성하였다. 엘리자베트 누나와 나는 종종 지하실에 마을 아이들을 초대해서 공연을 했다.

누나가 18살이 되고 내가 15살이 되었을 때 우리는 서로 다른 음악적 길을 가기 시작했다. 나는 키보드와 아코디언을 연주하는 옆 마을의 아이 헤르베르트와 알게 된 것이다. 그렇게 나와 똑같이 음악을 사랑하고 함께 음악에 대한 꿈을 키워 나갈 수 있는 친구가 생겼다. 우리들은 밤이고 낮이고 지하실의 연습실에서 연주를 했다. 그리고 드디어 우리들은 처음으로 많은 청중들 앞에서 무대에 설 기회가 생겼다.

헤르베르트는 13살이었고 나는 단지 두 살 위였기 때문에 몇 가지 문제가 있었다. 우선 무거운 악기들을 공연장까지 운반해야 했지만 둘 다 운전을 할 수 없었다. 또 다른 문제는 미성년자였기 때문에 늦은 밤에 보호자 없이 밖에 있어서는 안 되었다. 그때쯤 나는 변성기가 지나 성대가 안정화되었고 종종 사회자 및 메인 보컬 역할을 종종 맡았다. 사회를 볼 때 가끔 웃지 못할 사건이 생기기도 했다. 예를 들어 시장이나 다른 중요 인물들이 이미 홀을 떠난 상태라는 것을 모르고 그들을 호명하며 인사의 말을 전하곤 했던 것이다. 나는 진행을 할 때 친구 헤르베르트가 일러 주는 말에 귀를 기울여야 했다.

5년 동안 헤르베르트와 나의 아버지는 교대로 저녁에 공연장까지 우리를 데려다 주었고 한밤중에 다시 집으로 데려왔다. 날이 갈수록 결혼식, 무도회, 축제 등의 행사에 게스트로 공연을 해달라는 요청 쇄도했다. 헤르베르트가 18살에 운전면허를 따면서 부모님의 도움 없이도 우리의 밴드는 독자적으로 움직일 수 있게 되었다.

자연스러운 선택

    음악은 나에게 아주 중요했다. 하지만 16세에 진로 선택의 기로에 섰을 때 안정적이지 않은 직업 음악가의 삶은 내 길이 아니라는 것을 깨달았다. 트럭 운전기사나 기계 기술자 또는 점프 스키선수가 되고 싶다는 어린 시절의 꿈도 마찬가지로 현실적이지 않았다. "안디는 제대로 된 직업 교육을 받기 힘들 거야."라는 초등학교에 입학할 때부터 따라다니던 비관적인 목소리들이 효력을 발휘하게 될 것만 같았다. 하지만 부모님은 결코 낙담하거나 포기하지 않았다. 어느 날 아버지가 집에 와서는 호기롭게 세 가지 대안을 제시하였다.

    아버지는 우선 바구니 공예나 브러시 제작과 같이 시각 장애인에게 적합한 전통적인 수공예를 추천하였다. 손재주를 발휘해서 다양한 브러시를 만들어 내거나 버들가지로 화려한 바구니를 짜면 되었다. 그렇게 해서 만든 제품들은 장애인 단체에서 개최하는 바자회나 자선행사에서 판매될 것이다. 리엔츠의 군대에서 통신원으로 일하는 것도 괜찮은 선택으로 보였다. 군대에 걸려 온 전화를 다른 부서로 연결하기만 하면 되는 일이었다. 일 자체는 재미있어 보이지 않았지만 고향에 남을 수 있다는 점에서 마음이 끌렸다. 장애인의 전형적인 직업이 아니라는 것도, 연방 공무원 신분이라는 것도 장점으로 보였다. 세 번째 대안은 마사지 치료사였다. 이 직업의 명칭은 다소 이국적으로 들렸다. 하지만 TV에서 스포츠 중계가 나올 때 선수가 부상을 당했을 때 마사지사가 시술하는 장면을 종종 접했기 때문에 아주 생소하지는 않았다. 마사지사의 응급처치 직후에 부상을 당했던 축구 선수는 다시 씩씩하게 경기장으로 달려 나왔고, 넘어진 스키선수도 놀랍게도 바로 눈밭에서 몸을 일으켰다. 그런 장면들을 접하면서 나에게 커다란 제약이 있음에도 불구하고 이 세상에서 내가 할 수 있는 일이 존재한다는 신념이 생겨났다.

온천 치료사와 마사지 치료사의 전문 과정을 수료할 수 있는 교육기관은 오스트리아 남부의 카른텐 연방주의 도시, 빌라흐 근방에 있었다. 따라서 나는 태어나서 처음으로 고향을 떠나 타지에서 오랫동안 지내야 했다. 먼 지역에서 어떤 미래가 나를 기다리고 있을지 불안했다. 나는 어머니와 함께 내 물건들을 챙겼다. 곧 가족들에게 작별 인사를 해야 하는 날이 다가왔다. 교육 실습 과정은 오시아흐에 있는 전쟁 시각 장애인 요양소에서 진행되었고, 부모님은 나와 마찬가지로 마사지 치료사가 되기 위해 다른 지역에서 온 사람들의 합숙소까지 나를 데려다주었다. 이 새로운 공동생활에 잘 적응하려면 다른 사람들 앞에서 당당해야 한다는 사실을 금방 깨달았다. 교육생들 중에서 시각 장애인은 교통사고로 실명한 에리히와 나뿐이었다. 그 사실을 알게 된 후로 나는 긴장감을 늦출 수 없었다. 나는 이 직업이 시각 장애인들을 위해 특별히 고안된 것이라고 생각해 왔고 전쟁 시각 장애인 요양소에서 만나게 될 사람들은 주로 시각 장애인일 거라고 추측했었다. 나는 이곳에서도 보통 사람들의 기준에 맞춰야 했다. 하지만 원래부터 그 방식에 익숙한 터여서 크게 불편하지는 않았다.

요양소의 기반시설은 나에게 아주 편하게 설계되어 있었다. 여자 직원의 안내로 건물 전체를 돌아본 후에 나는 그곳이 시각 장애인들이 쉽게 방향을 잡을 수 있는 시스템으로 되어 있다는 것을 알았다. 건물의 벽, 계단을 비롯한 모든 곳에 난간이 설치되어 있었고, 보행 통로에 물건을 내려놓는 것은 금지되어 있었다. 조명 스위치와 휠체어 작동 버튼의 크기와 위치는 통일되어 있었다. 그래서 앞이 보이지 않아도 요양소의 커다란 건물에서 돌아다니기가 아주 수월했다.

불과 몇 시간 만에 나는 30명 정도 되는 교육생들과 편안하게 어울릴 수 있었다. 수업의 분위기는 예전에 다녔던 학교에서와는 완전히 달랐다. 나는 시각 장애가 있다는 점을 굳이 숨기지 않아도 되었다. 또한 이해가 되지 않아서 질문을 할 때 부끄러워할 필요가 없었다. 해부학 시간에 뼈외 근육에 대해서 배우면서 그 원리가 레고 조립과 동일하다는 것을 금방 깨닫게 되었다. 나의 공간 지각 능력 덕분에 강사의 설명을 이해하는 데 별 지장이 없었다.

나는 어머니에게 전화로 오시아흐를 방문할 때 연주실에 있는 물건들을 가져다 달라고 부탁했다. 강의를 녹취할 카세트 레코더 따위가 아닌 전자 기타, 마이크와 앰프를 갖다 달라고 하자 어머니는 의아해했다. 동기 교육생 중에는 취미로 악기를 연주하는 사람들이 있었다. 마사지 치료 연수를 받기 위해서 비엔나에서 온 미하 씨는 의사였지만 취미로 키보드를 연주했고, 이곳까지 악기를 가지고 왔다. 독일에서 온 다정다감한 성격의 에발트는 타악기를 칠 줄 알았다. 내가 기타와 보컬을 맡기로 하면서 밴드가 결성되었다.

교육을 수료한 후에 나는 고향인 동티롤의 리엔츠 시립병원에서 실습을 하고 처음으로 환자들에게 시술을 하게 되었다. 병원의 간부들 중에는 시각 장애인을 채용하는 것에 대해 의구심을 표한 사람들도 있었다. 하지만 다른 결정권자들은 나를 전폭적으로 신뢰해 주어서 천만다행으로 나는 그곳에 취직할 수 있었다. 물리치료실의 구성원들은 나를 환영해 주었다. 출근한 지 이틀 만에 나는 그곳이 내 집처럼 느껴졌다. 나는 환자들에게 금방 신뢰를 얻게 되었다. 곧 시각 장애인 마사지사가 용하다는 소문이 근방에 퍼지면서 디스크에 시달리는 환자들이 나를 잇따라 찾아왔다. 그래서 의사들은 회진 시 나를 전문가로 동행시키곤 했다.

***

전문 마사지사가 되고 정기적으로 무대에서 공연을 하면서 나는 18세의 나이에 자립할 수 있었다. 내게 다른 형태의 시련이 다가오고 있었다. 18살이 되면 자동차나 오토바이의 운전 면허증을 딸 수 있는 자격이 생긴다. 운전을 할 수 있으면 디스코텍에서 여자아이들을 만날 때 훨씬 유리했다. 연애는 오토바이를 타고 동네를 돌아다니는 것만큼이나 나에게 동떨어져 있었다. 시각 장애인으로 산다는 것이 무슨 의미인지 나는 이해하기 시작했다. 내 생의 가장 아름다운 시간들이 이미 모두 지나가 버린 것 같은 기분이 들었다. 이제 나는 인생의 무대에서 우아하게 물러나서 검정색 안경을 끼고 하얀색 긴 지팡이를 든 전형적인 시각 장애인의 역할에만 충실해야겠다는 생각이 들었다. 하지만 시각 장애인 학교가 아닌 일반 학교를 다녔던 나는 점자를 읽는 법도 알지 못했다. 시각 장애인들이 길을 갈 때 사용하는 하얀색의 긴 지팡이를 손에 쥐어 본 적도 없었다. 지팡이로 길을 찾는 기술을 익히려면 꽤 오랜 시간 동안 훈련을 해야 할 것이다.

나의 미래는 장밋빛과는 아주 거리가 멀게 느껴졌다. 하지만 무력감에 빠지려 할 때마다 마음을 다잡으려고 노력했다. 특히 밴드의 공연은 어두운 생각에서 벗어나게 해줬다. 내 연주에 맞춰 즐겁게 춤을 추는 연인들의 소리를 들을 때면 우울한 기분이 금세 사라졌다.

새 곡을 연습할 때면 헤르베르트는 다른 사람의 도움을 필요로 할 때가 종종 있었다. 악기로 화음을 제대로 내지 못할 때에는 내가 도움이 될 수 있었다.

이성 문제는 나의 예상보다 훨씬 수월하게 풀렸다. 기타와 앰프와 멋진 노래만 있으면 나는 여자들에게 쉽게 다가갈 수 있었다. 친한 친구들은 기침을 하거나 내 무릎을 가볍게 치는 방식으로 상대 여자가 나한테 호감을 느끼는지 알려 주었다. 물론 아름답다고 느껴진 여자가 실제로 미인인지 나로서는 판단할 수는 없었다. 하지만 대화를 나누는 동안 목소리나 말투로 나는 상대방의 이미지를 떠올릴 수 있었다. 내가 생각한 이미지는 놀라울 정도로 실제의 모습과 일치할 때가 많았다. 그래서 댄스 클럽에서 나와 춤을 췄던 상대 여자들은 객관적으로도 매력적인 편이었다. 난처한 상황을 막기 위해 친구들이 개입해야 했던 적은 거의 없었다. 내가 이성에게 접근하는 특이한 방식에 대해서 친구들은 재미있어 했다. 하지만 우리 무리 중에서 내가 파트너 없이 맨 마지막까지 남았던 적은 별로 없었다.

첫 번째 난관을 통과하자 그다음부터는 자신감이 붙었다. 자동차나 오토바이를 끌 수 없다는 것은 결코 단점이 아니었다. 지위를 나타내는 상징물을 중요하게 생각하는 여자라면 어차피 나를 지나쳐 버릴 것이다. 그렇게 아주 자연스럽게 선별이 이루어졌다. 나에게 호감을 가졌던 여자들은 진지한 대화를 중요하게 생각하는 편이었다. 하지만 웨이트리스가 계산하러 올 때면 나는 잔뜩 긴장했다. 상대 여자가 나에 대해 갖고 있는 환상을 깨지 않으려면 그 상황을 그럴듯하게 넘겨야 했다. 첫 데이트에서 상대에게 잘 보이고 싶다는 마음에 내가 시각 장애인이라는 사실을 숨겼던 것이다. 그래서 자연스럽게 계산을 할 수 있도록 집에서 미리 20실링짜리 지폐들을 지갑에 넣어 두었다. 계산이 잘못되어도 큰 문제는 아니었다. 내가 자연스럽게 직접 돈을 꺼내는 것이 핵심이었다. 종종 어둡고 구석진 자리에서 지불을 할 때면 웨이트리스가 지폐를 밝은 곳에 비춰 달라고 요청했다. 그렇게 어두운 곳에서도 20실링짜리 지폐를 식별할 수 있다는 것에 대해 사람들은 감탄하곤 했다.

시끄러운 음악과 소음 때문에 술집 안에서 실수를 저지를 때가 종종 있었다. 그럴 때면 사람들에게 웃음거리가 되기도 했다. 가령 내 옆 자리에서 대화하던 사람이 담배를 사러 잠시 자리를 비운 동안에도 나는 모르고 큰 동작을 섞어 가며 이야기를 계속했다. 그 모습은 바에 있던 다른 사람들에게는 기이하게 비춰졌을 것이다.

한 사람을 위한 귀

80년대 초반에는 인터넷이나 핸드폰이나 채팅방이 아직 세상에 나오기 전이었다. 대신 아마추어 무선 통신 시스템이 있어서 30킬로미터 반경 내에서 무선 송수신기가 있는 사람끼리 무료로 연락을 취할 수 있었다. 처음에는 무선 채널이 12개뿐이었지만, 나중에는 40개로 증설되었다. 하나의 채널에서는 하나의 대화만 열리는 것은 오늘날의 인터넷 채팅방과 비슷했다. 하지만 애인과 한 채널에서 대화를 하던 와중에 다른 무선 접속자가 끼어들거나 엿들을 우려가 있었다. 물론 회선을 돌려서 다른 채널들에서 진행 중인 흥미로운 밀담을 엿듣는 것도 재미있었다. 무선 통신은 아무리 해도 결코 지루하지 않았다.

무선 통신을 할 때엔 시각 장애가 걸림돌이 되지 않는다. 상대에게 나의 장점만 부각시킬 수 있다는 점이 아주 매력적으로 다가왔다. 목소리만으로도 나는 대화 상대자에 대해 꽤 정확히 판단할 수 있었다. 대화 상대자와 얼굴을 마주보고 있건, 아니면 상대방이 몇 킬로미터 떨어진 곳에 있건 나에겐 거의 아무런 차이가 없었다. 나는 상대의 말을 귀 기울여 잘 듣는 편이었기 때문에 목소리의 미묘한 떨림이나 무언의 뉘앙스까지 알아챌 수 있었다. 사람들이 표정을 읽듯 나는 후두, 목구멍, 성대의 미묘한 울림으로 상대방의 의중을 파악했다. 나는 종종 송수신기 너머의 상대방과 시간 가는 줄 모르고 이런 저런 이야기를 나누었다. 그러던 어느 날 저녁 나는 '도메니카'라는 별칭을 쓰는 여자와 대화를 나누게 되었다. 무선 통신을 하는 사람들은 별칭으로 통하곤 했는데, 나는 '잔도칸'이었고, 당시 내 음악 파트너였던 헤르베르트는 '배가본드'였으며 내 여동생 엘리자베트는 '쯔빌링'이라는 이름을 썼다.

도메니카의 목소리는 지금까지 들어 봤던 그 어떤 목소리보다도 더 밝고, 맑았으며, 매력적이었다. 나는 저녁마다 그녀와 무선 통신으로 대화를 나눴다. 하지만 내 친구들은 대부분 무선 통신을 지루하다고 여겼다. "안디는 이제 우리와 놀지 않으려고 하는군. 무선 통신 놀음에 푹 빠져서 말이지."라며 그들은 비웃었다

나는 일상적인 잡담과 농담을 넘어 도메니카와 진지한 대화를 나눌 수 있어서 좋았다. 여자들과 떠들썩하게 웃고 즐기는 것은 이미 해볼 만큼 해보았지만, 늘 허탈감만 남았다. 이제는 진정한 관계를 추구하고 싶어졌다. 내게 사랑이 찾아온 것이다.

나는 도메니카를 바로 만나고 싶었지만 약속을 차일피일 미뤘다. 이제 막 싹튼 사랑을 만나자마자 실수로 놓쳐 버릴지도 모른다는 두려움이 앞섰기 때문이다. 나는 첫 번째 데이트에서 숙맥 같다는 인상을 남기고 싶지 않았다. 그래서 1987년 2월 21일, 결전의 날에 앞서 아주 철저한 준비를 했다. 만나기 하루 전날 약속 장소에 가서 그곳을 속속들

이 탐색했다. 만남의 지점으로 선택한 곳은 계곡 사이로 흐르는 드라우 강의 다리 위였다.

그 다리는 한 사람만 지나다닐 수 있을 정도로 좁았다. 게다가 그 다리는 목조로 지어져서 강 건너편에서 누군가가 건너올 때면 발소리가 잘 들렸다. 그곳에서라면 도메니카가 나를 향해 다가올지 정확히 예측할 수 있었다. '첫 인상이 모든 것을 결정한다'고 나는 생각했고, '절대 실수만은 하지 말자'고 내 자신에게 다짐했다.

약속 시간 20분 전에 나는 그 다리에 도착했고, 드라우 강의 건너편에서 3시를 알리는 시계탑의 종소리가 울릴 순간을 기다렸다. 3시 정각에 강물 소리 사이로 다리를 건너는 발걸음 소리가 또렷하게 들렸다. 얼마 지나지 않아 나의 무선 통신 애인은 헛기침을 하면서 자신이 왔음을 알렸다. 청각, 후각, 촉감만으로 공간 지각을 할 수 있었던 덕에 나는 그녀와 첫 번째 악수를 무리 없이 나눌 수 있었다.

활달한 성격의 도메니카는 어색해하지 않고 바로 말문을 열었고 가벼운 신체접촉을 부담스러워하지 않았다. 바닥이 얼어붙은 미끄러운 길을 지날 때 나는 도메니카에게 부축을 해도 되겠느냐고 물어보았다. 예측하지 못했던 상황이 벌어지는 것을 방지하기 위해 내가 왔던 길을 우리의 산책로로 선택했다. 우리 둘은 한밤중에 무선 통신을 할 때처럼 활기차게 대화를 나누었다. 아름다운 겨울의 풍경을 음미하면서 우리들은 정겹게 산책했다. 우선 우리는 암라흐를 가로지른 다음에 숲의 미끄러운 오르막길을 오른 다음 아담한 통나무집이 있는 낭만적인 장소로 향했다. 한참 걸어간 후에 산속의 공기가 아주 차갑게 느껴졌다. 그녀의 원래 이름은 자비네였다. 나는 내리막길을 내려갈 때 자비네가 넘어지지 않도록 팔을 잡아 주었다. 물론 그 길이 내리막길이란 것을 그녀의 움직임에서 알아차렸다는 것을 밝히지 않았다.

집으로 돌아가는 길은 너무 짧게 느껴졌다. 성공적인 첫 데이트를 마치고 난 후에 어서 빨리 무선 통신으로 자비네의 목소리를 다시 듣고 싶었다. 하지만 그날 저녁 수신기를 타고 들려온 목소리는 결코 부드럽지 않았다. 그녀는 내 눈 상태에 대해서 해명을 요구했다. 사람들로부터 잔도칸이 앞을 볼 수 없으며, '시각 장애인과는 미래가 없다'는 말을 들었다는 것이다. 물론 그녀는 내가 비탈지고 미끄러운 숲길을 통과해서 통나무집까지 정확하게 안내했다는 사실을 말했다고 했다. 하지만 그녀의 주변에 있는 사람들은 내가 일상생활에 별 지장이 없다는 점을 쉽게 수긍하지 않았다. 나는 보통 때와 마찬가지로 그 문제를 덮어 두고 화제를 바꾸려고 시도했다. 하지만 그것이 오래가지는 못했다.

***

우리의 만남이 막 시작되었을 때 나의 시력에 문제가 있다는 사실은 종종 큰 다툼의 발화점이 되었다. 하지만 나는 계속해서 자연스럽게 관심사를 다른 곳으로 돌리려고 노력했다. 분위기 좋은 카페에서 두 번째 데이트를 할 때 나는 비장의 20쉴링 지폐 트릭을 시도했다. 하지만 나는 이번에 성공하지 못했다. 자비네는 내 손가락을 유심히 관찰하고 있었고, 내 시선이 지갑을 향하지 않았다는 것을 눈치챘던 것이다. 내 눈에 아주 심각한 문제가 있다는 것을 암시하는 다른 특징들도 그녀는 간파했다. 내 트릭들은 상대방이 주의를 기울이지 않을 때에만 통했던 것이다. 그래서 나는 급히 전략을 수정하고 눈에 문제가 있다는 것을 시인했다. 즉, 나는 시력이 나쁜 편이고, 특히 해가 날 때 잘 보이지 않는다고 말했다. 나는 문제가 있다는 것을 시인함으로써 중대한 결함을 실제보다 축소하려고 했다.

처음에 그녀는 내 말을 믿는 듯했다. 어두운 골목길을 가로질러 집으로 돌아갈 때 머릿속에 기억해 둔 지도에 따라 그녀를 바른 길로 안내했기 때문이다. 기차를 타고 빈으로 함께 떠났던 첫 여행에서도 내가 햇빛이 비칠 때 잘 안 보일 뿐이지 실명한 것은 아니라는 거짓말은 통했다. 갓 사랑에 빠진 커플처럼 우리는 손을 잡고 도시를 돌아다녔다.

몇 주 동안 사랑에 빠진 기분이 지속되면서 자비네가 나의 결점을 대수롭지 않게 여기게 되었다. 또한 미래를 함께할 사이인지 아니면 이것이 금방 지나가 버릴 감정인지 판단할 시점이 비교적 빨리 찾아왔다. 자비네는 몇 년 동안 만났던 사람과 헤어진 지 얼마 안 된 상태였고 나와 확고한 관계를 약속하기를 한동안 주저했었다. 하지만 어느 날 밤 나는 그녀에게 이렇게 말했다. "거부할 필요 없어. 어차피 넌 내 거니까." 그 말은 그녀의 마음을 움직였고 그 후로 우리들은 함께 같은 길을 모색하고 있다.

둘이 처음으로 함께했던 프로젝트는 아마추어 무선 통신의 자격증 시험이었다. 나는 오래전부터 자격증을 갖고 싶어 했다. 그 자격증만 있으면 모스 부호나 무선 송신기로 지구촌 300개 이상의 나라와 교신할 수 있었다. 이 공인 시험에서 테스트되는 내용은 국제 전파 법규, 통신보안, 무선기기 취급법이었다.

무선 통신에서 제1원칙은 모스 부호를 분당 60개씩 처리하는 것이다. 그 말은 분당 60개의 부호를 오류 없이 보내고 읽을 수 있어야 한다는 뜻이다. 철자 하나가 최대 5개의 길고 짧은 모스 부호로 구성된다는 사실은 당시 나를 낙담하게 만들었다. 아마추어 무선 통신사는 지구의 어느 곳에라도 연락을 취할 수 있기 때문에 오남용할 위험이 있었다. 따라서 전 세계에서 공인 시험을 통해 사용자들을 선별하고 자격증을 부과하였다. 예를 들어, 무선 통신사가 다른 나라의 정치나 다른 공공 기관들을 비방하는 전파를 내보내거나 무선파를 첩보의 용도로 활용할 수 있기 때문이다.

자비네는 아마추어 무선 통신 시험의 모든 문제가 분석되어 있는 두꺼운 책의 내용을 여러 시간에 걸쳐 나에게 설명했다. 또한 전기 저항과 코일, 진동회로, 2극 진공관, 정류기, 변압기, 트랜지스터, 파이프, 차단회로 등 그녀가 조금도 관심이 없는 내용이 담겨 있는 텍스트를 낭독해서 녹음해 주었다.

그녀가 그나마 흥미로워했던 부분은 통신 보안에 관한 것이었다. 하지만 단파로 오스트리아에서 남아프리카로 무선 통신을 하려면 대기권 수백 킬로미터 높이에 있는 전리층에서 무선파가 반사되어야 한다는 이론은 자비네에게 너무 추상적이었다. 그럼에도 불구하고 그녀는 교재의 처음부터 끝까지 철두철미하게 녹음했고, 자랑스럽게 25개의 카세트테이프를 나에게 건네줬다.

매일 나는 그 자료들을 청취하면서 전파가 전달되는 복잡한 과정에 대한 이미지를 머릿속으로 그려 보려고 노력했다. 매일 테이프 레코더를 통해 흘러나오는 도메니카의 목소리를 들으면서 나는 더 많은 내용을 이해하고 외우려고 노력했다. 몇 주 만에 나는 시험 준비를 모두 끝마쳤다.

유일한 난관은 모스 부호였다. 자비네도 이 부분에 대해서는 나에게 도움을 줄 수 없었다. 그래서 나는 모스 전보 분야에서 신참들에게 성심성의껏 조언을 해주는 아마추어 무선 통신인인 헤르만 씨를 찾아갔고 그녀도 거의 언제나 동행했다. 음악에도 조예가 깊은 헤르만 씨는 내가 음감이 뛰어난 편이라는 것을 금방 알아보았고 수월하게 전 과정을 금방 끝낼 수 있었다. 모스 부호에서 점과 선을 하나하나 세는 대신 나는 개별 문자에 해당하는 각각의 조합을 이미지 형태로 떠올렸다.

1988년 3월에 드디어 시험일이 다가왔다. 나는 체신부에서 주최한 시험을 보기 위해 자비네와 부모님과 함께 티롤 주의 수도인 인스부르크로 갔다.

통신 법규, 기술, 운영, 숙련도 등의 이론 과목 문제는 수월하게 풀 수 있었다. 하지만 모스 테스트에서 수험자들이 이어폰을 쓴 채로 신호를 받아 적어야 할 때 나는 아주 신경이 날카로워졌다. 이 시험에서는 모스 부호를 띄엄띄엄 들려주고는 다섯 개의 철자와 숫자가 뒤섞인 문자를 맞춰야 했다. 들리지 않는 모스 부호의 철자를 맥락상 유추할 수도 없었다. 내 왼쪽과 오른쪽에 있던 응시생들은 일렬로 낙방했다. 모두들 낙제의 상한선인 3개 이상의 철자를 틀렸기 때문이다. 그 줄의 마지막인 내게 시험 감독관은 앞이 보이지 않는데도 어떻게 신호를 듣고 식별하고 받아 적을 수 있는지 물어보았다. 물론 나는 이 질문에 대해 미리 예상하고 있었다. 나는 부호를 식별한 후에 답을 마이크에 말할 계획이었다고 말했다. 이런 식으로 답을 제출하는 방식에 대해서 시험관은 동의했고 나는 무사히 모스 부호 시험을 치르게 되었다.

내가 한 가지 간과한 것이 있다면, 방금 들은 부호를 입으로 말하면서 다음에 나올 부호까지 듣기가 불가능에 가깝다는 점이었다. 분당 60부호의 속도에서는 시간적인 여유가 전혀 없었다. 그럼에도 불구하고 나는 부호를 듣고 구술하는 방식을 감행했다.

첫 번째 부호가 들린 순간 내 주변의 세상은 갑자기 완전히 증발해 버린 것 같았다. 나는 이 짧은 점과 선에만 집중했다. 처음에 나는 엄청난 압박감을 느꼈지만 몇 초 후에는 긴장을 늦출 수 있었다. 3분짜리 테스트는 순식간에 끝났다. 이어폰을 빼고 마이크를 책상 위에 올려놓았을 때 나는 단 한 개의 오답도 없었다는 것을 확신했다. 나와 마주보고 앉아 있던 시험관은 내가 말한 구간을 다시 들을 필요도 없겠다고 했다. 대신 그는 나에게 악수를 청했고 혼신의 노력을 다해 얻은 성과에 대해서 축하해 주었다. 뒤에서 부모님과 자비네가 안도의 숨을 내쉬는 소리를 들었다. 나는 이 시험을 통과할 것을 예상하고 아마추어용 무선 통신 장치와 안테나를 마련해 두었다. 안테나는 20미터 길이의 케이블 이었는데 나는 그것을 아버지와 함께 집의 서까래에 고정시킨 후 정원 을 가로질러 나무 꼭대기까지 연결했다. 거기서부터 안테나 케이블은 내 방의 무선 통신기에 연결되었다.

인스부르크에서 돌아온 후에 나는 서둘러서 내 책상 앞으로 다가갔 다. 거기서 나는 무선파로 전 세계로 향한 첫 문을 열 수 있었다. 대기권 에서 들려오는 단파의 잡음에 섞여 무수히 많은 목소리와 언어 그리고 모스 음이 들려올 때 나는 마치 화성인의 사령센터에 앉아 있는 듯한 기분이 들었다.

불과 몇 분 만에 나는 수천 킬로미터 떨어진 곳에서 무선 통신 장치 앞에 앉아 있는 낯선 사람과 교신할 수 있었다. 나의 첫 무선 통신문이 도달한 곳은 시베리아였다. 영어를 할 줄 아는 러시아인이 나에게 응답 했다. 내 무선 통신기의 작은 스피커에서 들려온 그 목소리는 마치 우 주에서 온 소리처럼 아주 이색적으로 들렸다. 두 번째로 연락이 닿은 곳은 북아메리카 대륙의 서쪽 해안이었다. 9,000킬로미터 떨어진 곳에 서 상대방이 자판을 눌러 질문을 던지면 나는 응답하기 위해서 집중을 해야 했다. 지구는 자전하기 때문에 언제나 깨어 있는 통신사와 교신이 가능했다. 따라서 나는 종종 밤새도록 무선 통신기 앞에 앉아 있었다.

배관공이었던 자비네의 아버지는 우리 집 정원에 무선 통신탑을 만 들어 주었다. 그 탑은 15미터 높이의 철제탑으로 올라갈 수 있게 제작 되었다. 그 끝에는 작은 전망대가 설치되어 있어서 안테나를 모든 방향으로 쉽게 조정할 수 있었다. 나와 아버지는 알루미늄 관과 구리선으로 직접 제작한 안테나를 무선 송수신기에 연결할 때 흥분을 감추지 못했다. 다른 대륙에서 온 무선 부호를 수신하는 것은 경이로운 일이었다.

무릎과 어깨 높이의 바위

　1980년대 후반 눈이 별로 내리지 않던 겨울에 나는 시간이날 때마다 책상 앞에 앉아서 아마추어 무선 통신에 탐닉했다. 하지만 시간이 지나면서 자비네는 야외로 나가고 싶어 했다. 곧 병원에서 일하고, 바에서 연주를 하고, 아마추어 무선 통신만 하면서 살 수 없다는 점을 깨달았다.

　자비네와 함께 야외로 다니면서 나는 다시금 자연의 아름다움을 가까이서 느낄 수 있었다. 유년기와 청소년기에 나를 지배했던 운동 본능이 다시 깨어나는 듯했다. 나는 예전에 부모님과 함께 올랐던 아름다운 돌로미텐의 풍경을 자비네에게도 보여 주고 싶었다.

　몇 년 만에 자비네와 함께 다시 올라가 본 라저르츠반트 봉, 슐라이니츠 봉과 에더플란 봉과 뵈제바이벨레 봉과 슈피츠코펠 봉은 감동적이었다. 아마도 성인이 되어서 산에 오르기가 훨씬 수월해진 점도 있었던 것 같다.

　그렇게 해서 옛 열정은 다시 되살아났다. 때때로 부모님은 산행길에 동행하였고 나는 우리들이 함께할 등산 계획을 짜기 시작했다. 나의 궁극적인 목표는 프란츠 삼촌이 세상을 떠났던 북벽이 있는 호흐슈타델의 정상이었다. 나는 험난한 북벽을 오르고 싶다는 강렬한 충동에 휩싸였다. 나는 직접 삼촌이 생의 마지막 순간을 보냈던 곳을 직접 느껴 보고 싶었다.

우리는 자동차를 타고 해발 1,800미터의 고산지대에 위치한 호흐슈타델 산장까지 올라갔다. 거기서부터 동쪽 능선에 있는 일반 등산로를 따라가면 목적지로 갈 수 있었다. 촉촉한 고지의 풀밭 위에 좁다란 길이 굽이굽이 이어졌고 우리는 천천히 높은 곳을 향해 나아갔다. 더 위로 올라가자 바위 지대로 바뀌었고 경사는 더 가파라졌다. 나는 다시 돌로미텐만의 특별한 분위기를 느낄 수 있었다. 우리들이 가고 있는 작은 오름길에서는 알프스의 소가 갑자기 나타날 위험에 대해서 걱정할 필요는 없었다.

건너편 산에서 마지막 발을 내딛었을 프란츠 삼촌 생각으로 나는 골몰해 있었다. 좁은 산마루의 길을 가로지를 때 아버지는 주의하라고 경고했다. 그제야 나는 호흐슈타델의 북쪽 면에 대한 생각에서 벗어나서 일행 중 마지막으로 그 지점을 통과했다. 마지막 주자로 산을 오르는 것은 나에게 적합했다. 뒤에서 들려오는 발자국 소리에 방해받지 않고 앞에 가는 사람의 발소리에만 집중하면 되었다. 더 높은 곳으로 올라갈수록 주변의 풍경은 점점 더 가파른 바위 절벽 지대로 바뀌었고 나는 몇 번 바위에 무릎과 어깨를 부딪쳤다. 무릎과 어깨 높이에 뾰족한 바위들이 우리가 가는 길 측면에 돌출되어 있었고, 나는 바위 모서리에 부딪치면서 고통을 느꼈다. 일행들은 그런 장해물을 볼 때면 큰 소리로 알려 주었다. "무릎 쪽에 바위 조심해. 어깨 쪽에도 바위 조심해." 그런 경고는 많은 위험을 피할 수 있게 해줬다.

표시된 등산길을 조금 더 오르자 우리는 프란츠 삼촌이 1963년 6월 1일 마지막 걸음을 내딛었던 지점에 도달했다.

공기의 움직임이 완전히 달라진 것에서 정상까지 얼마 남지 않았다는 것을 알 수 있었다. 공기덩어리는 능선을 따라 상부 방향으로 산을 어루만지고 있었고, 정상 가까이에서는 점차 산비탈의 저항이 감소하면서 허공에서 공기가 소용돌이쳤다. 북벽의 오른쪽으로는 낭떠러지였기 때문에 어머니는 오르막길을 왼쪽으로 돌아 올라갈 때 특별하게 신경을 썼다. 얼마 지나지 않아 산꼭대기의 십자가에 고정되어 있는 방명록의 양철 케이스를 여는 소리가 들렸다. 마지막 몇 미터를 선두로 가던 자비네는 정상에 첫 번째로 도착했다. 산꼭대기의 경관은 그다지 인상적이지는 않았다. 십자가 주위로는 평평한 평지에 잔디와 이끼로 뒤덮여 있었다. 정상은 편안하게 휴식을 취하기에 적합했다. 위에 도착해서 우리는 배낭을 풀고는 간식을 먹기 시작했다. 해발 2,680미터 높이에서 먹는 음식들은 집에서 보다 훨씬 맛있었다. 하지만 호흐슈타델 북벽의 수직으로 깎아지른 절벽에서 불과 몇 미터 떨어진 곳에 있다 보니 수제 소시지는 목에 걸려 넘어가지 않았다. 아주 천천히 나는 북쪽을 향해 몸을 일으켰다. 그곳에서 1,400미터 깊이의 끝도 알 수 없는 심연이 느껴졌다. 자비네와 부모님은 내가 점점 더 원래 있던 자리에서 멀어져 가고 있다는 것을 눈치챘다. 그리고 떨리는 목소리로 내가 절벽에서 불과 2미터 떨어진 곳에 서있다는 것을 상기시켰다. 그것은 나에게 방향을 잡기 위한 추가 정보 역할을 했다. 즉, 1미터 더 북쪽 방향으로 나아가도 아직은 큰 위험이 없다는 뜻이기도 했다. 때는 마침 정오였기 때문에 내 뺨에 내리쬐는 햇빛을 통해 하늘의 방향을 알 수 있었다.

어머니는 반사적으로 내 다리를 붙잡았다. 어머니가 보기에 나는 절벽에 너무 가까이 있었다. 하필이면 이곳에서 그런 위험한 행동을 하려고 하는지 부모님은 의아해했다. 나는 무언가 특별한 것을 찾고 싶어서 이 위험한 지점까지 일부러 다가갔다는 것을 밝혔다.

"모두들 계곡에서도 이 암벽이 보이잖아요. 저는 손으로 직접 암벽의 마지막 50센티미터라도 만져 보고 싶었어요. 그렇게 하면 나머지 1399.5 미터가 어떤 모습인지 추측할 수 있단 말이에요." 나는 손으로 안전하다고 확인한 지점에서 몸을 일으켰다. 추락의 위험에서 나를 지켜 주려고 가족들은 내 두 종아리를 꽉 잡았다. 나는 엎드린 상태로 마지막 몇 센티미터를 앞으로 기어갔고 가파른 절벽의 위험선 너머까지 머리를 내밀었다.

심장이 두근거렸고 나는 완전히 다른 세계에 온 것만 같은 기분이었다. 하늘을 난다면 바로 이런 느낌일 것 같았다. 아래로는 끝을 알 수 없는 낭떠러지였기 때문에 내 목소리가 울리거나 바람이 다른 방향으로 굴절되지 않았다. 계곡을 지나가는 열차의 경적소리가 저 멀리 아래에서 나를 향해 수직으로 올라왔다.

암벽 이쪽에서 저쪽으로 상승기류를 타고 올라오는 바람소리를 들고 가장 상층부에 있는 암벽의 윤곽의 이미지를 떠올릴 수 있었다. 새한 마리가 수직의 암벽 위에서 임시로 착지를 하면서 가벼운 돌사태가일었고, 나는 이 새로운 세계의 입체적인 형태를 얻었다. 완두콩 크기의 작은 돌덩어리들은 떨어질 때 벽에 부딪치는 소리를 내면서 낙하의정확한 방향과 경로를 알려 주었다. 이러한 정보 덕분에 나는 암벽의수십 미터에 대한 꽤 훌륭한 그림을 그려 낼 수 있었다. 그렇게 해서 나는 정상에서 내 다리를 붙잡고 있던 자비네나 부모님 못지않게 호흐슈타델의 북벽의 모습을 볼 수 있었다.

순간 나는 삼촌이 하늘을 향해 솟아 있는 이 암벽을 어떻게 올라갔을지 상상이 되지 않았다. 삼촌은 죽기 1년 전에 이 암벽을 네 차례나 성공적으로 등반하였다. 그제야 자비네가 나의 위험한 행동에 대해 볼멘소리를 내고 있다는 것을 감지했다. 어머니도 절박한 목소리로 다시 일어나라고 요청했다.

저녁 잠자리에 들 때 나는 호흐슈타델의 높은 봉우리를 떠올렸다. 언젠가는 직접 북벽에 오르고 싶다는 충동이 꿈틀거렸다. 물론 당장은 실현 불가능한 생각이었지만, 나는 희망의 끈을 놓지 않았다.

***

휴가 기간에 나는 주로 자비네와 부모님과 함께 산에 올랐다. 휴가가끝난 후에 나는 등산을 함께할 새로운 일행을 찾아야겠다는 생각이 들었다. 부모님은 난이도가 높은 위험한 산행을 함께하기는 어려울 것 같다고 말했기 때문이다. 일행 중 누군가가 다쳐서 나 혼자서 그 사태를 수습해야 할 때 위험이 너무 크다. 당시는 비상시에 사용할 수 있는 휴대폰이 아직 안 나왔을 때였고 앞이 보이지 않는 나는 산속에서 고립될 가능성이 컸다.

하지만 이 문제를 어떻게 해결할 수 있을지 방책이 하나 떠올랐다. 나는 손의 감각을 활용하기로 했다. 병원의 마사지 실에서 일할 때 나는 앞에 누워 있는 환자와 어떤 화제로 대화를 나눠야 하는지 금방 눈치챘다. 상대에 따라 나는 펀드 투자, 예쁜 여자들, 또는 산을 화제로 이야기를 나눴다. 근육은 그 사람의 일상 활동에 맞게 발달하기 마련이다. 종종 나는 환자 중에 누가 산악인인지 알아챘고 대화의 방향을 그쪽으로 유도했다.

환자 중 한 명은 자신을 안마하는 치료사가 산에 대해서 아주 잘 알고 있다는 것을 재미있게 생각했다. 그래서 치료 시간은 아주 특별했다. 따뜻한 치료실에서 나와 환자는 산에 대해 열띤 대화를 나눴다. 환자는 회복되고 나면 정식 산악 투어에 나를 초대하겠다고 약속했다. 집에서 점심 식사를 할 때 나는 부모님에게 두 눈을 반짝이며 그 이야기를 했다. 부모님들은 자신의 아들이 앞으로 산악 활동을 계속할 수 있는 기회를 찾게 된 것에 기뻐했다.

나는 그 주가 지날 때까지 정식 등반을 떠날 순간을 손꼽아 기다렸다. 환자와 함께 투어를 가기로 약속한 일요일이 되었지만, 그 사람은 나타나지 않았다. 나는 차가운 아침 공기를 맞으며 배낭을 맨 채로 집 앞의 길거리에서 자동차 소리가 들리는지 귀를 기울였다. 우리가 약속했던 6시가 한참 지났고, 나는 새 등반 파트너가 약간 지각을 한 것이기를 바랐다. 반짝이는 아침 햇살은 좋은 날씨의 하루가 될 것임을 암시하고 있었다. 따라서 불길한 일기예보 때문에 그가 투어를 취소한 것은 아닐 것이다.

나는 한 시간 이상을 거기에 서있었다. 시간이 흐를수록 내 환자와 함께 잊지 못할 산행을 체험하게 되리라는 희망은 사라져 갔다. 결국 나는 아주 낙담한 채 내 방으로 돌아왔다.

모든 것을 지켜본 어머니는 내게 위로의 말을 건넸지만, 그 말은 오히려 절벽에서 내던져진 기분을 들게 만들었다. 나는 쓰디쓴 실망감에 빠졌다. 아마도 나의 환자는 나중에 돌이켜 생각하면서 시각 장애인을 등반에 데려가는 것은 위험천만한 일이라고 판단했을 것이다. 분명히 다른 사람들은 만류했을 것이고, 그로서도 어찌할 도리가 없었을 것이다. 그래서 그는 그 일요일 아침에 나를 하염없이 기다리게 만들었고 큰 문제를 일으키지 않을 일행과 함께 아름다운 산에 오르는 편을 선택했을 것이다. 이런 비슷한 상황이 몇 달간 반복되었다. 부모님은 그런 사람들의 태도가 나의 자존감에 큰 상처를 입혔다는 것을 알아챘다.

***

어느 날 아침 아버지는 내게 깜짝 놀랄 소식을 가져왔다. 전날 저녁에 실력 있는 산악 등반가를 만났는데 나를 돌로미텐의 등반에 데리고 가겠다고 약속했다는 것이다.

직접 사업장을 운영 중인 전기기술자인 한스 브루크너 씨는 다음 일요일 아침 6시에 자일과 카라비너를 갖고 집 앞으로 오기로 했다. 한스 브루크너 씨는 부모님 집의 전기설비에 문제가 생겼을 때 언제나 손을 봐주던 분이기도 했다. 그분은 과묵한 편이고 목소리가 그다지 음악적이지 않았다는 것이 생각났다. 나이 차가 30년 이상 되는 어른과 호흡을 맞출 엄두가 나지 않을 것 같다고 말하자 아버지는 화를 냈다. "네가 한스 브루크너 씨를 거절한다면 앞으로는 절대 너를 위해 산악 투어의 계획을 짜주지 않겠다." 투어가 예정된 전날 저녁에 나는 결혼 피로연에서 연주를 하기로 되어 있었다. 따라서 일요일 동이 틀 무렵에야 집에 돌아올 예정이었다. 그럼에도 불구하고 나는 그 기회를 놓치지 말아야겠다는 생각이 들었고 점차 기대감에 부풀었다. 그 주는 특히 빨리 지나간 것 같다. 토요일에는 결혼식 공연 때문에 전혀 시간이 나지 않았다. 따라서 나는 주중에 미리 일요일 산악 등반에 필요한 용품들을 챙겨 두었다.

나는 당시 밴드 파트너였던 한스요르크 씨와 함께 무대 위에서 결혼 피로연 분위기를 한껏 띄웠다. 자정에 신랑과 신부와 함께 왈츠를 추는 시간이 되었다. 나는 어서 춤추는 연인들이 지쳐서 빨리 집으로 돌아가기를 수없이 마음속으로 바랐다.

하지만 분위기는 점점 좋아졌고 신랑, 신부는 계속해서 앵콜곡을 요청했다. 나는 온통 첫 번째 등반 투어 생각뿐이었지만 계속해서 연주를 해야 했다. 자정 후 몇 시간이 훌쩍 지난 후에야 마지막 하객들이 홀을 떠났다. 우리들은 악기들을 싸고 장비들을 철거한 다음 바의 좁다란 복도길과 수많은 계단을 지나 자동차까지 갔다.

돌아오는 길에 우리는 가까스로 졸음을 참았고, 새벽 4시 반 경이 되어서야 무사히 집에 도착했다. 하지만 우리는 장비들을 아버지가 2인조 오케스트라를 위해 설치한 지하 연습실까지 운반해야 했다. 모든 것을 처리하고 나자 계단에 서있던 아버지는 서둘러야 한다고 재촉했다. "한스 브루크너 씨는 한 시간 후면 도착할 거다." 나는 급히 방으로 돌아가서는 뮤지션에서 산악인으로 변신하기 위해 남방을 벗었다.

며칠 전에 이미 챙겨 두었던 배낭을 등에 메고 아침이 차려져 있는 부엌으로 급히 갔다. 그곳에서 나는 어머니가 레인지 앞에서 묵직한 신발을 신은 채로 분주하게 부엌일을 하는 소리를 들었다. "오늘 벌써 어디 다녀오신 거예요?"라고 나는 놀라서 물었다. "한스 브루크너 씨가 너와 함께 산에 오른다고 생각하니 밤잠이 오지 않더구나. 그분이 암벽이나 자일, 하켄에 대해서 능통하시지만, 시각 장애인들에 대해서는 아직 모르시잖니. 그래서 오늘 나도 함께 가기로 했단다."

진짜 산악 등반가와 함께 자일을 묶고 가파른 암벽을 오를 이날을 나는 20년 넘게 기다려 왔다. 하지만 어머니가 오면서 나의 이 꿈은 좌초될지도 모른다는 생각이 들었다. 거의 쉰 살이 된 어머니가 우리를 따라 위험한 지대를 오른다는 것은 무리였다. 하지만 어머니는 당신의 계획에 대해 일말의 흔들림도 없었다. 이미 한스 브루크너 씨에게 동의를 구해 놓은 상태였다.

디젤 엔진 소리로 나는 한스 브루크너 씨의 차가 집 앞에 당도했다는 것을 알았다. 아버지는 인사를 건네려고 밖으로 바로 달려 나갔다. 나는 잔뜩 설렌 채 아침 빵의 마지막 한 입을 베어 물고 음료를 들이키면서 새로운 등반 파트너와 함께 이 험난한 하루를 잘 이겨 낼 채비를 했다. 부엌에서 나가 층계를 걸어 내려가서 나는 한스 브루크너 씨 자동차의 보조석에 올라탔다. 그는 어린 시절 기억 속에 남아 있는 것과는 달리 그다지 거칠지 않은 손을 내게 내밀었다. 그는 어렵게 첫 말문을 열었다. 아마도 그도 이 상황에 적응이 필요한 것 같았다. 하지만 처음부터 좌초되었던 지금까지의 등반 계획과는 달리 한스 브루크너 씨는 와주었다. 어머니는 뒷자리에 앉았고 아버지는 자동차의 열린 창문 틈으로 다소 긴장된 목소리로 인사했다. 나는 아마도 활기찬 인상을 심어주진 못한 것 같다. 브루크너 씨는 웃음을 머금은 목소리로 잠은 푹 잘 잤는지 물어보았다. 그분에게 더 큰 걱정을 안겨 주지 않으려고 나는 지난밤의 행사와 그로 인한 피로감에 대해서 말을 아꼈다.

한스 브루크너 씨는 수많은 곡선도로를 돌아 리엔츠의 돌로미텐 투어의 시작점으로 주로 이용되는 산장의 주차장까지 운전했다. 나는 이날 리엔츠 돌로미텐의 가장 높은 꼭대기로 가는 길이 얼마나 가파르고 힘들지 알고 싶었다. 그래서 그에게 이런저런 질문들을 던졌다. 이번에는 꼭 제대로 성공해야만 했다. 진짜 등산가와 함께 자일 등반을 할 기회는 결코 흔하지 않기 때문이다. 브루크너 씨는 말을 장황하게 늘어놓는 대신 난이도 등급 II정도 된다고 저음의 목소리로 대답했다.

등반의 난이도는 경사도, 걷기와 손을 사용해서 기어오르는 것의 비중은 물론 투어의 전체적인 성격에 따라 결정된다. 난이도는 돌로미텐에서는 물론 동부 알프스에서도 11개의 등급으로 세분화되어 있다. 각각의 단계는 +또는 -의 하위분류로 구분된다. 난이도 등급 V+는 순수 V등급보다 약간 어렵고, VI-보다는 약간 쉽다.

최상위 난이도는 IX, X, XI부터 시작되는데 암벽에 하켄을 박고 올라가는 스포츠 등반 루트가 이에 해당한다. 이 루트에서는 몇 미터 간격마다 착암기로 특수 하켄이 설치되어 있다. 특수 하켄은 추락 시 제동을 해주는 기능을 한다. 날씨에 구애받지 않는다는 점만 제외하면 실내 암벽 등반장과 조건은 비슷하다. 스포츠 등반은 최고 난이도의 루트에서 낙뢰나 불안정한 바위 턱, 헐거운 하켄과 같은 객관적인 위험에 아랑곳하지 않고 오로지 앞으로 나아가는 것이 핵심이다. 그렇게 해서 암벽은 최상의 등반 기량과 체력을 테스트하는 스포츠의 도구처럼 변신하게 되었다. 원칙적으로 더 오르기가 까다로운 것은 중간 난이도 등급의 전통적인 알파인 등반이다. 알파인 등반 루트에는 암벽에 하켄이 설치되어 있지 않기 때문에 스스로 안전에 신경 써야 한다. 가파른 암벽에서 흔들거리는 바위 턱을 손잡이와 디딤대로 활용해서 위로 올라가야 하는 경우도 비일비재하다. 필요할 경우 벽에 하켄을 직접 박아야 하고 휴대용 암벽 등반도구인 작은 고리나 자일 슬링을 사용해야 한다.

한스 브루크너 씨와 함께 올라갈 난이도 등급 II의 루트에서는 직립으로 걸어갈 수 없다. 대신 경사진 암벽 위를 손과 발을 이용해서 기어올라가야 한다. 브루크너 씨는 수직으로 올라가야 하는 지점도 있다고 예고했고, 어머니와 나를 그곳에서 어떻게 안전하게 올라가게 할 수 있을지 숙고했다.

"그렇지만 일단은 그 지점까지 가는 것이 관건이죠."라고 그는 미소를 지으며 말했다. 그토록 경사가 심한 길을 갈 수 있는 것은 등반 기술에 정통한 진정한 능력자들뿐이라고 나는 언제나 생각해 왔다. 하지만 비교적 평이한 난이도 등급 II에서도 수직 구간들이 존재했고 손으로 잡을 바위 턱을 찾기 힘든 지점들도 있다. 반면 덜 경사진 암벽에도 손으로 잡을 수 있는 곳이 거의 없을 경우에는 등반은 훨씬 어렵다.

그로세 잔트슈피체 봉의 진입로까지 3분의 2 지점에 있는 칼스바더 산장으로 가기 위해 우리는 힘차게 전진했다. 이 등반가와 함께 간다면 등산길이 고되지 않을 거라는 생각이 들었다. 한스 씨와 어머니와 나는 폭이 약 3미터 되는 자갈길을 선선한 아침 공기를 마시며 걸어갔다. 한스 씨가 넓은 숲길을 활기차게 걷는 나에 대해서 칭찬했고 약간 경직되었던 분위기가 풀어졌다.

"여기서부터 벌써 흐느적거리면 암벽 위로 어떻게 가게요?"라고 나는 응답했다.

위에서 폭이 좁아진 산책로를 갈 때 나는 한스 씨의 걸음을 정확히 분석하기 위해 그의 뒤를 바짝 따라갔다. 어머니는 그때그때 필요한 조언을 하기 위해 내 뒤를 따라왔다.

한스 씨와 이야기를 나누느라 칼스바더 산장까지 가는 약 2시간간의 행군은 놀라울 정도로 빨리 흘러갔다. 그가 이미 여러 차례 등정한 리엔츠의 돌로미텐의 봉우리들에 대해서 나는 일일이 물어봤다. 각 봉우리들의 상세한 위치와 높이는 물론 서로 어떤 각도를 이루고 있는지와 각 루트들의 등반 난이도에 대해서 직접 듣고 싶었다. 그 설명을 토대로 각 루트에 대해서 머릿속에 세밀하게 정리하는 것을 보고는 한스 씨는 놀라워했다. 내가 한스 씨에게 추가로 던진 질문은 산의 실제 모습에 대해서 아는 사람만이 던질 수 있는 것이다.

산장에서 한스 씨는 케익과 커피에 한 잔의 화주를 곁들여 두 번째 아침 식사를 하자고 제안했다. 하지만 나는 비좁은 식당에서는 야외에서처럼 방향을 잡기가 쉽지 않았기 때문에 그다지 달가워하지 않았다. 어머니는 나와 뜨거운 차를 마셨고, 한스 씨는 산장에 있는 사람들과 대화를 나눴다. 반시간 후에 우리는 다시 출발했고, 드디어 내 앞에 완전히 새로운 세계가 펼쳐졌다. 평평했던 오솔길은 어느덧 가파른 자갈 투성이의 비탈길로 바뀌었다. 돌로미텐의 자갈들은 작은 편이었다. 지대는 점점 더 경사가 심해졌고 곧 나는 손으로 자갈들을 만져 볼 수 있었다. 마치 거꾸로 뒤집어 놓은 깔때기처럼 양쪽 암벽의 경사면은 꼭대기를 정점으로 가파르게 치솟았고 산등성이에서 잘록해졌다.

"바로 그 협곡에 그로세 잔트슈피체 봉으로 가는 진입로가 있다네." 라고 한스 씨는 상기된 목소리로 말했다.

깔때기 모양의 암벽은 독특한 방식으로 음향을 반사시켰다. 나는 그점을 활용해서 소리를 들으면서 일행 중 첫 번째 주자로 협곡을 향해 나아갔다. 혼자 힘으로 올라가는 동안에 나는 최고의 희열을 느낄 수 있었다. 그렇게 음향과 지형 조건이 최적화되어서 내가 다른 사람의 도움 없이 독자적으로 산을 오를 수 있는 구간은 그리 흔치 않았다.

몇 달 전에 인공 고관절 수술을 받은 한스 씨는 한참 아래에서 어머니가 올라오는 것을 도와주었고, 내가 제대로 가고 있다는 것을 큰 소리로 확인해 주었다. 꼭대기 근처의 협곡에 거의 다다랐을 때 한스 씨는 더 이상 한 발자국도 움직이지 말라고 소리쳤다. 잘못할 경우 협곡의 다른 쪽으로 실족할 위험이 있었기 때문이다. 나는 그 자리에 멈춰 서서 배낭을 풀어 목을 축이기 위해 음료수 통을 찾았다.

그곳에 서서 주변의 소리에 귀 기울이면서 나는 이 멋진 산속에 호젓이 있을 수 있다는 사실에 행복에 겨워했다. 저 멀리 아래서 어머니와 한스 씨의 숨소리와 느릿한 걸음소리가 들렸다. 몇 미터를 더 올라가자 산등성이가 나왔고 그곳에는 작고 평평한 공터가 있었다. 거기서 한스 씨는 자일과 암벽 등반 용품들이 들어 있는 배낭을 풀었다. 카라비너가 달그락거리며 부딪치는 소리는 날 흥분시켰다. 반면 어머니의 목소리는 다소 무겁게 가라앉은 듯 들렸다. 몇 시간 후에 어머니는 앞에 펼쳐진 험난한 암벽을 보고는 그 위를 올라갈 엄두가 나지 않았다고 털어놓았다. 하지만 어머니는 나를 위해 마음을 다잡고 용기를 냈던 것이다. 만약 어머니가 그 상황에서 포기했더라면 한스 씨는 분명히 즉각 하산을 결정했을 것이다.

불안감과 기대감이 뒤섞인 기분이 들었다. 한스 씨가 우리들을 자신의 자일에 묶어 줄 때 마치 성스러운 의례를 치르는 것처럼 느껴졌다. 그는 우선 내 등반벨트에 자일의 매듭을 단단히 묶었다. 한스 씨가 어머니에게 자일을 묶고 있을 때 나는 내 벨트에 매어 있는 매듭을 풀어 보았다. 직접 두 손으로 암벽 등반에서 가장 핵심적인 자일의 매듭이 어떤 모습인지 느끼고 싶어서였다. 한스 씨는 처음에는 화를 냈지만 내가 그렇게 한 이유를 듣고는 수긍했다. 그렇게 해야 나는 매듭을 짓는 법을 직접 배울 수 있었기 때문이다. 나는 한스 씨가 만들어 놓은 것과 똑같이 자일에 매듭을 묶었다. 이제 오래도록 학수고대하던 순간이 다가왔다. 나는 처음으로 자일과 하켄을 써서 진짜 암벽 위에 등반을 시도하게 된 것이다.

한스 씨는 우리가 하게 될 암벽 등반의 진행 과정에 대해서 설명했다. "내가 먼저 첫 번째 자일 구간을 다 오른 다음에는 위에서 대기할 수 있는 확보지점을 찾아야 한다네. 그곳에서 나부터 안전장치를 할 계획이네."

자일 구간이란 자일 한 개의 길이에 해당하는 등반 루트를 뜻한다. 보통 한 자일 구간은 지형조건에 따라 조금 차이가 나지만 대부분 30~50미터 정도이다.

"그런 다음 뒤따라 올라오라고 외치겠네. 두 사람은 팽팽한 자일을 잡고 위로 올라와야 하네. 이 구간에 자일과 하켄을 연결하기 위해 설치한 카라비너를 다시 회수한 후 장비들을 다시 나한테 가져다주면 된다네."

우리의 대장은 약간 왼쪽으로 기울어져 있는 암벽 면의 몇 미터를 올라가기 시작했다. 시간이 지날수록 어머니와 나는 더 초조해졌다.

우리가 있는 지점에서 수직으로 올라간 곳에서 발을 디딜 만한 평평한 턱을 찾는 등산화 소리를 들을 수 있었다. 그의 숨소리와 암벽에 조용히 끌려 올라가는 자일 소리는 이 루트에 대해 보다 상세한 부분들에 대한 정보를 전달했다. 긴장감이 흐르는 조용한 순간에 어머니는 한스 씨가 돌출된 바위 뒤로 사라져서 더 이상 보이지 않는다고 나지막하게 이야기했다. 천천히 움직이는 자일을 보고 어머니는 한스 씨가 위로 올라가고 있다는 것을 알아챘다. 갑자기 등반자일이 멈췄고 한스 씨가 첫 번째 대기 장소에 도달했다는 것을 예측할 수 있었다. 조금 시간이 흐른 후에 바위 사이로 그의 목소리가 다소 신비롭게 들렸다.

"따라 올라오시게!" 한스 씨가 외치는 소리가 들려왔다. 이제 우리가 올라갈 차례였다.

한스 씨가 아까 암벽을 타는 동안에 나는 그 구간의 이미지를 그려 내기 위해 그 소리에 집중했다. 이제 머릿속 이미지에 따라서 암벽을 타면 되었다. 어머니는 바로 내 뒤에서 따라 올라왔다. 한스 씨가 우리의 안전을 위해 팽팽한 자일을 위에서부터 조금씩 잡아당기는 것을 느낄 수 있었다.

곧 나는 방향을 잡다가 수동적으로 자일이 나있는 선을 길 삼아 올라가서는 안 된다는 사실을 깨달았다. 만약 한스 씨가 먼저 올라갈 때 특정 지점을 우회한 후에 자일을 팽팽하게 잡아당긴 것이라면, 당연히 자일은 내게 정확한 길을 안내하지 않을 것이다. 사람들은 암벽을 탈 때 진입 불가능한 곳을 요리조리 피해서 쉬운 길을 따라 지그재그로 오르게 되어 있다. 따라서 그 경로가 일직선인 경우는 거의 없다.

뒤따라 올라오는 사람이 자일의 방향을 그대로 따라가다가는 종종 손으로 잡거나 발을 디딜 수 있는 바위 턱이 거의 없는 경로로 가게 되어 있다. 그리고 결국에는 원래 자리로 돌아 내려간 후 다시 올라가야 한다. 내가 올라갈 때 더 오른쪽 또는 왼쪽으로 방향을 잡아야 하는지 어머니는 뒤에서 계속해서 힌트를 주었다. 내 손이 닿는 범위 내에서만 다음 행보를 할 수 있기 때문이다. 곧 한스 씨가 위의 거점에서 대기하면서 자일을 분주히 끌어 올리는 소리가 들렸다.

두 번째 자일 구간에서 한스 씨는 부연 설명을 할 필요가 없었고, 우리는 계속해서 자일을 타고 올라갔다. 장비를 사용해서 암벽을 타는 것은 아주 재미있었다. 어머니도 중력을 다루는 이 유희를 즐겼다. 훨씬 더 높이 올라가자 눈 덮인 횡단로가 나타났다. 그 앞에서 우리는 멈춰 설 수 밖에 없었다. 산에서 얼마나 다양한 장해물들을 만날 수 있는지 어머니와 나는 몸소 체험할 수 있었다.

횡단로란 암벽에서 수직으로 올라가는 대신 수평으로 움직여야 하는 구간을 뜻한다. 횡단로에서는 바로 전에 손으로 잡았던 바위 턱을 발로 딛고 올라가지 않는다. 대신 서로 다른 높이의 바위 턱을 각각 손으로 잡고 발로 디디면서 움직여야 한다. 횡단로에서 안전장치는 수직으로 벽을 타고 올라갈 때만큼 효과적이지 못하다. 왜냐하면 뒤따라오는 등반자가 실족할 경우 팽팽한 줄에 매달리는 대신 가장 가까운 하켄이 설치되어 있는 지점까지 추락할 수 있기 때문이다.

앞이 보이지 않는 나로서는 발로 내딛을 바위 턱의 위치를 손으로 먼저 확인할 수 없다는 점이 아주 난감했다.

횡단로에 눈과 얼음이 쌓여 있을 경우 상황은 더 곤혹스러워진다. 한스 씨가 당황해하고 있음을 나는 처음으로 감지했다. 나는 약간 실망감을 느끼며 이렇게 말했다. "우리는 아주 먼 길을 올라 여기까지 왔어요. 정상이 바로 앞에 있는데 이 짧은 구간 때문에 포기하는 건 말도

안 돼요."

"아까 차 안에서 설명했던 수직의 벽이 있는 가장 험난한 지점은 이 횡단로를 지난 바로 다음에 나온다네. 거기서 또 한 번 고비를 만나게 되어 있지." 한스 씨는 대답했고 나는 체념의 한숨을 내쉬었다.

한스 씨는 결국 약 30미터가량 되는 눈 내린 횡단로를 직접 지나가 본 후에 등반을 계속해도 될지 확인하겠다고 말했다. 나는 깊은 고마움을 느꼈다.

어렵다고 추정되는 구간은 멀리서 보았을 때 훨씬 더 험난해 보이기 마련이다. 반대로 만만하게 여겼던 구간이 실제로 훨씬 까다롭고 험난한 것으로 판명되는 경우도 많다. 그래서 실제로 구간을 가기 전에 리더가 숙련된 눈으로 분석하는 것이 중요하다.

한스 씨는 상당히 빠르게 횡단로를 통과했고, 그 구간을 지나기가 의외로 쉽다는 것에 놀라워했다. 어머니와 내가 횡단로를 건널 때 잠시 멈춰 설 수 있도록 한스 씨는 단단하게 굳은 눈 위를 다져서 단을 만들었다. 그럼에도 불구하고 나는 추락할 것만 같은 두려움을 느끼면서 온 힘과 열의를 다해 발을 내딛었다. 나는 균형을 잃지 않고 한스 씨가 미끄러운 길 위에 새겨 놓은 단을 찾으면서, 깊이를 가늠할 수 없는 심연 위를 가로질러야 했다. 손으로 잡을 만한 바위 턱을 찾아보았지만 암벽 위로 얼음장처럼 차가운 눈만 느껴졌다. 한 발 한 발 내딛을 때마다 용기가 필요했다. 마치 영원과도 같은 시간이 흐른 후에 나는 횡단로의 건너편에 안전히 도착할 수 있었다.

내 뒤를 따라 어머니가 자신감 있게 건너오는 소리가 들렸고 나는 그 소리에 감탄했다. 한스 씨는 우리들을 대견해했다. 이제 우리는 투어에서 가장 난코스인 돌로미텐의 단단한 암벽 위에 수직으로 나있는 길에 다가갔다. 바위벽에 고정되어 있는 철 막대 덕분에 50미터 높이의 미끄러운 바위 면을 오르는 것은 예상보다 수월했다. 이어서 약간 경사진 능선을 갈 때에도 우리들은 정상으로 가는 발걸음을 늦추지 않았다. 12시 정각에 우리는 리엔츠 돌로미텐 산맥에서 가장 높은 봉우리인, 해발 2,772 미터의 그로세 잔트슈피체 봉에 올랐다. 나는 손과 발로 진짜 가장 높은 곳에 서있는지를 재차 확인했다. 금속 재질의 십자가를 손으로 만졌을 때 나는 확신을 얻었다. 저 아래 리엔츠 계곡의 각 마을에서 정오를 알리는 교회탑의 종소리가 들려왔다. 나는 행복감에 복받친 나머지 그것이 마치 하늘나라에서 보내 준 인사처럼 느껴졌다. 어머니는 기쁨의 눈물을 흘리면서 목이 메었다. 한스 씨는 우리들을 품에 안았다. 그는 산에 오르면서 오늘처럼 이렇게 큰 행복감을 느낀 것은 지금껏 없었다고 말했다.

하산 길에서 우리 일행은 난관을 만나도 별로 당황하지 않았다. 이미 등산할 때 우리들은 서로의 장점과 단점을 파악했고 어떻게 조율해야 하는지 배웠던 것이다. 저녁에 귀갓길에 올랐을 때 우리들은 조화로운 한 팀이 되었다. 나는 앞으로 인생에서 한스 씨와 같은 등반가와 함께 암벽에 오를 기회가 또 생기기는 어려울 것 같은 기분이 들었다. 아마도 한스 씨는 미치광이 시각 장애인과 그의 극성맞은 모친과의 산행을 마친 것을 속 시원해하고 있을 거라고 추측했다. 나는 이 험난한 등반을 마친 것에 대해 큰 기쁨을 느꼈다. 하지만 동시에 아마도 내 산악 인생의 첫 번째 정점이 마지막 정점이 될지도 모른다는 생각에 침울해졌다.

집에 도착해서 자동차에서 내릴 때 우리는 한스 브루크너 씨에게 깊은 고마움을 표하면서 작별을 고했다. 집 앞까지 배웅 나온 아버지도 깊은 존경의 마음을 표했다.

한스 씨는 페달을 밟기 전에 질문을 던졌다. "다음 주에 계획이 있는가? 없으면 또 함께 투어를 하면 어떻겠나?"

몇 년이 지난 후에 그는 그날 하산할 때 감정이 복받쳤다고 했다. 그토록 강렬한 감정을 느낀 것은 아주 드문 일이었기 때문에 또 나와 함께 산에 오르고 싶다고 혼자서 생각했다고 말했다.

다음 주말에 브루크너 한스 씨와 나와 어머니는 다시 내 오랜 꿈 하나를 이루기 위해 리엔츠의 돌로미텐으로 향했다. 이미 서로에 대해 충분히 조율이 된 상태였기 때문에 이날 우리 팀의 분위기는 지난 일요일과는 사뭇 달랐다.

이번 우리의 목표지점인 '로테 투름 봉'은 2,704미터의 높고 뾰족한 바위산으로, 라저르츠반트 봉과 나란히 구름 위로 솟아 있었다. 어린 시절 라저르츠반트의 정상에서 휴식을 취할 때 멀리서 암벽 등반을 하는 사람들이 해머를 두드리는 소리를 들은 적이 있었다. 당시에는 이 붉은 빛의 바위산을 직접 손으로 만져 볼 수 있으리라는 생각을 하지 못했다. 지난주와 마찬가지로 우리는 칼스바더 산장을 지나 라저르츠반트 봉을 향해 올라갔다. 라저르츠반트 봉의 정상에서 약간 못 미치는 지점에서 오른쪽으로 방향을 틀면 로테 투름의 돌출된 남벽 아래로 등산로가 나있었다. 그 등산로를 따라가면 로테 투름 봉의 동쪽 면에 도달할 수 있다.

그곳의 소리는 외경심을 불러일으켰다. 남벽은 심하게 돌출되어 있어서 그 아래를 지날 때 마치 건물의 커다란 지붕 밑에 있는 듯한 기분이 들었다.

슈나이더 침니의 입구 근처에서 자일을 묶었다. 침니란 암벽 깊숙이 세로 방향으로 파인 홈으로, 그 속에서 몸을 끼워 양쪽 벽을 타고 올라가야 한다.

등반 난이도 등급 II의 슈나이더 침니는 수직이 아니라 심하게 경사진 형태였다. 따라서 침니의 바닥 지점에서 부분적으로 서서 올라갈 수 있었다. 한스 씨는 다시 앞서 올라갔고 나와 어머니는 자일에 묶인 채로 따라 올라오라는 그의 명령을 따랐다.

침니 구간을 올라갈 때 양쪽 벽을 타고 올라가기만 하기 때문에 나로서는 방향을 잡는 데 수월했다. 그래서 바위 위에 눈이 약간 덮여 있음에도 불구하고 그로세 잔트슈피체 봉의 광대한 암벽 지대에서보다 훨씬 빠르게 전진할 수 있었다.

어머니도 뒤쳐지지는 않았다. 암벽을 타고 올라가는 것은 아주 즐거웠다. 한스 씨도 열정적으로 목표를 향해 우리를 이끌었다. 수년 전부터 머릿속에 이미지로 저장해 둔 내용에 따르면 나는 정상으로 가기 전 마지막 자일 구간에 도달한 것이 분명했다. 한스 씨가 대기하고 있는 지점에 도달했을 때 내 뒤 몇 미터 떨어진 곳에서 어머니가 올라오는 소리가 들렸다. 한스 씨는 내게 이제 정상이라고 알려 주었다. 얼마 지나지 않아 지친 기색이 완연한 어머니의 올라오는 소리가 들렸다. 한스 씨는 농담으로 아직 험난한 빙설 구간이 하나 더 남았다고 외쳤다. 어머니는 그 말을 곧이곧대로 받아들였지만 곧 내 뒤에 정상의 십자가가 서있는 모습을 발견하였다. 그날 어머니의 얼굴에 새겨진 감격의 표정은 한스 씨만 알 수 있을 것이다.

***

나는 자일 등반팀을 이끌고 선두 주자로 산에 오르게 될 날이 오기를 간절히 고대했다. 그리고 꿈에 그리던 그날이 다가왔다. 하지만 내가 선두로 산을 타는 첫 번째 암벽 투어에서는 정식 자일조차도 갖추지 못했다. 암벽 등반용 자일은 원래 길이 50~60미터에 폭이 약 10밀리미터 정도 된다. 자일은 추락을 대비해서 전체 길이에서 30~40퍼센트까지 늘어나는 탄성을 가지고 있다. 그렇게 해서 추락 시 등반가를 부드럽게 잡아끌면서 충격을 완화시키는 기능을 갖추고 있다. 첫 투어에서 내가 배낭에 챙겨 가져온 것은 폭 6밀리미터에 길이 12미터의 노끈이었다.

자비네와 함께 나는 그 노끈을 갖고 우리 집 부엌 창문 밖에 보이는 세 개의 봉우리인 클라인쇼베를 봉, 로트가벨레 봉과 슐라이니츠 봉에 올랐다. 난이도가 높은 투어는 아니었지만 루트가 긴 편이고 까다로운 지점들이 있었기 때문에 결코 우습게 볼 수는 없었다. 우리 둘이 자일을 타고 오른 체터스펠트는 겨울에는 가족 스키 여행지로, 여름에는 환상적인 산책로로 사랑받는 구역이다. 그곳에서부터 자비네와 함께 나는 슐라이니츠 봉과 로트가벨레 봉의 남쪽 절벽을 지나 클라인쇼베를 봉의 암벽 등산로로 나아갔다.

 풀이 무성한 이 산의 정상까지 비교적 빨리 올라갔다. 그곳에서 잠시 휴식을 취한 후에 우리는 다음 목표지인 로트가벨레 봉을 향해 길을 재촉했다. 로트가벨레는 뾰족한 바위 봉우리로 리엔츠 분지의 남쪽에 있는 돌로미텐 산맥에서 흔히 볼 수 있는 바위산의 봉우리와는 달랐다. 오히려 북쪽에 있는 쇼버 산군에서 자주 볼 수 있는 자갈, 흙, 풀밭으로 뒤덮인 봉우리의 형태였다. 반시간 동안 우리들은 아주 가파른 산마루의 동쪽으로 올라가면서 바위와 흙이 뒤섞인 능선에서 정상까지 가는 최적의 경로를 탐색했다. 로트가벨레 봉으로 가는 마지막 100미터 구간에서 지형은 급격한 경사지로 바뀌었고, 더 이상 길은 나있지 않았다. 나는 배낭에서 노끈을 꺼내서 한쪽 끝을 자비네의 허리에 묶었고 다른 쪽 끝을 손에 쥐었다. 그렇게 하자 자비네는 훨씬 안전하다고 느끼는 것 같았다. 그녀는 능선에서 올라갈 수 있는 유일한 루트를 찾아서 나를 안내했다. 급경사의 능선이 흙과 자갈과 모래가 뒤섞인 재질일 경우에 중간에서 잠시 멈춰 설 만한 지점을 찾기가 매우 어렵다. 손에 노끈을 쥐고 나는 균형을 잡으려고 애썼다. 자일의 길이가 너무 짧았기 때문에 나는 계속해서 올라갈 수 없었다. 대신에 나는 중간에 불편한 지점에서 멈춰 서야만 했다. 내 체중을 못 이기고 흙더미들이 산비탈을 따라 천천히 미끄러져 내려갔다. 그 와중에 나는 뒤따라 올라오는 자비네를 안전하게 이끌 수 있는 확보지점을 찾으려 노력했다. 나는 개미 같은 자세로 조심스럽게 미끄러운 길의 가장자리를 따라 기어갔다. 오른손으로 10센티미터 크기의 튀어나온 바위를 찾아내고는 안심이 되었다. 나는 자비네에게 자일을 잡고 따라 올라오라고 외쳤다. 정상까지 가는 마지막 몇 미터 구간은 완만해졌다. 그렇게 해서 내가 선두 주자로 참가한 첫 번째 자일 등반 투어가 성공적으로 끝났다. 전문가들의 관점에서는 루트의 길이가 짧고 지형에 특이점이 없는 투어를 암벽 등반이라고 할 수 없을 것이다. 하지만 선두 주자로서 일행을 책임지며 정상에 오른 그날의 산행은 내게 첫 번째 등반 투어로서 의미가 깊었다.

이제 해발 3,000미터의 높이를 자랑하는 슐라이니츠 봉에 오를 차례였다. 동쪽 면의 평범한 길에 비해 다소 험난한 서쪽 산마루를 오르는 것은 자비네나 나에게 이번이 처음이었다. 그 길을 오를 때도 12미터 길이의 노끈은 유용하게 쓰였다. 암벽의 경사도와 단단함 때문에 산행은 수월했다. 하지만 우리가 슐라이니츠 봉의 정상에 올랐을 때 시간은 일몰을 정확히 1시간 앞둔 오후 5시였다. 그날 우리는 극도로 흥분된 상태에서 시간 가는 줄 모르고 계속해서 이어지는 구간들을 통과해 갔다. 따라서 9시간 동안 등반을 하면서 한 번도 시간을 확인하지 않았던 것이다. 결국 우리는 오후 5시가 돼서야 체터스펠트에서 계곡을 향해 자일을 묶고 하산하기 시작했다. 계곡까지 가려면 3시간은 걸릴 터였다. 즉, 험난한 울퉁불퉁한 자갈밭 길을 내려오는 도중에 날이 저물어 버릴 것이다.

"겁내지 마." 나는 자비네의 기분을 북돋우려고 미소를 지으며 말했다. 동쪽 면의 하산 길은 예전에 슐라이니츠 봉에 오를 때 통과한 적이 있었다. 하지만 이번에 그 앞에 서자 다소 두려움이 느껴졌다. 몇 센티미터에서 몇 미터 간격으로 테이블 크기의 바위들이 흩어져 있는 길에서 균형을 잡느라 고생했던 기억이 떠올랐다. 그때 일행 중 한명은 미끄러지는 바람에 바위틈에 다리가 끼었다. 이 지대에서는 한 발 한 발 내딛을 때마다 마치 러시안 룰렛을 하는 기분이 들었다. 앞이 보이지 않는 나로서는 다음 걸음을 내딛을 때 어디를 밟게 될지 알 수 없기 때문이다.

배낭의 음료와 식량은 이미 동이 난 상태였고 피로감과 허기가 우리의 기분을 무겁게 짓눌렀다. 계곡까지 가려면 그 길로 하산을 시도하는 것 이외에는 대안이 없었다. 내가 가장 두려워하는 바위들로 뒤덮인 예측 불가능한 그 길은 정상으로부터 45분 거리에 있었다. 우리는 늦어도 땅거미가 지기 전에 그 길을 통과할 것을 목표로 세웠다. 만약 자비네도 미로와도 같은 이 구간에서 어둠 때문에 앞이 안 보이게 되면 우리는 추운 밤을 은신처 없이 망막한 바위의 바다에서 보내야 할 터였다. 나는 시시각각 힘이 빠지는 것을 느꼈다. 피로감이 엄습하면서 정신력은 흐려지고 나는 마냥 앉아 있고만 싶었다. 사실 낮이건 밤이건 나에겐 아무 상관이 없었다. 바위를 하나씩 건널 때마다 자비네는 계속해서 나아가자고 다독였다. 부지불식간에 우리의 역할이 바뀐 것이다. 팀에서 원래 주도적인 사람이 약해지면 자연스럽게 일어나는 현상이다. 곧 자비네는 우리가 바위 들판의 한가운데에 도착했으며 아직 희미하게나마 빛이 남아 있다고 말했다. 그 말을 듣자 나는 마음을 다잡고 힘을 낼 수 있었다. 저녁 8시가 한참 지나서 자일 구간이 시작되는 지점에 도착했을 때 이미 어둠이 깔린 상태였다.

***

초행의 산에 오르는 무모한 모험을 무사히 마치고 난 후에 미리 한스 씨의 도움을 받아 루트를 잘 익혀 둔 다음에 암벽 등반의 선두 주자 역할을 했더라면 더 좋았을 거라는 생각이 들었다.

나는 그런 생각을 비밀로 간직한 채 한스 브루크너씨와 함께 두 번째로 로테 투름 봉으로 자일 등반에 올랐다. 이번에 우리들은 서쪽 벽을 관통하는 슈미트 침니로 기어 올라갔다. 나는 다양한 방향에서 오름으로써 이 거대한 바위산의 전체적인 형태를 파악하고 싶었다. 몸 전체로 느끼면서 환상적인 산세를 느끼면서 구체적인 이미지로 머릿속에서 그려 보고 싶었던 것이다.

손으로 바위 턱들을 만지거나 발로 디딜 때마다 나는 모든 것을 최대한 세밀하게 관찰하려고 노력했다. 다음 날 나는 이곳에 다시 올 계획이었기 때문이다.

나는 자일 등반팀의 리더가 되어 자비네와 함께 이 루트로 정상까지 올라가고 싶다는 소박한 희망을 품고 있었다. 하지만 그녀를 설득하는 것은 쉽지 않았다. 그녀는 현기증을 이유로 완강하게 거절했다. 하지만 손과 발에 집중하고 계속 위를 주시하면서 올라가면 현기증을 극복할 수 있다는 말로 그녀를 간신히 설득했다. 그렇게 해서 다음 날 계획대로 자비네와 함께 로테 투름 봉을 향해 떠날 수 있었다. 나는 자비네에게 칼스바더 산장까지 가는 등산로에서 내 앞에 가도록 했다. 나는 그녀의 뒤를 바짝 따르며 발자국 소리에 정확히 맞춰 한 발 한 발 나아갈 수 있었다.

나는 매순간 우리가 어디에 있는지 정확한 위치를 알 수 있었다. 바로 전날 루트를 지나며 모든 우회로는 물론 바닥에 돌출된 부분까지 모두 기억해 두었기 때문이다. 어느덧 오르막길이 끝났고 자비네는 표지판이나 위로 가는 길이 더 이상 보이지 않는다고 말했다. 아주 가파르며 부분적으로 수직으로 뻗어 있는 암벽이 앞길을 막아선 채 하늘로 솟아 있었다. 그녀는 거기서 더 나아갈 수 없을 거라고 생각했던 것이다.

나는 그녀에게 세밀한 부분에 대해서 질문했다. 자비네가 암벽 속에 깊이 파인 균열에 대해서 설명을 하자 우리가 정확한 지점에 와있음을 확신할 수 있었다. 바로 이곳에서 전날 한스 씨와 나는 자일을 사용하기 시작했다. 나는 마음이 놓였고 암벽 등반 장비를 배낭에서 챙겼다. 장비 중에는 지난주에 자비네와 함께 산 50미터 길이의 새 자일도 포함되어 있었다. 보온병에서 차 한 모금을 마신 후에 우리는 출발하였다.

자비네는 슈미트 침니의 급경사가 균열이 시작되는 곳에서 내가 올라갈 경로를 설명했다. 바위들은 단단하게 연결되어 있었다. 안정적인 암벽을 타고 위로 올라가면서 희열을 느꼈다. 횡단로를 건너 왼쪽 바위로 간 다음에 나는 작고 움푹하게 파인 지점에 도착했다. 나는 그곳을 생생하게 기억하고 있었다.

자비네는 곧 자일이 끝나 간다고 아래에서 소리쳤다. 나는 정확한 지점에 와 있다는 것을 재차 확인할 수 있었다. 안전용 하켄이 어디에 있는지 약간 고민했다. 순간 이 지점에서 가슴 높이에 하켄이 박혀 있다는 사실이 떠올랐다. 나는 왼손을 앞으로 뻗어서 24시간 전에 한스와 함께 사용했던 흰 금속 하켄을 만졌다. 나는 카라비너 2개를 그곳에 매달았고, 나를 하켄에 단단히 고정시킨 다음에 자비네가 묶여 있는 팽팽한 자일도 매달았다.

　다음 자일 구간은 가장 험난한 난코스였다. 그 구간에서는 수직에 가까운 급경사면을 통과해서 올라가야 했다. 내가 올라갈 때 자비네는 안전용 하켄이 어디에 설치되어 있는지 설명했다. 나는 전날 오르면서 암벽 구조의 아주 세세한 부분까지 기억해 두었기 때문에 그 구간까지는 아무 문제없이 순탄하게 진행되었다. 슈미트 침니에서 30미터 더 위로 올라간 후 비교적 평탄한 자갈길에 도달했다. 하지만 거기서부터 자비네는 시야가 확보되지 않았기 때문에 나는 다음 지점의 하켄을 발견하는 데 어려움을 겪었다.

　오른쪽에 있는 바위를 더듬으면서 나를 구원해 줄 하켄을 애타게 찾았다. 시간이 흐를수록 나는 더 초조해졌다. 하켄을 찾지 못한 상태에서 자비네가 실족할 경우 그 결과는 치명적일 것이다. 따라서 나는 자비네를 올라오지 못하게 했다. 그 상태에서 그녀가 따라 올라오고 중간 지점의 하켄에 자일을 매단 후에 실족한다면 우리 둘 다 수백 미터 아래의 낭떠러지로 추락할 위험이 있었다. 위에 안전 자일을 매달지 않은 상태였기 때문에 다시 내려가는 것도 불가능했다. 나는 진퇴

양난에 빠졌다. 하지만 평정심을 잃고 불안해하는 것은 아무런 도움이 되지 않았다.

나는 다시 전날의 상황을 머릿속으로 떠올리려고 노력했다. 하켄이 있는 지점에 대한 실마리를 찾기 위해서였다. 나는 1~2미터 정도를 더 올라갔다. 순간 기적적으로 오른손 끝에 발로 딛고 올라설 수 있는 작은 바위 턱이 느껴졌다. 그것은 두 발을 딛고 올라갈 수 있을 만큼의 크기로 오른 쪽에 있는 침니 벽의 진입로와 연결되어 있었다. 드디어 단서를 찾은 것이다! 바위 턱에 올라선 후 정확히 가슴 높이에서 나는 하켄을 발견하고는 카라비너를 매달았다. 자비네가 드디어 올라올 수 있게 되었다. 전날 한스 씨만 이 좁은 바위 턱에 올라온 채 침니의 바닥에 있는 나를 일 미터 정도 왼쪽 편에서 잡아당겼다. 따라서 나는 이 하켄에 대해서는 알 방도가 없었다. 이제 자갈길을 통과해서 정상까지 마지막 몇 미터만 더 기어 올라가면 되었다.

자비네는 함께 정상 등정에 성공한 것에 대해 기뻐했다. 또한 주변의 무수히 많은 산봉우리들이 빚어낸 대장관을 묘사했다. 내 팔과 손과 손가락을 동원해서 그녀는 각 산들의 형세와 특징들을 최대한 상세히 묘사했다.

하산할 때는 자일 구간을 두 번 통과해야 했다. 나는 간접 하강 방식으로 자비네를 먼저 내려가게 했다. 간접 하강 방식에서 먼저 내려가는 선등자는 온 체중을 자일에 실어 매달려 있어야 한다. 위에 있는 후등자는 천천히 자일을 내려 주어서 선등자가 집중해서 수직의 벽을 따라 아래로 내려갈 수 있도록 한다.

내가 먼저 자비네를 아래로 내려 보낸 이유는 아주 간단하다. 수직 벽에서 눈으로 다음 번 안전 하켄을 확인하는 데 그녀가 절대적으로 유리했기 때문이다. 하켄을 찾지 못하면 더 이상의 하강은 불가능하다. 금속의 고리가 있는 지점에 도달한 후에 자비네는 자신을 안전 고리에 건 후에 나를 기다렸다. 그렇게 하면 아래로 내려가다가 오도 가도 못하는 상황을 미연에 방지할 수 있다. 나는 직접 하강 방식으로 자일을 타고 내려왔다. 이 방식에서 등반가는 등산용 벨트에 고정되어 있는 하강자일 장치를 활용해서 속도와 제동을 컨트롤 하면서 자일을 타고 아래로 미끄러지듯 내려온다.

날이 저물 무렵 우리는 완전 녹초가 되었다. 하지만 함께 가파른 암벽을 타고 올라가면서 서로에 대한 믿음은 더 굳건해졌고 우리는 더 가까워졌다. 특히 이날 하루는 미래에 아내와 함께 돌로미텐 산맥의 더 많은 암벽들을 함께 오를 수 있으리라는 멋진 희망을 품게 만들었다. 나는 나중에 한스 브루크너 씨에게 난이도 3~4등급의 감스비젠 봉의 북동부 구역을 자비네와 둘이서 통과할 때 겪었던 아찔한 상황들에 대해 털어놓았다. 그는 결코 나를 힐책하지 않았고 대견스러워했다. 그런 다음에 그는 당부의 말을 덧붙였다. "언제 무슨 사고가 일어날지도 모르니 꼭 조심해야 한다네!"

***

갓 결혼한 우리 부부가 신혼집에서 첫 번째 크리스마스를 맞이할 때였다. 새 집을 마련하느라 경제적으로 쪼들렸던 우리는 서로 값비싼 선물을 하지 않기로 미리 약속을 한 상태였다.

크리스마스이브에 트리 점등을 하고 오래된 캐롤송을 틀었다. '고요한 밤 거룩한 밤'이 스피커를 타고 흘러나왔다. 어린 시절 크리스마스를 보냈던 전통적인 방식대로 자비네는 전나무 아래 작은 종을 달았다. 조심해서 나는 어두운 부엌에서 나와 복도를 지나 거실 문을 향해 나아갔다. 수십 개의 양초가 켜져 있는 성스럽고 따뜻한 분위기가 우리를 기다리고 있었다.

촛불들이 만들어 낸 분위기를 나는 볼 수 없어도 느낄 수는 있었다. 조명 불빛, 밝은 전구, 태양 같은 강렬한 광원이 있을 경우 나는 방출되는 온기로 그 존재를 감지하고 위치를 식별할 수 있었다. 나는 보조석에서 자동차를 타고 갈 때에도 햇빛이 들이치면 차양을 내린다. 또한 빙하를 투어할 때에는 선글라스를 쓴다. 내 결막은 보통 사람의 그것과 마찬가지로 빛에 민감하기 때문에 보호 장치를 하지 않으면 눈에 손상이 올 수 있기 때문이다. 부드럽거나 퍼진 빛의 경우 그 위치를 식별할 수는 없지만 그 존재를 분명히 느낄 수 있다. 밀랍초와 전나뭇가지의 냄새는 크리스마스의 분위기를 더했다. 나는 머릿속으로 알록달록한 방울과 별 그리고 수많은 초로 장식된 크리스마스트리의 이미지를 떠올렸다.

우리는 그렇게 첫 번째 크리스마스트리 앞에 다가갔다. 자비네는 나에게 축복의 말을 건넸고 나를 반짝이는 트리 곁으로 더 가까이 이끌었다. 아기 예수가 무슨 선물을 가져왔는지 찾아봐야 할 순서였다. 자비네는 내 손을 바닥으로 이끌었고 친숙한 느낌의 기다란 판이 와닿았다. 자비네는 아주 오랫동안 지하실에 처박혀 있던 스키를 무슨 의도로 꺼낸 것일까? "아니야. 이건 새 스키야. 바인딩이 있는 정식 산악스키와 스틱이야. 당신한테 주는 선물이야."라고 그녀는 설명했다. 한순간 크리스마스의 흥이 깨져 버렸다. 나는 쓰디쓴 실망감에 눈물을 흘리며 시각 장애인과 결혼했다는 사실을 아직까지 이해하지 못한 것 같다고 그녀를 비난했다. 그렇지 않다면 이렇게 엉뚱한 물건을 사지는 않았으리라. 시각 장애인인 내가 산악스키로 무엇을 할 수 있단 말인가? 산악스키는 스키용 활주로 하나 없는 들판과 숲에서 나무 사이를 통과하거나 경사지고 바위가 많은 틈새를 가로지르는 용도로 쓰인다. 형편이 넉넉지 않은 상황이었기 때문에 나는 더 화가 났다. 자비네가 자신의 스키도 함께 장만했다는 사실을 알고 나는 분통을 터뜨리고야 말았다. 하지만 자비네는 내가 화를 내는 이유를 납득하지 못하면서 다음과 같이 말했다. "당신 나와 함께 아니면 누구랑 산악스키 투어를 시도할 수 있겠어?"

다음 날인 성탄절에 우리의 첫 번째 산악스키 투어에 동행하면서 방법을 설명할 누군가를 그녀는 미리 물색해 놓은 상태였다. 그날은 눈이 내린 지 얼마 되지 않은 구름 한 점 없는 차가운 겨울 날씨였다. 내가 마지막으로 스키를 탄 지도 몇 년이 흐른 상태였다. 당시에 나는 부모님이나 자비네와 함께 언제나 정비된 스키장을 이용했고 다른 스키어들이 갑자기 튀어나올 때마다 큰 스트레스를 받았다.

자비네는 이 선물을 함으로써 분주한 스키장 대신 나와 함께 호젓하게 들판에서 좋은 시간을 보내려고 했던 것이다. 결국 우리는 친구 페터와 함께 첫 산악스키 투어의 거점인 돌로미텐의 산장까지 겨울의 설원을 함께 달렸다. 페터가 자동차의 스노우 체인을 끼우는 것을 돕는 것도 즐거운 체험이었다. 그것은 마치 겨울 본연의 맛을 느끼는 듯한 짜릿한 기분을 안겼다.

손으로 혹한의 기운을 만지는 것은 마치 한겨울 그 자체를 느끼는 것 같아서 좋았다. 많은 양의 눈이 만들어 내는 소리의 환경도 나를 역시 열광시켰다. 모든 소리가 예전보다 훨씬 조용하고 약해졌으며, 풍경엔 독특한 정적이 감돌았다.

페터는 오르막길을 오를 때를 대비해서 스키의 아랫면에 미끄럼방지 장치를 설치했다. 오르막길을 오를 때나 출발 시 조절 가능한 스키 바인딩을 꼭 조인 다음에 우리는 설원 속으로 미끄러져 들어갔다. 일정 속도를 유지하면서 탈 수 있어서 나는 큰 즐거움을 느꼈다. 눈 속에 파묻히지 않으려면 페터의 스키 자국을 꼭 정확히 따라가야 했다. 나는 앞서 가는 페터의 소리에 착안해서 긴 스키 판을 정확히 조정하는 법을 금방 깨우쳤다. 오르막길을 오르는 방식은 어린 시절과 청소년 시절에 흠뻑 빠져 있었던 크로스컨트리 스키와 흡사했다. 그래서 오르막길의 운행법을 금방 익힐 수 있었다. 페터와 자비네는 각각 내 앞과 뒤에서 눈이 많이 쌓인 아름다운 겨울 숲을 가로지르며 올라갔다. 우리들은 거의 2시간이 지나서 목표지점에 도달했다. 스키가 움직이면서 내는 소리 이외에 절대적인 정적만 흘렀다. 장해물이 나타나지 않을까 신경을 곤두세울 필요 없이 앞길을 그대로 따르는 것은 마치 두툼한 양탄자를 타고 가볍게 날아가는 듯한 멋진 기분을 들게 했다.

그로세 라저르츠반트 봉의 산등성이에서 우리는 차가 담긴 보온병과 간식들을 꺼내서 휴식을 즐겼다.

나는 바인딩을 풀려고 하다가 순간 허리 높이로 쌓인 눈 더미 속에 파묻혔고, 자비네와 페터는 포복절도했다.

지난 며칠 동안 내린 폭설로 자연은 두툼하고 포근한 눈의 옷으로 갈아입었다. 페터는 내리막길을 갈 때를 대비해 산악스키의 발판에서 미끄럼방지 장치를 벗겨 내고 부착면을 맞대어 차곡차곡 쌓아서 배낭에 넣었다.

그 후에 페터는 스키로 눈 내린 나무 사이의 내리막길 50미터 가량을 내려갔고 나에게 큰 소리로 방향을 알렸다. 숲의 경계선 위에서보다 숲 지대에서 방향잡기가 훨씬 까다롭다는 것을 간과한 채 나는 목소리가 들리는 방향을 향해 달렸다. 하지만 호기로운 출발은 5미터 후에 갑작스럽게 중단되있다. 왼쪽 스키가 눈이 살짝 덮인 잣나뭇가지에 걸리는 바람에 나는 가루눈 더미 속에 빠져 버렸다. 나는 그곳에서 헤어 나오려고 애를 썼다. 그래서 나는 더 이상 빠른 속도로 달리지 않기로 하고 속도를 줄였다. 하지만 그것도 좋은 생각은 아니었다. 속도를 늦추자 스키를 신은 발부터 허벅지까지 깊은 눈 더미 속에 빠졌고 내 뒤로는 거대한 눈구덩이가 생겼다.

폭설이 내린 위로 스키를 탈 때는 추진력을 유지하기 위해 가급적 특정 속도 이하로 떨어져서는 안 된다. 너무 천천히 탈 경우에 눈 더미 속으로 깊이 빠져서 옴짝달싹 못 하게 될 위험이 존재한다. 시간이 얼마 지난 후에 나는 출발 후의 첫 번째 구간을 완주할 수 있었고 이제 자비네의 차례였다. 페터의 설명을 따랐던 자비네도 나보다 나은 기량을 선보이지는 못했다. 거기서 나는 다소 위안을 느꼈다. 가속을 내면서 나는 훨씬 더 잘 탈 수 있게 되었고 페터의 설명을 금방 소화해 낼 수 있었다. 스키판을 타고 소음이 없는 고요한 들판 위를 부드럽게 지나가는 것은 마치 하늘을 나는 것과 같았다.

***

리엔츠의 돌로미트에 있는 클라이네 라저르츠 봉의 북벽은 그로부터 서쪽에 떨어져 있는 라저르츠반트 봉에 비해 훨씬 산세가 온화해서 언제나 내 마음을 끌었다. 한편으로 고즈넉한 위치와 드문 인적으로 자연 본연의 모습이 매력적으로 다가왔고, 다른 한편으로는 그곳의 루트가 나에게 적합했기 때문이다. 어머니와 매형과 한스 브루크너 씨는 처음에는 그 루트에서는 제대로 된 초입을 찾을 수 없다는 이유로 산행을 거절했다. 산행이 실패에 그쳤을 때도 미로와도 같은 바위산에 대한 나의 동경은 결코 줄어들지 않았다. 반대로 나는 더 간절해졌다. 지금 와서 생각해 보면 아직 그 산에 오르기에는 실력이 부족했던 나에게 신이 보호의 손길을 뻗었던 것 같다.

　높이 수천 미터에 폭도 거의 그에 준하는 암벽길은 세 개의 부분으로 나뉜다. 가장 아래에 있는 첫 번째 부분은 400미터 높이의 램퍼르쇼스 북벽으로서 두 번째 부분인 램퍼르쇼스의 본령과 합쳐진다. 여러 개의 축구장을 합친 크기의 푸릇푸릇한 풀밭과도 같은 램퍼르쇼스 주변에는 절묘하게 생긴 돌로미텐 봉우리와 기암괴석들이 둘러싸고 있다. 그 지점에 도달하면 등산화에서 트래킹화로 갈아 신어야 한다. 램퍼르쇼스라는 이름은 양에서 유래되었다. 하지만 이 초록빛의 들판에서는 양들을 만날 일이 없는 대신 알프스 산양 떼와 마주칠 수 있다. 마을의 중장년층 사람들은 과거 여름철이면 양들을 램퍼르쇼스의 들판까지 데리고 올라가서 아주 질이 좋은 풀을 먹이곤 했다고 종종 이야기했다. 하지만 그곳까지 가는 험난한 길을 보면 그런 식의 이야기에 다분히 허풍이 섞여 있다는 의구심이 든다. 램퍼르쇼스의 위로 올라가면 긴 전체 루트에서 마지막인 세 번째 부분에 도착하게 된다. 그곳에 가면 등반가들은 다양한 봉우리로 갈 수 있는 여러 개의 루트에서 하나를 선택할 수 있다. 오른쪽으로는 클라이네 라저르츠 봉이, 가운데에는 그로세 라저르츠 봉이, 그리고 왼쪽으로는 슈타델토르두름 봉과 슈티인카르투름 봉이 청명한 하늘을 향해 솟아 있다. 1993년 8월 1일에 나는 이 벽을 오르는 시도를 했다. 이번에 나는 한스 씨와 단둘이 산에 올랐다. 5시 반에 그는 자동차로 나를 데리러 집 앞에 도착했다. 하지만 몇 킬로미터 가지 않아서 휘발유가 떨어지고 말았다. 나는 그것이 불길한 징조라고 생각했지만 한스 씨는 담담하게 비상용 연료를 주유했다.

새벽 어스름에 우리는 빽빽한 낙엽송 숲을 통과하여 익히 잘 알고 있는 암벽의 밑동을 향해 올라갔다. 예전에 시도했을 때와 달리 이날 한스 씨는 올바른 길을 찾게 되리라고 확신했다. 그가 라저르츠 봉의 북쪽 벽에 오른 지 25년 이상이 지났고, 그 정도 세월이면 자연의 모습은 상당히 변해 있을 것이다. 목표지에 꼭 도달하겠다는 강한 의지로 우리는 길이 나있지 않은 급경사의 시냇가를 가로질러 올라갔다. 한스 씨는 오른쪽으로 잣나무가 드문드문 자라고 있는 드넓은 초지 위의 경사진 암벽으로 넘어갔다. 10분을 더 올라간 후에 한스 씨는 배낭을 풀었다. 제대로 길을 찾아왔다고 한스 씨가 말했을 때 나는 그 말을 믿을 수밖에 없었다. 예전에 초입을 찾지 못했을 때와 마찬가지로 개울물이 아래로 흐르고 바람이 산속 깊숙이 있는 숲을 어루만지는 소리가 들렸다. 지난번에 잘못 들었던 길과 이곳이 다른 곳이라는 것을 알리는 그 어떤 실마리도 없었다. 그럼에도 불구하고 나는 한스 씨를 믿었고 드디어 암벽 등반용 벨트와 신발을 장착해도 된다는 점에 기뻐했다. 두꺼운 홈이 파져 있는 트레킹 슈즈와는 달리 슬릭스라고 불리는 암벽 등반용 특수 신발은 밑창이 매끄러운 편이다. 고무덧창이 붙어 있는 밑창의 부드러운 표면은 미끄러운 암벽 위에서 아주 잘 밀착되고 압력을 흡수한다.

한스 씨는 이 루트의 세부사항에 대해서 기억하고 있는 것 같았고 망설임 없이 암벽에 올랐다. 불과 몇 분 후에 나는 안심하면서 그의 명령에 따랐고 자일을 따라 올라갔다.

몇 단계를 올라간 후에 오른쪽으로 굽이져 흐르는 물길이 나왔고 15미터 위에 있는 한스 씨가 나에게 물에 젖지 않도록 몇 가지 비법들을 알려 주었다. 4개의 자일 구간을 더 가자 마디마디가 붉어진 아주 오래된 잣나무 한 그루가 나타났다. 수 세기 동안 이 암벽 위를 버텨 왔을 연륜이 느껴졌다. 그곳에서 우리의 루트는 수평 왼쪽에 있는 거의 수직에 가깝게 위를 향해 뻗어 있고 암벽 깊숙이 파인 리스 침니로 넘어갔다. 그 속에 들어가자 작은 폭포가 쏟아지는 소리가 들렸다. 그곳을 통과하느라 우리는 반시간이나 고군분투했다. 물에 젖은 바위가 심하게 미끌거렸기 때문에 이 침니의 측벽을 타는 것은 불가능했다.

따라서 우리는 그냥 차가운 물이 떨어지는 곳의 안으로 들어가기로 했다. 침니의 바닥에는 위로 올라갈 때 발을 디딜 수 있는 최적의 바위 턱이 있었기 때문이다. 얼음장처럼 차가운 물이 소매를 타고 들어와서는 바지로 다시 흘러나왔다. 하지만 그것을 그냥 감내하는 것 이외에는 다른 방도가 없었다. 마치 인공 바위 장식이 있는 워터파크에 들어간 기분이었다. 시원한 물줄기가 쏟아지는 30미터 구간을 지나간 후에 몇 분 만에 우리는 램퍼르쇼스의 파릇파릇한 들판의 아래쪽 모퉁이에 도달했다. 음향이 반사되는 소리가 바뀐 것을 느끼면서 나는 우리가 좁은 골짜기와 침니 구간을 통과해서 나왔고 탁 트인 지대로 나왔다는 것을 알 수 있었다. 마치 최면에 걸린 것처럼 나는 앞으로 더 나아갔다. 사람의 발자취가 닿지 않은 덕에 자연 본연의 아름다움을 간직하고 있는 풀길을 우리는 20분여 동안 나아갔다.

정오가 된 지 이미 한참 되었다. 이 높이의 벽까지 와서 중도 포기를 하고 돌아가는 것은 더 이상 상상할 수 없었다. 이렇게 가파른 지대에서 하산할 때 하강자일 길로 내려가지 않을 경우 큰 위험이 따랐다. 하강자일 길이란 일정 간격으로 고정 하켄들이 설치되어 있는 루트로, 수직으로 나있는 길을 따라 자일을 타고 여러 개의 자일 구간으로 내려올 수 있다. 이번 우리의 투어에서는 등산을 할 때 고정하켄을 사용하지 않았으며, 루트는 직선코스와는 거리가 멀었다. 따라서 하산 시에 우리는 암벽을 타고 내려오지 않아도 되는 쉬운 루트를 택하기로 했다. 즉, 전체 루트에서 초반에 올라가는 길만이 아주 까다로웠고, 더 높이 올라갈수록 걱정할 거리가 없어졌다. 방명록이 있는 정상 지점에서 400미터 더 위로 솟아 있는 암벽에 대해서 나는 호기심을 갖고 있었다. 한스 씨가 산호초를 연상시키는 독특한 바위의 형상에 대해서 나에게 열정적으로 이야기를 한 적이 있기 때문이다.

자일 구간 몇 개를 완주하고 난 후에 나는 이제 몇 번째 구간인지 세는 것을 그만두었다. 험준한 절벽 위를 개미처럼 기어오르기만 했다. 난이도 등급 2~3에 흔히 있는 크고 단단한 바위 턱이 있어서 한스 씨와 나는 아주 신나서 오를 수 있었다. 아주 높이까지 올라와서 산마루에 도달했을 때 남쪽으로 전망이 탁 트였다. 하지만 그때 한스 씨는 태양이 더 이상 중천에 떠있지 않고 서쪽으로 기울어지고 있다는 사실을 깨달았다.

정상에 도달했을 때 한스 씨는 농담으로 자신의 일행은 낮이나 밤이나 똑같이 잘 보기 때문에 밤이 되도 상관없다며 농담을 던졌다. 하지만 하산할 때 길도 나있지 않은 급경사 지대에서 까다로운 지점들이 나타나면 신경이 곤두섰다. 칼스바더 산장의 도로까지는 아직 갈 길이 아주 멀었다. 길 표시가 나있는 등산로에 무거운 다리를 끌면서 진입하자마자 하늘에서 빛이 모두 사라지고 칠흑 같은 밤이 되었다. 동료와 함께 잊지 못할 모험을 마치고 난 후의 이 순간만큼은 마치 작은 보트로 바다를 항해한 후에 안전한 항구에 정박을 허가받은 것처럼 모든 괴로움과 고단함이 보람되게 느껴졌다.

하지만 한스 씨와 나에겐 괴로운 뒷감당이 남아 있었다. 이른 아침에 떠났던 우리들이 시간을 잊은 채 산에 오르는 바람에 제시간이 되어도 돌아오지 않자, 내 아내와 부모님이 불안해진 것이다. 가족들은 급기야 집에서 나와 우리를 찾기 시작했다. 부모님은 돌로미텐 산장까지 차를 타고 올라와서는 한스 브루크너 씨의 빨간색 폭스바겐 버스가 한밤이 되도록 세워져 있는 것을 발견했다. 산장에서 두 분은 한스 씨를 잘 아는 등산객을 만났다. 그 사람은 자신의 차로 평상시에 폐쇄된 자갈길을 달려 칼스바더 산장까지 가서 우리를 찾아보겠다고 자청했다. 한스 씨는 저 멀리 아래에서 나무들 사이로 전조등이 우리를 향해 오는 것을 보았다. 그는 누군가가 이 평화로운 밤 시간에 보호구역까지 차를 타고 들어왔다는 점에 화를 냈다. 몇 분 후에 우리는 이 무신경한 환경파괴자의 밝은 전조등을 받으며 차의 범퍼 바로 앞에 섰다. 순간 투어를 성공적으로 마친 즐거운 기분이 사라졌다. 우리들이 어두운 밤이 되도록 돌아오지 않아 부모님이 걱정을 하고 있을 거라는 생각이 문득 들었다. 또한 우리를 찾기 위해 누군가에게 부탁했다는 생각도 들었다. 곧 한스 씨가 차의 주인과 인사를 나누는 소리를 듣고 내 직감이 틀리지 않았다는 것을 알았다. 집으로 돌아오는 길에 언성을 높이면서 대화가 오갔다. 나를 구조하려는 시도가 정당했는지 아니면 부모님이 초조해진 나머지 지나치게 대응한 것은 아닌지 논쟁이 벌어졌다. 한스 씨와 나는 이번 투어에서 위험한 상황을 한 번도 만나지 않았고 모든 것을 잘 통제하고 있었다고 믿었다.

***

거의 1년 후인 1994년 9월 11일에 라저르츠 봉의 북쪽 벽에 다시 오를 기회가 생겼다. 하지만 산행 결과는 그다지 좋지 않았다. 전날 토요일 밤에 나는 평상시처럼 나의 밴드 멤버인 한스요르크와 함께 결혼식 피로연에서 연주를 했다. 한스요르크는 일 년 전부터 등산은 물론 암벽등반에 큰 흥미를 갖게 되었다. 그래서 지난 12개월 동안 함께 어려운 루트들을 정복해 나가고 있었다. 새벽 4시경에 우리는 결혼 피로연장에서 집으로 돌아갔다. 여름이 끝나가는 것을 기념하여 이날 6시에 만나서 라저르츠 봉의 북쪽 벽에 오르자고 약속했다. 누나 엘리자베트의 남편인, 매형 프레디도 이번 투어에 합류했다.

기나긴 산행 시간을 단축하려면 조금이라도 빨리 진입로에 도착해야 했다. 그래서 우리는 북쪽 벽의 밑동에서 가까이에 있는 숲을 가로지르는 길을 선택했다. 그곳에 차를 주차하면 투어가 끝난 후에도 늦은 저녁에 다시 가지러 가야 했다. 그 번거로움을 피하기 위해서 나는 아버지에게 자동차를 산의 다른 편에 있는 투어의 마지막 지점인 돌로미텐 산장까지 옮겨 달라고 부탁했다. 동이 틀 무렵 아버지는 한스요르크의 차로 수많은 커브가 있는 울퉁불퉁한 숲길을 따라 운전했다. 우리는 6시 반쯤 도로가 끝나는 지점에 도착할 수 있었다.

당시는 아직 휴대전화가 보급되지 않았던 시절이었다. 따라서 나는 아버지에게 작은 아마추어용 무전기를 건넸다. 송신장치가 없었기 때문에 그것을 교신용으로 쓰는 일은 별로 없었다. 하지만 스위치를 켜면 산 위에 있는 우리에게 무슨 일이 생길 경우 들을 수는 있었다. 아버지가 자동차를 돌려서 천천히 골짜기 쪽으로 가고 있을 무렵 우리들이 지나는 구간의 산세가 급격히 험해졌다. 한스요르크는 태양이 산봉우리에 가까이 오른 것을 확인하였다. 또한 자일 구간 5개를 통과한 후에 암벽에 200미터 높이 지점을 알리는 잣나무를 볼 수 있었다. 우리들은 재빠르게 비좁은 덤불길을 통과한 다음에 급경사의 시냇가를 거슬러서 올라갔다. 이번에 시냇물이 별로 없었기 때문에 물에 젖을 염려가 없는 최상의 상황이었다. 한스요르크는 한 달 전에 나와 함께 이 루트를 오른 적이 있었기에 이날 내가 길을 알려 주지 않아도 방향을 잘 잡았다. 암벽의 밑동 둘레를 수평으로 감싸고 있는 풀밭의 띠에 도달하기까지 채 한 시간이 걸리지 않았다.

이 거대한 풀밭의 띠 아래에는 절벽이 150미터 아래로 펼쳐져 있었다. 한스요르크는 암벽 전체의 모습과 200미터 위에 서있는 잣나무를 한 눈에 보기 위해 낭떠러지 가까이까지 나아갔다. 그런 다음 우리는 등산화를 갈아 신고 암벽 등반용 안전벨트를 착용했다. 물 한 모금을 더 마시고 안전 모자를 쓴 다음에 출발했다. 한스요르크는 동화처럼 신비로운 느낌의 암벽을 선두 주자로 올라갔다. 그는 마치 고양이처럼 민첩하고 날렵하게 암벽을 탔다. 하지만 그 때문에 그의 소리가 명확하게 들리지 않았다. 그리고 그때 일이 어긋나고 말았다. 첫 번째 단계를 지난 다음 오른쪽의 완만한 횡단로를 건너가서 개울물 쪽으로 가야하는 것을 간과한 것이다. 대신 그는 암벽 위를 수직으로 오르기 시작했다. 나는 루트를 잘못 접어든 것은 아닌지 물어보았다. 하지만 한스요르크는 더 높이 올라가면 길이 나온다고 말했다. 그는 아주 민첩하게 암벽을 오르고 있던 터라 나는 더 이상 잔소리를 할 엄두가 나지 않았다. 그는 몇 미터를 더 올라간 후에 갑자기 매끄러운 벽에서 튀어나온 바위 턱 위에 발을 디딘 채로 멈춰 섰다. 프레디는 풀밭에서 대기하고 있다가 암벽으로 올라오려고 하고 있었다. 나는 계단에서 3~4미터 떨어진 급경사면까지 오른손으로 바위 턱을 잡고 있던 찰나였다. 그때 한스요르크가 위에서 "조심해!"라고 외치는 소리가 들렸다. 순간 이미 지름 약 5센티미터의 돌멩이가 내 위로 떨어지고 있었다. 나는 몸을 웅크려서 가까스로 벽 가까이에 붙었다. 돌멩이는 50센티미터 가량 내 옆으로 비껴서는 심연 속으로 떨어졌다. "미안해." 한스요르크가 말했다. 나는 그를 당황하지 않게 하려고 애써 태연한 척했다. 다음 순간 나는 암벽 쪽으로 더 가까이 붙어야 했다. 처음에는 위에서 둔탁하게 쿵하는 소리가 들렸지만 이내 곧 와르르 낙석들이 떨어지는 소리로 바뀌었기 때문이다. 돌사태 소리가 점점 더 커졌다. 한스요르크가 돌멩이들과 함께 절벽 아래로 추락했다는 직감이 들었다. 게다가 낙석들이 떨어지는 굉음이 들리면서 나는 한스요르크의 몸이 암벽에 부딪치면서 부상을 입었을지도 모른다는 생각이 들었다. 몇 초 만에 이 악몽 같은 돌사태는 멈췄다. 하지만 엄청난 긴장이 흐르는 몇 초 동안 마치 여러 시간이 지난 것처럼 느껴졌다.

저 아래에서 낙석들이 떨어져 바닥에 부딪치는 소리가 더 이상 들리지 않았다. 돌들은 수직으로 낙하해서 풀밭 띠 아래에 떨어진 것이 분명했다. 곧 쥐 죽은 듯이 주변은 조용해졌다. 나는 5미터 정도 아래에서 비스듬히 서있던 매형에게 한스요르크가 추락했는지 물어볼 엄두가 나지 않았다. 프레디가 나에게 상황을 묘사하려던 와중에 내 발치에서 약 15미터 떨어진 지점에서 한스요르크의 목소리가 들렸다. 그는 또렷한 목소리로 매형과 나에게 실수로 투어와 이날 하루를 망치게 한 것에 대해 사과했다.

그가 서있던 바위는 체중을 이기지 못하고 암벽에서 부서져 나갔고, 순간 한스요르크는 몸을 회전해서 엄청난 속도로 암벽의 한 블록 아래로 뛰어내린 것이다. 그는 서너 번 경사진 벽에 부딪쳤지만 머리를 위로 세워서 공중회전이 되지 않도록 있는 힘껏 버텨야만 했다. 한스요르크가 30미터 이상의 엄청난 추락을 겪고도 살아남았다는 것을 알고 나서 나는 심장이 격렬하게 뛰었다. 프레디가 심한 부상을 입은 친구에게 내려가는 동안에 나는 배낭에서 무선송신기를 꺼내서 최대한 빨리 구조요청을 하려고 노력했다. 아버지의 무전기에 송신장치가 없었기 때문에 대화를 할 수는 없었다. 그리고 아직 아침 8시가 약간 안 된 시간에다가 일요일이었던 까닭에 주파수가 맞는 아마추어 무선 통신인과 연락이 닿을 확률은 희박했다. 그럼에도 불구하고 나는 여러 번 응급신호를 보냈다. 우리가 있는 곳에서 200미터 떨어져 있는 알프스의 계곡에서 휴가를 보내던 뮌헨 근교 에르딩 출신의 한 아마추어 통신가가 드디어 응답을 보내왔다. 나는 간략하고도 정확하게 우리의 상황을 설명했고, 내 친구를 구조할 의사와 비행구조요원과 헬리콥터의 출동이 필요하다고 도움을 요청했다. 우리가 어디에 있는지 정확하게 전달할 수 있도록 나는 시간을 들여 위치를 자세하게 설명했다. 그런 다음 나는 한스요르크에게 내려갔다. 몇 분 후에 그가 다시 연락을 보내왔다. 그는 정확한 고도를 포함해서 모든 세부사항을 가까운 경찰서에 전달했고 구조대가 출동할 것이라고 말했다. 한스요르크가 최대한 빨리 병원에 후송되어야 하는 상황이었기 때문에 우리들은 안도의 한숨을 내쉬었다. 프레디는 한스요르크가 발과 종아리에 입은 심각한 부상을 묘사해 주었다. 발은 아직 신발이 신겨진 채 아킬레스건으로 간신히 다리에 붙어 있는 상태였다. 추락의 여파로 종아리의 피부와 근육층은 무릎 방향으로 밀려 올라가는 바람에 끝이 부러진 정강이뼈의 허연 부분이 바깥으로 삐져나와 있었다. 쇼크 상태의 한스요르크는 특별한 통증은 못 느낀다고 하면서 손가락과 손도 골절된 것 같다고 덧붙였다.

나는 그의 두개골과 척추의 상태를 확인했다. 그를 제대로 눕혀도 될지 알아보기 위해서였다. 매형이 겉으로 보았을 때는 특이점은 발견되지 않는다고 말했다. 한스요르크는 마비 증상이 없으며 머리도 정상이라고 말했다. 쇼크 상태가 잦아들면서 찢어진 종아리에서 출혈이 심해졌다. 구조헬기가 도착할 때까지 시간이 아직 남았기 때문에 무엇보다 과다출혈이 걱정되었다. 그래서 나는 암벽 등반 시 비상안전장치로 갖고 다니는 가죽 띠를 꺼냈다. 프레디는 그것을 한스요르크의 무릎 아래에 벌어져 있는 상처에 묶었다. 우리는 지혈을 위해 가죽 띠를 최대한 꽉 묶었다.

갑자기 내 무전기의 스피커에서 소리가 들려 왔고 순간 나는 내 귀를 의심했다. 아내 자비네가 연락을 취해 온 것이다. 아직 잠이 덜 깼었지만 흥분한 목소리로 그녀는 모두 괜찮은지 물어보았다. 경찰이 집에 전화를 걸어서 헬기를 보내기 전에 허위신고가 아닌지 확인했던 것이다. 잠결에 전화를 받아 담당공무원으로부터 라저르츠 봉의 북벽에서 아침에 사고를 당한 사람이 남편이 아니냐는 질문을 받았을 때 그녀는 적잖이 충격을 받았다고 했다. 그래서 그녀는 즉시 집에 있는 내 무선장비를 켜서 나에게 연락을 취한 것이다. 같은 시각에 아버지는 집에 도착하였고, 어머니는 내가 드린 작은 무전수신기를 켜보라고 재촉하였다.

몇 분 지나지 않아서 부모님은 깜짝 놀라서 자비네와 나의 무전대화 내용을 엿들었다. 자비네는 나의 목소리를 듣자마자 우리 팀이 정말 사고를 당했다는 사실을 알아차렸다. 그 순간 그녀는 적어도 내 목소리를 들을 수 있다는 점에 안도했다. 나는 간략하게 무슨 일이 일어났는지 설명했고, 빨리 한스요르크를 병원에 옮기기 위해 구조대에게 재촉해 달라고 요청했다. 바로 그제야 내 손에서도 피가 흐르고 있다는 것을 깨달았다. 아마도 손가락에 상처를 입은 것 같았다. 나는 굉음이 들릴 때 머리 위에 손을 올렸고 낙석에 휩쓸리지 않으려고 하다가 암벽에 부딪쳤던 것이다. 그 와중에 손가락에 찰과상을 입은 것 같았다.

하지만 우리의 모든 정신은 사고를 당한 한스요르크를 최대한 빨리 안정시키는 데 집중되어 있었다. 프레디는 그에게 음료로 목을 축이게 했다. 그리고 담배 한 대를 건네주자 한스요르크는 힘든 상태임에도 불구하고 기쁜 기색을 완연하게 보이면서 담배를 피웠다.

곧 프로펠러 돌아가는 소리가 서서히 커지면서 바람과 개울물 소리를 뒤덮어 버렸다. 프레디는 우리 위의 약 100미터 상공에서 암벽을 따라 서서히 비행하는 구조헬기를 발견했다. 아마도 조종사는 정확한 사고지점을 찾은 다음에 구조작업을 시작하려는 것 같았다. 시끄러운 소리를 내는 헬기가 바로 우리 위에 서있기까지는 긴 시간이 걸리지 않았다. 바로 전에 나는 자비네에게 시각 장애인이 등반팀에 포함되어 있다는 사실을 구조요원에게 알리라고 부탁했었다. 왜냐하면 헬리콥터의 거대한 소음 때문에 내가 방향 감각을 상실할 수 있기 때문이다. 내가 이상한 자세로 걷다가 헬기구조대의 오해나 잘못된 판단을 불러일으킬 여지가 있었다. 반면 절벽 위로 복잡한 자일 구조를 시도할 경우 치명적인 결과가 생겨날 수도 있었다.

헬리콥터는 뒤로 돌아서는 다가왔을 때의 속도로 다시 사라졌다. 하지만 우리는 불안해하지 않았다. 지형 조건에 따라 비행구조대는 의사를 직접 사고를 당한 환자 곁으로 보낼 것인지 아니면 자일 구조를 할 것인지 결정하기 때문이었다. 후자의 경우 구조요원은 헬기에서 긴 자일을 타고 부상자에게 내려온다. 그 상태로 구조요원은 환자를 자일에 묶어서 사고지점에서 탈출시킨다. 얼마 지나지 않아 20미터 길이의 자일에 구조요원이 매달린 채로 헬리콥터가 우리 위로 다가왔다. 구조요원이 한스요르크를 놔둔 채 나와 매형부터 구조 자일에 묶었을 때 나는 적잖게 당황했다. 내 벨트에 분주하게 작업하는 낯선 손길이 느껴졌다. 심한 엔진 소리와 프로펠러 때문에 생긴 강력한 세류 때문에 태풍과 같이 바람이 거세게 몰아쳤다. 나는 돌아가는 상황을 제대로 인지할 수 없었다. 프레디는 손으로 내 허리를 툭툭 건드려서 내가 이제 풀밭 띠가 있는 절벽 위에서 옮겨질 것이라고 알려 줬다. 나는 비행구조팀의 통제에 내 몸을 전적으로 맡겼고, 곧 낭떠러지에서 위로 몸이 떠올랐다. 이제 무슨 일이 일어날지는 예측할 수 없었다.

하지만 얇은 자일에 매달려서 헬리콥터를 타고 심연 위로 하늘을 나는 것은 의외로 안정적인 느낌을 주었다. 하지만 내 옆에 매형과 비행구조요원이 나란히 매달려 있다는 것을 느꼈을 때, 갑자기 불안해졌다. 헬기가 무게를 지탱할 수 있는가? 저 위에 혼자 누워 있는 한스요르크의 상태는 어떠할까?

이 특수한 상황이 몇 분 간 지속된 후에 누군가 아래에서 내 발목을 잡았고 나는 단단한 땅 위에 발을 디딜 수 있게 되었다. 헬기의 소음은 아주 빨리 조용해졌고 곧 완전히 사라졌다. 몇 초가 지난 후에 나는 정신이 들었다. 우리는 해발 1,000미터 높이에 위치한 숙박업소의 평평한 화단에 서있었다. 그곳에서 대기하던 응급의사는 부상을 당한 내 손을 검진했다. 순간 무전대화를 듣고는 차를 타고 달려온 부모님의 목소리가 들렸다.

구경거리를 기대하고 몇몇 사람들이 다가왔지만 어머니와 아버지는 이 극적인 상황에서 대단히 침착하게 대처하였다. 우리는 한스요르크를 기다렸다. 그는 헬리콥터에 매달린 채로 들판 위에 옮겨졌다. 병원으로 후송되기 전에 이곳에서 상태를 안정시킨 다음에 다시 헬리콥터로 옮겨질 예정이었다. 이제야 나는 왜 한스요르크를 맨 마지막에 구조했는지를 이해할 수 있었다. 그렇게 해야 헬리콥터가 그를 바로 병원까지 수송할 수 있기 때문이다. 어머니는 부상을 당해 쇼크 상태에서 고통스러워하며 몸을 비트는 친구에게 위로의 말씀을 건넸다. 헬리콥터는 출발했고 나와 프레디는 부모님의 자동차로 올라탔다. 우리는 자비네가 기다리고 있는 리엔츠 병원으로 바로 출발했다. 한스요르크는 이 사고로 여러 차례 수술을 받고, 무수히 많은 진통제를 삼켜야 했으며, 여러 달 동안 휴직해야 했다. 가장 안타까운 점은 그가 이후로 더 이상 우리와 산에 오를 수 없었다는 것이다.

***

뼈저리게 아픈 경험을 하고 난 후에 나는 산이 나에게 무엇을 줄 수 있고 또 무엇을 빼앗아 갈 수 있는지에 대해서 깊이 생각했다. 나는 자비네, 한스 브루크너 씨, 부모님과 여러 차례 진지한 대화를 나눴다. 위험이 닥쳤을 때 많은 사람들은 그것을 의식에서 떨쳐 버리려고 하는 반면 나는 정면으로 마주하고 그에 반응하는 타입이라는 것을 깨달았다. 자동차를 타고 혼자 짧은 구간을 지날 때 부주의한 폭주족에 치일 위험성에 대해서 사람들은 얼마나 자주 생각할까? 산을 탈 때 낙석, 눈사태나 낙뢰와 같이 객관적인 위험들이 존재하지만 현명하게 루트를 선택하거나 정확한 타이밍을 포착하면 그 위험을 최소화할 수 있다. 하지만 그 밖의 모든 위험들은 문자 그대로 자신의 손에 달려 있다.

곧 나는 다시 산에 올랐다.

친숙한 산에서 가벼운 등산을 하면서 1994년 가을에 등반에 대한 애정이 다시 돌아왔다. 겨울에는 자비네가 선물한 스키를 타고 길을 떠났다. 매 주말마다 한스 씨와 나는 고운 눈이 내린 아주 아름다운 산을 올랐다. 한스 씨는 인공 고관절 수술을 받았기 때문에 스키를 온화하게 타는 편이었다. 그래서 우리는 호흡이 잘 맞았다. 우리 생각에 산악스키 투어의 매력은 산을 오르는 데 있었다.

몇 년 전부터 산악스키 투어는 내가 가장 좋아하는 활동이자 절기가되면 꼭 지키고 싶은 규칙과도 같았다. 매해 겨울마다 나는 친구들과함께 최장 100일 동안 새하얀 설경을 누비는 즐거운 체험을 했다. 그때나는 130센티미터의 아주 짧은 스키를 사용했다. 키가 176센티미터인내가 신으면 우스꽝스러워 보였지만, 불안정한 지대에서 조종하기가훨씬 수월했고 활동의 여지도 훨씬 컸다. 요즘도 나는 그로스글로크너봉, 쾨닉스 봉이나 몽블랑을 오를 때면 이 짧은 스키를 이용한다. 신속하게 스키를 타고 내려올 수 있어서 훨씬 쉽게 힘겨운 하산길을 통과할수 있기 때문이다.

***

1997년 7월 23일에 나는 드디어 오랫동안 품고 있던 꿈 하나를 이룰 수 있었다. 아버지는 그해 봄에 칠순이 되었지만 정신적으로나 육체적으로 아주 건강하였다. 아버지는 등산은 물론 암벽 등반에 도통 관심이 없었다. 하지만 나는 아버지와 함께 산봉우리에 올라가는 것을 언제나 꿈꿔 왔다. 어린 시절 가족 산악 투어에서 아버지는 빈말로 로테 투름 봉에 언젠가는 올라가겠다고 말하곤 했는데, 나는 아버지와 함께 꼭 그 봉우리에 오르고 싶었다.

25년이 지난 후에는 모든 것이 변했다. 나는 이 정도 난이도의 봉우리에서는 자일 등반팀을 이끌고 올라가게 되었고 또한 아버지를 내 자일에 연결해서 이끌 수 있을 만큼 기량을 쌓게 된 것이다. 나는 나의 비밀스러운 꿈에 대해서 어머니에게만 귀띔했고, 어머니는 이 아이디어에 열광했다. 이 계획에 대해서 그밖에 아는 사람이 없었기에, 어머니도 자일팀의 제3의 멤버로 합류하기로 했다.

약 3시간 동안 진행되는 암벽 등반 투어를 좀 더 수월하게 하기 위해 나는 칼스바더 산장의 산장지기에게 수송기로 우리를 데려다 달라고 요청했다. 칼스바더 산장에서부터 우리는 로테 투름 봉으로 본격적으로 올라가기 전에 한 시간여를 걸어야 했다. 우리는 아버지에게 그로세 라저르츠반트 봉이 우리의 목표라고 이야기했다. 그 암벽은 로테 투름의 바로 옆에 서있는 봉우리로 아버지는 그곳까지 종종 올라가곤 했다. 진짜 목표는 따로 있다는 것을 전혀 예상하지 못한 채 쾌활하게 아버지는 내 앞에서 좁은 산책로를 올라갔다. 다행히도 아버지는 내 커다란 배낭에 무엇이 들었는지 묻지 않았다. 중간에 우리는 하산 중인 한 등산객과 마주쳤다. 그는 아버지와 나에게 인사를 건넸다. 그는 내 뒤에 조금 떨어져서 오던 어머니에게 방금 전에 지나간 청년이 시각 장애인인 안디 홀처 씨가 아니냐고 질문했다. 그는 진지한 태도로 어머니에게 나와 함께 꼭 암벽 등반을 하고 싶다는 뜻을 전달했다. 만약 나에게도 의사가 있다면 자신한테 꼭 연락을 달라는 당부도 덧붙였다. 이 반가운 소식을 접하고 우리는 라저르츠 암벽을 향해 힘찬 걸음으로 나아갔다. 나는 기쁨을 감출 수 없었다.

갈림길이 나오자 어머니는 멈춰 서서 아버지에게 잠깐 휴식을 취하자고 이야기했다. 그 갈림길에서 왼쪽으로 가면 라저르츠반트, 오른쪽으로 가면 로테 투름이었다.

이제 우리들은 아버지를 로테 투름 등반길로 유도해야 했다. 어머니와 나는 농담을 섞어 가며 아버지를 회유하기 시작했다. 결국 아버지는 다음과 같이 이야기했다. "지금 자일과 암벽 등반 벨트가 있으면 못 올라갈 것도 없지." 나는 묵직한 배낭을 풀어서 암벽 등반 용품들을 꺼냈다. 이제 아버지 내면에 숨겨져 있던 열정이 드러났다. 50대에 아버지는 어느 취미 축구 모임에서건 타고난 공격수로서의 기질을 뿜내면서 인기 혹은 두려움의 대상이 되었었다. 대범하게 아버지는 벨트와 안전모를 착용하였다. 나는 자일의 끝을 매달고 첫 번째 자일 구간을 올라갔다. 아버지가 가파른 암벽을 오르기 시작하면서 즐거워하는 것을 확연하게 느낄 수 있었다.

아버지는 나를 전적으로 신뢰했다. 앞이 보이지 않는 아들에게 당신과 아내의 안전을 믿고 맡긴 것이다. 로테 투름 봉 서쪽 벽의 가파른 슈미트 침니 구간에서 부모님을 자일에 안전하게 연결시킬 때 나는 깊은 감사의 마음을 느꼈다. 아버지는 고령임에도 언제나 활발하게 움직이고 건강했기 때문에 암벽 등반을 힘들어하지는 않았다. 그래서 우리 팀은 신속하게 올라갔다. 정상 위에서 십자가 앞에서의 아버지는 마치 50대에 상대팀의 골대에 골을 성공시켰을 때와 같은 모습이었다. 서쪽에서 뇌우 전선이 서서히 생겨나고 있어서 우리는 정상 위에서 짧게만 휴식을 취할 수 있었다. 천둥이 울리는 와중에 나는 첫 번째 하강자일 구간에서 부모님을 간접 하강 방식으로 내려가게 했다. 나는 부모님에게 계속해서 경사지고 자갈이 깔린 협곡의 오른쪽 아래 방향으로 쭉 따라 내려간 다음 그 길이 급경사로 끝나는 지점에서 나를 기다리라고 이야기했다.

이런 식으로 돌로미텐 봉우리의 탁 트인 곳에서 악천후를 만나는 것은 위에서 마주칠 수 있는 상황 중 가장 위험했다. 그래서 최대한 빨리 계곡에 도달할 수 있도록 나는 계속 지시를 내렸다. "제가 혼자서 먼저 내려간 다음에 이 길이 끝나는 아래 지점에서 두 번째 하강자일 구간을 위해 자일을 조종할게요."라고 부모님에게 이야기하는 순간 우박을 동반한 비가 퍼붓기 시작했다. 나는 봉우리까지 이어지는 작은 침니를 최대한 집중해서 내려왔고 20미터 하강 코스를 대비해서 자일을 아래로 던졌다.

경사진 협곡을 나는 두 손과 두 발로 기어 내려왔고 암벽에 두 번째 하강자일의 하켄이 설치되어 있는 지점까지 시간에 맞춰 당도했다. 신속하게 나는 하강자일을 매달았다. 폭우가 쏟아지거나 추운 날씨에 흠뻑 젖은 자일을 타는 것은 결코 유쾌한 일이 아니었다.

부모님은 조용히 그 자리에서 기다리고 있었고, 25미터 높이의 거의 수직을 이루는 침니를 자일로 타고 내려갔다. 곧 우리는 암벽 등반 투어를 시작했던 지점인 등산로에 도착했다.

집에 도착해서 나는 바로 수화기를 들고는 어머니에게 말을 걸었던 등반가에게 전화를 걸었다. 한 시간 동안 통화하면서 제프 클로커 씨는 내가 지금까지 어느 봉우리들을 올라갔고 앞으로 또 어떤 목표를 갖고 있는지에 대해 알고 싶어 했다. 반면 나도 산악 등반에 관련된 그의 경험에 대해서도 질문했다. 대답을 들으면서 나보다 30살은 많은 제프 클로커 씨가 몇 년 동안 내가 꿈꿔 왔던 호흐슈타델 북벽의 등정을 함께 할 자일 등반 파트너가 될지도 모른다는 생각이 들었다.

제프 클로커 씨는 호흐슈타델의 바로 건너편에 있는 돌자흐라는 지역에서 살고 있었다. 호흐슈타델 북벽은 동알프스 봉우리 중에서 세 번째로 높다. 그는 매일 아침 식사 시간마다 북벽을 바라보며, 한 해도 거르지 않고 그곳에 올랐다고 말했다. 좁고 꼬불꼬불하며 깨진 암석이 있는 긴 구간을 지나야 하는 이 투어에 오르는 암벽 등반팀은 시즌에도 그리 많지 않은 편이었다. 약 1,400미터 높이의 바위벽에는 하켄이 채 5개도 설치되어 있지 않으며 등반길은 심한 지그재그 형태로 나있다. 산길을 손바닥처럼 훤히 꿰뚫고 있지 않으면 길을 잃어버리기 십상이다. 다른 말로 암벽길을 잘못 들어서게 되면 앞으로도 뒤로도 가지 못하는 진퇴양난의 상황에 처할 수 있다. 프란츠 삼촌이 운명을 달리한 이 암벽에 쉽게 접근할 수 없었던 이유이기도 했다. 한스 브루크너 씨는 30년 전에 호흐슈타델 북벽에 한 번 등정한 바 있지만 다시 산길을 찾을 수 있을지 확신하지 못했다. 그래서 그는 내 뜻을 이루어 줄 수 없었다. 동티롤 밖에서도 유명한 프로 암벽 등반가 한 명은 나에게 호흐슈타델 북벽에 함께 가자고 말을 꺼냈지만, 숙고 끝에 시각 장애인과 이 모험을 감행하지 않기로 한 적도 있었다. 먼저 서로에 대해서 파악하기 위해 제프 클로커 씨와 나는 높지 않은 암벽으로 트레이닝 투어를 떠나기로 했다. 1997년 8월 2일 아침 7시에 제프 씨는 난이도 III+등급의 그로세 테플리츠 봉으로 가는 투어를 위해 차로 나를 데리러 왔다.

처음의 자일 구간 두 개를 통과한 후에 우리는 긴밀한 팀워크를 느꼈고 마치 이미 여러 번 함께 산행을 한 것 같은 기분이 들었다. 제프 씨는 파트너인 나에게 금세 적응했고, 나는 깐깐하지만 많은 경험으로 다져진 등산가에게 깊은 신뢰감을 갖게 되었다. 정상에서 내려올 때 우리는 성공적인 투어에 대해서 축배를 들기 위해서 칼스바더 산장으로 돌아왔다. 제프 씨는 호흐슈타델 북벽을 오르는 계획에 대해서 확신을 가졌고 다음 주 토요일에 실행에 옮기기로 결정했다.

우리는 제프 씨의 친구인 프리들 씨를 자일 등반에 합류시킬 수 있었다. 약속한 날에 아버지는 우리들을 북벽의 하단까지 태워 주었다. 그곳으로 가는 목장길은 악천후로 축축해져 있었다. 일행들은 차를 타고 가는 길에 사나운 날씨에 대해서 걱정하면서 이날 투어를 감행해도 될지 의구심을 가졌다. 지난밤에 돌로미텐에 쏟아지기 시작해서 동틀 녘까지 계속된 폭우로 바위산 전체가 흠뻑 젖은 상황은 암벽 등반에 결코 적합하지 않았다.

뿐만 아니라 제프 씨는 차창 밖을 가리키며 두터운 안개층이 암벽을 둘러싸고 있음을 상기시켰다. 나는 조바심이 들었다. 하지만 속내를 들키지 않은 채 프리들 씨와 제프 씨의 기분을 북돋우려고 애썼다. 아버지는 아무 말씀도 하지 않았다. 잘못 말을 꺼냈다가는 투어를 망치거나 전문 등반가 두 사람의 비위를 건드릴 수 있었기 때문이다. 도로가 끝나는 지점에서 우리는 차에서 내렸다. 회색빛 구름층 사이에서 하늘색 조각이 희미하게 보였다. 제프 클로커 씨는 산행을 시도하기로 결정했다. 우리는 말없이 산길을 걷기 시작했다. 아버지는 우리에게 인사말을 남긴 후에도 한참 동안 먼발치에서 따라왔다. 나는 아버지가 무슨 생각을 하고 있고 어떤 걱정을 하고 있는지 또 동시에 내 꿈이 이루어지기를 얼마나 간절하게 바라고 있는지 정확히 알고 있었다.

아버지는 대범하게 내가 북벽을 오르는 것에 대해서 걱정하지 않았다. 또한 내가 동료들과 함께 큰 모험을 떠나기로 한 것이 바른 선택이기를 바랐다. 아버지는 그 어떤 부정적인 말도 하지 않았고, 다만 나에게 조심하라고만 간곡히 말했다. 언젠가부터 아버지는 더 이상 따라오지 않았고, 우리 셋만 말없이 밤새 내린 비로 검게 변한 높은 암벽을 향해 나아갔다. 나는 북벽의 오른쪽에서 흘러내리는 개울물 소리를 들었다. 우리는 그 개울물을 건너야 했다.

내 위에 펼쳐진 세계에 대해서 나는 상당히 자주 상상 속에서 그려보았다. 그 상상은 어린 시절 프란츠 삼촌의 죽음에 대해서 알게 되었을 때부터 시작되었으므로, 거의 평생 동안 나를 따라다녔다는 말이 맞을 것이다. 이제 머릿속의 그림을 실제와 비교할 때가 왔다. 개울물을 가로지르는 것은 결코 쉽지 않았다. 아주 시끄러운 물소리 때문에 동료들의 발걸음이나 말소리가 들리지 않았기 때문이다. 만약 거기서 물에 빠지기라도 했다면 아마 지금까지도 북벽에 나는 오르지 못했을 것이다. 등산로에서 개울물에 빠져 버린 사람과 1,400미터 높이의 암벽에 함께 오르려 하는 암벽 등반가들은 없기 때문이다.

제프 씨는 개울물의 건너편에서 트레킹 지팡이 끝으로 나에게 건너뛸 방향을 안내했다. 그렇게 해서 나는 이 까다로운 구간을 지날 수 있었다. 난 거품을 내며 흐르는 물 한가운데의 바위 위에 서서 한 번의 도약으로 사납게 일렁이는 물 위로 2미터 정도를 건너뛰어야 했다. 건너편 물가에는 서있을 만한 평평한 지점이 별로 없기 때문에 한 치의 오차도 없이 정확한 곳에 착지해야 했다. 다행스럽게도 나는 이 시험을 무사히 통과했고 이제 암벽 등반로 초입까지 조금만 더 나아가면 되었다.

그 지점에서 우리는 평상시대로 암벽 등반 용품을 꺼냈고 7시 정각에 제프 씨는 첫 번째 자일 구간에 올랐다.

경험이 많은 알피니스트들은 호흐슈타델의 북벽과 같은 암벽을 자일 없이도 오를 수 있다. 난이도 III등급에 완전히 숙달된 상태이기 때문에 반시간이면 자일 없이 정상에 오를 수 있다. 자일을 사용하지 않으면 더 신속하게 오를 수 있기 때문에 낙석이나 악천후의 위험에 노출될 시간이 절반으로 줄어든다. 결국 자신의 숙련도에 따라서 어떻게 오를지는 직접 판단해야 한다.

제프 씨는 나와는 자일로 연결해서 오르고 프리들 씨는 자일 없이 가까이에서 등반을 하는 전략을 선택했다. 그렇게 함으로써 나는 안전하게 자일로 오를 수 있고, 프리들 씨는 까다로운 지점에서 도움을 줄 수 있었다. 이 방식으로 우리는 처음 두 개의 자일 구간을 올라갔다. 이때 제프 씨는 유희하듯 산을 타는 내 모습을 눈여겨보았다. 그래서 우리는 전략을 약간 수정해서 제동 및 안전장치를 사용하는 전체 30개의 자일 구간에서 몇 곳을 생략함으로써 암벽에서 지체하는 시간을 단축하기로 했다. 하나의 자일로 연결된 두 명의 등산가 중 한 사람이 추락할 경우 제동 안전장치나 벽에 고정지점을 사용할 수 없다면 아주 위험할 수 있다. 이런 방식은 자일에 매달린 다른 사람까지 함께 추락할 위험에 처하게 만든다.

한동안 우리 셋은 나란히 암벽을 올라갔다. 이 쉬운 지형을 자일 없이 오르는 기분은 매우 좋았다. 제프 씨는 어려운 코스가 나타나면 곧바로 자일을 사용할 수 있도록 어깨에 둘러메었다. 프리들 씨는 내 행로를 따라왔고 서서히 무른 암벽을 오르는 나에 대해서 신뢰하게 되었다. 곧 우리는 리듬을 타면서 아주 신속하게 나아갔다.

첫 번째 난코스는 만년설이 있는 '첫 번째 적설지대'라고 불리는 곳으로 암벽의 3분의 1 지점의 이정표 역할을 했다. 가파르고 눈이 바위처럼 딱딱하게 굳은 폭 50미터의 설원을 암벽 등반화를 신고 건너는 것은 결코 가볍게 여길 일이 아니었다. 제프 씨는 아래에서 입을 쩍 벌리고 있는 심연으로 추락하는 것을 방지하기 위해 나를 잠시 자일에 묶어 주었다. 그런 다음에 길고 비교적 평이한 또 다른 횡단로가 나타났다. 절벽 위에 커다란 바위 덩어리처럼 보이는 띠가 왼쪽으로 나있었는데, 앞이 보이는 사람들은 직립으로 그 길을 건널 수 있었다. 하지만 나는 난간에 너무 가까이 가지 않도록 폭 30미터의 횡단로를 손으로 더듬으며 기어가야 했다. 거기서부터 약간 왼쪽으로 오르막길이 나타났다. 우리는 그 오르막길을 약 5미터 올라간 다음에 다시 자일을 사용했다. 곧 아주 평평한 바위지대 위로 가파르게 뻗어 있는 횡단로가 왼쪽 방향으로 나있었고, 우리는 그 위를 서서 지나갈 수 있었다.

정확히 이 구역에서 나의 외삼촌은 1963년 6월 1일 오후에 산꼭대기에서 눈사태가 일어나기 직전에 마지막 발걸음을 내딛었을 것이다. 돌사태와 눈사태는 이 지점에서 훨씬 오른쪽 위에서 시작되어 암벽 등반 루트를 지나서 왼쪽 아래로 평행하게 펼쳐지는 심연 속으로 진행되었을 것이다. 프란츠 삼촌은 비탈진 바위 지대에서 쏟아지는 엄청난 양의 돌덩어리들과 눈을 피할 길이 없었을 것이고, 함께 절벽으로 추락한 것이다. 약 15미터 폭의 이 위험한 지대의 중간에 도착했을 때 의식적으로 나는 삼촌이 처해 있던 상황을 떠올렸고 그의 존재를 느낄 수 있었다.

섬뜩하다거나 소름끼치는 기분은 전혀 들지 않았고 이 장소에서 삼촌의 죽음을 좀 더 잘 음미할 수 있는 기회가 주어졌다는 것에 기뻤다.

중병에 걸리거나 소중한 사람을 떠나 보내거나 아니면 실연의 고통을 느낄 때처럼 불가항력적인 상황이 벌어지면 나는 결코 그것과 거리를 두지 않는다. 오히려 나는 집착한다고 할 만큼 그 상황에 가까이 다가간다. 고통이 서서히 가실 때까지 나는 계속해서 해당 주제에 매달림으로써 그 상황을 견뎌 내려고 노력한다. 마치 바늘 끝으로 스스로를 계속해서 찌름으로써 점점 통각이 무뎌져서 처음에 몇 번 찌를 때처럼 아프지 않게 되는 것과 같다.

약 4시간이 걸려서 우리는 암벽의 4분의 3에 해당하는 지점에서 암벽 방명록에 도달했다. 그곳에서 첫 번째 휴식을 취하는 동안에 제프 씨는 우리의 이름을 기입했다. 눈이 쌓인 협곡을 가로지르고 나서 우리는 호흐슈타델의 가장 높은 봉우리에서 300미터 못 미치는 지점에 도착했다. 암벽 등반에서 마지막 몇 미터 구간을 나는 더 자유로운 기분이 되어서 올라갔다. 곧 목표지에 도달할 것이라는 생각에 마치 무거운 짐에서 놓여난 듯한 느낌이 들었기 때문이다. 10년 전에 나는 북벽의 냄새라도 맡아 보고 싶어서 정상에서 상체를 밖으로 내민 적이 있었다. 나는 드디어 그곳에 도착했던 것이다. 봉우리에 도달하자마자 나는 똑바로 일어서서 마지막 5미터 지점에서부터 느꼈던 도취 상태에 빠졌다. 그로세 잔트슈피체 봉에 올랐던 첫 번째 암벽 등반 투어에서처럼 나는 다시 계곡에서 정오의 종소리를 들었다. 나는 온몸이 전율하면서 눈물이 흐르는 것을 참으려고 애썼다. 제프 클로커 씨와 프리들 씨도 마찬가지였다. 하나님께서는 이날 우리에게 호익를 베풀었던 것 같다.

친구의 죽음

다음 여러 해 동안 나는 같은 지역의 등반가들과 함께 산행을 떠날
수 있었다. 암벽 등반을 통해 알게 된 지인들의 수도 꽤 늘어났다. 겨울
에는 산악스키 투어를 떠났고 여름에는 자일과 하켄을 갖고 암벽 등반
투어를 떠났다. 그렇게 해서 나는 점점 더 높은 수준에 도달하게 되었
다. 나는 돌로미텐 산맥과 호에 타우어른 산맥을 넘어 서알프스 지역의
몽블랑까지 등반을 할 수 있었다.

2001년 10월 20일에 나는 친구, 페피와 함께 암페찬 지역의 돌로미
텐 봉우리 중 하나인 에르스텐 토파나파일러 봉의 진입로를 향해 떠났
다. 14개의 자일 구간으로 이루어졌으며 난이도 등급 5에 달하는 루트
를 이미 일 년 전에 나는 친구들과 함께 등정한 적이 있다. 이번에는 내
가 기억을 되살려서 이 루트를 처음 오르는 페피에게 최대한 상세한 정
보들을 알려 주어야 했다. 페피의 지도와 내 기억 덕분에 우리들은 금
세 첫 번째 자일 구간에 도착할 수 있었다. 험준한 지대로 올라가는 진
입지점을 찾아내는 것이 암벽을 원정하는 데 가장 중요한 전제조건이

었다. 아침에 산을 오를 때 잘못된 지점에서 시작하면 바위산을 등정할 수 있는 길을 찾기가 아주 어려워진다. 지적도를 갖고 있어도 방향을 잡기가 힘들어져서 마치 진퇴유곡의 미로에서 출구를 찾는 것과 비슷한 상황이 된다. 진입로라고 해서 모두 암벽에 하켄이 설치되어 있는 것이 아니어서, 하켄으로 그곳이 바른 위치인지 확인할 수는 없다. 다른 암벽 등반팀이 북적거리지 않는 산길을 우리 둘이서 호젓하게 오른다는 점이 좋았다. 하지만 페피가 첫 번째 자일 구간의 10미터를 올라가기 시작했을 때 아래에서 가까이 다가오는 등반가들의 목소리와 발소리가 들렸다.

그들은 오스트리아 방언을 쓰고 있었다. 20미터 떨어진 위치에서 나는 그들에게 큰 소리로 "좋은 아침입니다."라고 외쳤고 그들은 반갑게 응답했다. 페피가 첫 번째 자일 구간을 완주하는 동안에 젊은 남자 두 사람이 내가 있는 곳에 도착했다. 곧 나는 그들에게 일종의 친근감을 느꼈다.

내 고향에서 70킬로미터 정도 떨어져 있는 소도시인 헤르마고르에서 온 하인츠 씨와 제프 씨는 자기소개를 하면서 폭탄 맞은 듯한 형세의 이 암벽에 온 것은 처음이라고 말했다.

오해와 억측을 방지하기 위해 나는 시각 장애인이라는 사실을 바로 밝혔다. 곧 둘은 아주 놀라워했다. 아마도 나에 대해서 이야기를 들은 적이 있었기 때문일 것이다. 위에서 "따라 올라와"라는 명령이 내려왔고 나는 가파른 암벽에 오르기 시작했다. 팀에서 첫 번째 주자인 제프 씨는 내 바로 뒤에 바짝 붙어서 기어 올라왔다. 자일 구간 2개를 완주하고난 후에 우리는 바로 이 길을 쭉 따라 올라갈 것인지 아니면 V+등급인 왼쪽 방향의 횡단로를 가로지를 것인지에 대해서 논의했다.

두 루트 모두 하켄이 설치되어 있지만, 페피는 횡단로 쪽으로 결정했다. 부서진 바위 조각들이 있는 6미터 길이의 횡단로는 나에게 고도의 집중력과 에너지를 요했다. 제프 씨는 내 뒤를 5미터 간격으로 따라오면서 아주 작은 울퉁불퉁한 지점과 미끄러운 수직의 암벽에서 손으로 꽉 잡을 수 있는 곳을 알려 주었다.

나는 현기증을 일으키는 난해한 지점들을 무사히 통과했고, 곧 좀 더 편안한 지형이 나오자 안도했다. 제프 씨는 내 뒤에서 횡단로를 거미처럼 소리 없이 민첩하게 올라왔고 거의 꿈꾸듯 다음 확보지점에 도달했다. 제프 씨가 우리를 팽팽한 자일을 타고 내려오도록 할 때, 이 자일 구간이 결코 단순하지 않다는 점이 다시 한 번 밝혀졌다. 하인츠 씨는 쥐가 나는 바람에 고통스러워하며 큰 소리로 투덜댔다. 자일 구간을 하나하나 통과하면서 우리는 점차 더 높은 곳으로 올라갔고 곧 4인조 팀처럼 하나로 뭉칠 수 있었다. 암벽 등반 코스의 중간 중간에 난코스들과 5개의 자일 구간을 내 친구, 페피와 제프 씨가 선두로 올랐다. 페피는 팔에 쥐가 나서 고생했지만 결국 우리는 난코스들을 통과했다. 석양이 내렸을 때 우리는 이날의 목표지인 파일러코프 봉에 올라갔다. 우리들은 밤이 되기 전에 디보나 산장의 주차장까지 도달할 계획이었다. 제프 씨와 하인츠 씨는 앞서 내려갔고 쥐가 난 페피는 나와 함께 천천히 울퉁불퉁한 길을 내려와야 했다. 그래서 우리는 두 친구를 계곡에 내려왔을 때 만날 수 없었다.

하지만 그날 저녁 집에 도착해서 나는 두 사람과 길게 전화 통화를 했다. 제프 포이트호퍼 씨는 나와 마찬가지로 절친한 친구와 함께 아름다운 산에 함께 오르는 것을 최고의 낙이라고 생각하는 사람이었다. 그는 아주 탁월한 운동신경을 가졌고, 모험을 추구하는 타입이었다. 나는 제프 씨와 의기투합하여 함께 등반 투어를 떠나기로 했다.

2002년 1월 투어를 위해 제프 씨는 두 명의 일행들을 데리고 리엔츠로 왔고, 페피도 동참했다. 날씨는 좋지 않았다. 알프스 전역에 짙은 안개가 깔린 상태였기 때문에 우리는 해발 2,000미터에 위치한 호흐슈타인 산장에서부터 출발하기로 했다. 거기서 1,400미터 더 높이 있는 봉우리로 오르기로 한 것이다. 투어 자체는 특별히 매력적이지는 않았지만 제프 씨와의 함께 산행하는 것은 아주 즐거웠다. 우리는 약간 앞서 걸어갔고, 이야기에 푹 빠져서 산을 타고 있다는 사실을 잊어버릴 지경이었다. 제프 씨는 나와 공통점이 많았기 때문에 정보를 공유하고 대화를 나누는 것은 아주 유쾌했다. 나와 마찬가지로 그도 장해물을 만났을 때 멈추기보다는 지혜를 써서 문제를 해결하려고 했다. 우리 둘다 불평을 늘어놓는 대신 앞으로 나아가는 것에 온 에너지를 집중시키는 부류의 사람이었다. 따라서 우리는 미래를 함께할 좋은 친구가 될 수 있으리라는 느낌이 들었다. 제프 씨의 관점에서 내 장애는 결코 무거운 멍에가 아니었다. 오히려 그는 팀 안에 제어하기 힘든 정신적인 약점보다는 명확한 위험 요소가 있는 것이 차라리 낫다고 말했다.

***

　그해 8월에 제프 씨와 돌로미텐 산맥의 특별한 암벽 투어를 함께하기로 약속했다. 해마다 등반가들은 전형적인 투어를 반복하지만, 때때로 아주 특별한 목표를 물색해서 오르기도 한다. 새로운 투어를 할 때엔 계획을 세워야 하는 번거로움이 있지만, 대신 흥분과 설렘을 느낄 수 있다.

　제프 씨는 6등급의 난이도까지 숙달된 상태였고 어떤 문제를 만나도 침착하게 대처했다. 따라서 라저르츠 북벽의 직행로를 오르기에 적합해 보였다.

　이렇게 침착하고 강인한 동료와 함께 이른 아침에 600미터 높이의 수직으로 쭉 뻗은 암벽의 진입로까지 행진하는 것은 즐거운 일이다. 나는 새로운 도전을 할 때마다 추락 사고를 대비해서 제3의 멤버나 다른 팀을 합류시키는 것을 원칙으로 한다. 이번에는 직행로에 대해서 잘 알고 있는 또 다른 등산 친구인 안디와 그의 친구, 마르쿠스 씨가 제2의 자일 등반팀으로 동행하기로 했다. 1시간 반 동안 올라간 후에 우리는 험준한 북벽 아래에 있는 산자락에 앉아서 16개의 자일 구간으로 이루어진 투어 계획을 짰다. 마르쿠스 씨와 안디가 함께 돌출부 위에 수직으로 뻗은 벽의 첫 번째 자일 구간을 오르고, 그 뒤를 제프 씨와 내가 따르기로 했다. 이 암벽 돌출부의 아래 부분에는 습하게 젖어 있는 곳이 많이 있었다. 그래서 나는 제프 씨의 보호하에 폭 20센티미터의 미끄러운 암벽을 타고 세 친구가 도착한 첫 번째 확보지점까지 올라갔다.

위에서 거대한 역갈매기 형태의 상반각上反角의 바위가 보이기 시작했고, 일행들은 그것을 지도에서 확인했다. 상반각이란 두 개의 암벽이 특정 각도로 맞닿아 있는 지형으로, 반쯤 펼쳐 놓은 책을 연상시키는 모습이다. 이곳을 통과하고 나면 자일 구간 2개에 걸쳐서 첫 번째 난코스가 나온다. 볼록하게 튀어나온 복부 같은 형태의 미끄러운 그 구간을 지나면 세 번째 확보지점에 도착할 수 있다.

고도의 집중과 노력을 요하는 구간이었지만 양 팀의 분위기는 매우 좋았고 서로 격려하는 말들이 오고 갔다. 이날 산에 오르기 전부터 나는 가벼운 울렁증에 시달리고 있었다. 앞이 보이지 않는 나로서 네 번째 자일 구간인 횡단로가 아주 부담스러웠기 때문이다. 아주 가파르고 미끄러운 바위 판으로 된 20미터 길이의 횡단로에서는 자일에 매달린 채 손을 바꿔가면서 지나가야 했기 때문이다. 손으로 잡을 바위 턱이 별로 없었고, 있다 하더라도 종종 손가락 두 개로 잡을 만한 공간밖에 없었다. 게다가 수평으로 더 나아가면 낭떠러지였기 때문에 울렁증이 일었다. 이 암벽 등반 루트에서 유별난 점이 하나 있다면 안전용 하켄이 설치되어 있지 않으며, 먼저 이 길을 오른 등반가들이 남겨 놓은 하켄만이 곳곳에 남아 있다는 것이다. 추락 시 녹슨 하켄에 자일을 건 채 매달려 있는 것은 아주 위험한 일이다. 이 횡단로에서 내가 결정적인 실수로 미끄러지지 않도록 우리들은 묘안을 생각해야만 했다. 첫 번째 자일팀의 선발주자로 횡단로를 먼저 건넌 마르쿠스 씨가 같은 높이에 있는 다음 확보지점에 자일을 고정시키기로 했다. 그의 동료인 안디는 우리가 있는 위치에서 그 자일을 최대한 팽팽하게 잡아당겨서 고정시켰다. 이렇게 해서 카라비너를 걸 수 있는 자일 난간이 생겼다. 나는 우리 팀의 선발주자로서 이중으로 안전장치를 한 채 과감하게 횡단을 시작할 수 있었다.

마르쿠스 씨와 나의 도움을 받으면서 안디 씨와 제프 씨는 바로 다음에 도착했다. 나는 최대의 고비를 지난 것 같은 기분이 들었다. 암벽을 세 구간으로 나눴을 때 두 번째에 해당하는 구간은 약하게 경사진 지형으로 쉽게 올라갈 수 있었다. 여기서부터 제프 씨는 나와 함께 전체 팀을 이끄는 선발팀으로 나섰고, 이 쉬운 자일 구간을 우리는 즐거운 마음으로 가볍게 올라갔다. 투어의 마지막 구간에 대해서는 일행들 모두 이미 잘 알고 있었다. 30미터 높이의 약간 돌출되어 있는 리스 침니에는 손을 잡을 만한 곳과 발을 디딜 곳이 거의 없었다. "정상까지 이제 한 구간만 남았어."라고 제프 씨는 말했고 용감하게 벽을 타기 시작했다. 일행들은 계속해서 재미있는 농담들을 주고받았다. 암벽 등반 중이 아니라면 우리는 포복절도를 했을 것이다.

절벽의 중간쯤 도달했을 때 제프 씨는 아마도 참사의 불씨를 남긴 것 같다. 우리는 작은 실수 하나 때문에 시간을 지체했고 약간 압박감에 시달리고 있었다. 긴 능선에 들어가야 했지만, 우리 쪽에서는 능선의 끝이 보이지 않았다. 다시 급경사의 암벽을 제프 씨는 오르기 시작했다. 하지만 훨씬 높이 올라가서야 그는 원래의 길에서 오른쪽으로 10미터 정도 벗어나 있다는 것을 깨달았다. 그는 그 사실을 내 뒤에 있는 두 번째 자일팀에게 알려 주었다. 안디 씨와 마르쿠스 씨는 마지막 고비에 오르기 전에 있는 능선 길의 확보지점에서 우리를 기다렸다. 나는 제프 씨와 자일로 연결되어 있었기 때문에, 안디 씨와 마르쿠스 씨가 있는 곳에서부터 더 오른쪽 지점에서 우선 가파른 암벽을 타야만 했다. 그들과 같은 높이에 도달했을 때 나는 10미터를 왼쪽으로 수평으로 움직여서 원래 루트로 가기를 시도했다. 물론 이 시도는 결코 쉽지 않았다. 발을 디딜 곳을 찾기가 쉽지 않았고 제프 씨가 10미터 위에서 안전한 확보지점을 찾았는지 알 수 없었기에 나는 상당히 신경이 곤두섰다. 만약 제프 씨가 안전한 확보지점을 찾지 못한 상태에서 내가 미끄러지기라도 한다면 350미터 이상 아래로 자일 팀 전체가 추락할 위험이 있었다. 그 점을 의식하면서 나는 신중하게 계속 왼쪽으로 나아갔다. 안디의 조언을 들을 수 있어서 나는 다행이라고 느꼈다.

마치 영원처럼 느껴지던 시간이 지난 후에 나는 마르쿠스 씨와 안디가 있는 확보지점에 도착할 수 있었다. 제프 씨도 이쪽으로 건너오는데 별 어려움은 없었다. 따라서 몇 분 후에 우리 넷은 모두 정확한 루트에 모일 수 있었다. 계획에 없었던 돌발 상황 때문에 우리들은 산을 오르는 순서를 다시 바꾸었다. 마르쿠스 씨와 안디 씨가 선발주자로 마지막 고비가 있는 능선 길을 오르기 시작했다. 그 길은 총 2개의 자일 구간으로 이루어졌다. 첫 번째 구간은 툭 튀어나와 있는 능선의 지형으로 미끄러운 지점이 포함되어 있어서 오르기가 까다로웠다. 두 번째 자일 구간은 폭 1미터의 침니가 펼쳐져 있어서 오르기가 좀 더 수월했다. 이 침니는 절벽과도 같이 수직으로 쭉 뻗어 있었고, 오래전에 쌓인 눈들이 녹으면서 약간 축축한 상태였다. 침니의 축축하고 미끄러운 곳을 피하려면 왼쪽에 있는 완만한 경계면을 타고 올라야 했다. 밖으로 나가니

지대는 훨씬 평탄해졌다. 우리는 암벽의 마지막 3분의 1 지점에 도착할 수 있었다.

우리는 거의 4시간 정도 암벽을 탔기 때문에 몹시 허기진 상태였고 초코바와 음료수로 영양분을 보충했다. 마르쿠스 씨가 첫 번째 주자로 능선에 오르기 시작했다. 그는 아주 날렵하게 올라갔고, 안디도 이 지점에서 큰 문제없이 올라갔다. 제프 씨가 내 자일의 반대편 끝을 잡고 올라오기 시작했을 때 마르쿠스 씨와 안디는 훨씬 위에서 투어의 마지막 가파른 경로에 다가가고 있었다.

제프 씨는 균일한 속도로 약간 경사진 지대에 있는 암벽 능선의 가장자리를 지나갔다. 곧 나는 따라 올라오라는 평상시와 다름없는 그의 명령을 들었다. 신속하게 나는 확보지점을 찾아서 제프 씨가 고정시킨 슬링과 카라비너를 회수한 후 올라갈 계획이었다. 고정 하켄이 없는 곳에서 암벽 등반가들은 안전을 위해 임시로 슬링을 사용하는데, 폭 2센티미터, 길이 1~2미터의 이 장치는 내구력이 아주 뛰어난 소재로 되어 있다. 갈라진 틈이나 암벽의 작은 구멍에 꿰어서 카라비너와 연결시키면 확보지점을 만들어 낼 수 있다. 나는 첫 번째 슬링을 이미 회수한 상태였고, 두 번째 것을 빼낼 때 난관에 봉착했다. 내가 빼내려던 슬링은 40센티미터 깊이의 갈라진 틈에 설치되어 있었는데, 마치 귀신의 장난처럼 약 1센티미터 크기의 조약돌이 그 속에 박혀 있었다. 조약돌과 슬링의 폭이 똑같았기 때문에 둘은 서로 꽉 맞물려 있었다. 아무리 애써도 슬링이 빠지지 않았다. 손가락으로는 좁은 틈을 비집어서 파낼 수 없었고, 벽을 두드려 보아도 반동으로 장해물이 빠지지 않았다. 제프 씨는 따라 올라오라고 다시 큰 소리로 재촉했다.

나는 마음이 조급해졌다. 만일의 사태를 대비해서 등반벨트에 차고 있었던 도구를 활용해 봐야겠다는 생각이 들었다. 결국 슬링을 간신히 암벽 틈에서 빼낼 수 있었다. 비좁은 협곡에서 빠져나올 때 "가장 험난한 고비를 지날 때처럼 모든 게 술술 풀리면 얼마나 좋을까요."라고 나는 제프 씨에게 말했다.

험난한 10개의 자일 구간을 완주한 후에 우리 팀의 분위기는 거의 최고조에 달했다. 이제 정상까지는 비교적 난이도가 있는 자일 구간 하나와 평이한 자일 구간 6개가 남아 있었다. 마르쿠스 씨와 안디는 그동안에 우리보다 몇 미터 더 위에 올라가 있었다. 제프 씨와 내가 서있는 확보지점은 안전한 곳이긴 했지만 4명의 등산가가 함께 서있기에는 공간이 충분하지 않았기 때문이다.

협곡 안의 매끄러운 암벽 양쪽 면에는 발을 디딜 곳이 있었기 때문에 제프 씨와 나는 잠시 그 위에 서있었다. 제프 씨가 격려의 의미로 내 어깨를 두드렸고 곧 우리는 다시 올라가기 시작했다. 제프 씨는 상당히 신속하게 하늘을 가리고 있는 6미터 높이의 탑을 올라갔고, 올라가는 속도에 맞춰 자일을 넘겨주느라 나는 애를 썼다.

새로운 루트를 갈 때면 먼저 자일을 타는 동료가 몇 미터나 올라갔는지 나는 정확하게 셌다. 그렇게 해서 지금까지 얼마나 올라갔고, 자일이 얼마나 남아 있는지 즉시 동료에게 알려 줄 수 있도록 했다. 선등으로 자일을 타는 사람에게 일어날 수 있는 최악의 상황은 험난한 지점에서 자일을 다 써버리는 바람에 재빨리 새로운 확보지점을 찾아야 하는 것이다.

　나는 제프 씨에게 등반용 로프 중 12미터를 가지고 올라가도록 건네주었다. 곧 제프 씨가 중간 안전장치에 카라비너를 거는 소리가 들리자 나는 안심이 되었다. 손가락 사이로 자일이 움직이는 것이 느껴졌다. 제프 씨는 안디와 마르쿠스 씨의 뒤를 따라 일정한 속도로 계속해서 위로 올라갔다. 제프 씨와 안디는 시야에서 사라진 상태였다. 둘은 마지막 가파른 구간을 완주한 후에 꼭대기로 가는 다음 확보지점인 좀 더 평평한 지형에서 우리를 기다리고 있었다. 등반 자일을 정확히 34미터 가량 건네준 후에, 위에서 갑자기 자일의 움직임이 멈췄다. 아마도 사소한 돌발 상황이 있는 듯했다. 호흡이 잘 맞는 동료와 등반을 할 때는 돌발 상황이 일어나도 그때마다 무슨 일인지 물어보지 않는 것이 불문율이다. 자일의 다른 끝에 있는 사람에게 필요 이상으로 압박감을 줄 수 있기 때문이다. 대신 따라 올라오라는 명령이 들릴 때까지 침착하게 동료의 안전을 돕는 일에 집중해야 한다. 나는 제프 씨가 방금 중간 안전장치를 설치했거나 벌써 위에서 안전한 확보지점에 도달해서 곧 나에게 그 사실을 알려 줄 것이라고 생각했다. 이 자일 구간을 오를 때 제프 씨와 나는 그다지 많은 말을 주고받지 않았다. 나는 모든 것이 순조롭게 진행되고 있다고 믿었다.

　30초 동안 움직임이 완전히 정지한 후에 다시 소리가 들렸다.

　모든 것은 순식간에 벌어졌다.

　처음에는 마치 누군가가 2미터 아래의 바닥으로 착지하는 듯한 쿵 소리가 둔중하게 들렸다.

그런 다음 다시 5초간 정적이 흘렀다.

나는 바로 제프 씨에게 무슨 일이 일어난 것인지 큰 소리로 물어보았다. 아마도 그가 분주하게 올라가다가 배낭을 놓친 것 같았다. 그것이 내 위로 떨어질까 봐 덜컥 걱정이 되었다.

갑자기 또다시 훨씬 작은 쿵 소리가 들렸다. 마치 내가 있는 곳의 30미터 위에서 누군가가 쓰러진 것만 같았다. 그러고 나서는 소름끼치는 신음소리와 질질 끌리는 소리, 암벽에 무언가가 긁히는 소리가 잇따라 들렸다. 나는 요즘에도 그 기억을 떠올릴 때면 그 소리를 생생하게 들을 수 있다. 마치 혼잣말처럼 나지막하게 중얼거리는 소리가 들렸다. 또한 내 쪽으로 추락하는 단발마의 함성도 뒤섞여 들렸다. 이 짧은 순간 나는 극도로 위험한 상황이라는 것을 깨달았다. 나는 온 힘을 다해 이 미끄러운 바위에 단단히 붙어서 자일을 놓치지 않으려고 애썼다. 이 사고는 전체 루트에서 가장 악질적이고 예측 불가능한 위치에서 일어났다. 제프 씨는 슬링을 약간 헐거운 하켄에 연결한 다음에 휴대용 안전장치에 걸었는데, 평평한 바위틈에 제대로 끼워지지 않은 것이다. 높은 곳에서 동료가 추락할 경우 이 지점에서 버티는 것이 거의 불가능하고 나 역시 연쇄 추락을 피할 수 없는 것이 분명했다. 400미터나 되는 암벽을 손과 발로 모든 디딤대와 난간들을 통과해서 기어 올라왔던 나는 이제 어떤 상황이 벌어질지 아주 정확하게 알고 있었다. 나는 초 단위로 시간을 세며 떨어지는 자일을 포착해서 제프 씨를 붙잡아야 할 순간을 기다렸다.

6~7초 사이에 바람이 불며 내 몸 바로 위에 무언가가 휙 스쳐 지나가

는 소리가 들렸다. 갑자기 약 6미터 위에서 긁히는 소리와 질질 끌려 내려가는 무시무시한 소리가 들려왔다. 그 위에서 봤을 때 암벽은 수직의 벽에서 모퉁이 부분이 다이빙대처럼 툭 튀어나와 있는 구조이다. 추락의 낙폭을 최소화할 수 있도록 나는 자일을 최대한 많이 안전장치에 감아서 잡아당기려고 시도했다. 그다음에 나는 제동 자일을 두 손에 꼭 쥔 채로 요동도 하지 않았다. 이제 제프 씨가 추락하기 전에 위에 견고하게 중간 안전장치에 자일을 설치했는지와 그 확보지대가 가속도가 붙은 낙하하는 힘을 버텨 낼지 판명될 것이다. 최악의 경우 운명은 우리 편이 아닐 것이다. 제프 씨는 내가 내어 준 자일 길이만큼 추락한 다음에 그 지점에서 더 미끄러져 내리면서 자일의 반대 쪽 끝에 묶여 있는 나까지 끌고 내려갈 것이다. 나는 가망 없는 이 순간에도 겁을 먹거나 공황상태에 빠지지 않았다.

나는 극도로 위험한 한계 상황에 처할 때마다 그랬던 것처럼 이때에도 모든 것을 주관하시는 창조주를 믿었다. 오래전부터 나는 인간이 이 세계의 모든 것과 모든 사람을 좌지우지할 수 있다고 자만해서는 안 된다고 믿고 있었다. 그래서 저 높은 곳에 계시는 신에게 모든 것을 의탁해도 된다고 생각했다.

순간 더 이상 내가 온 힘을 다해 두 손으로 꽉 쥐고 있는 자일이 끌려 내려가는 느낌이 없었다. 만약 자일이 중간 안전장치를 통과해서 내가 있는 쪽으로 떨어지게 되면 나는 위에서 자일을 받게 될 것이다. 만약 안전장치가 훼손되었거나 아예 설치되지 않았다면 제프 씨는 바로 내가 있는 지점으로 추락했을 것이고, 자일은 바로 아래로 떨어졌을 것이다. 하지만 20초가 지난 후에도 마치 제프 씨가 내 위에 서있고 아무 일도 일어나지 않은 것처럼 자일은 느슨하게 위에서 부터 포물선을 그리고 있었다. 내가 상황을 제대로 파악한 것인지 의심이 들었다. 그래서 큰 소리로 제프 씨의 이름을 불렀다.

아무 반응도 없었다.

나는 머릿속에서 지금껏 경험했던 모든 정황들을 떠올렸고 제프 씨가 정말로 배낭을 떨어뜨렸고, 그것이 내 위를 스치고 지나면서 심연 속으로 추락했을지도 모른다는 작은 희망을 품었다. 제프 씨는 지금 위에 서서는 수많은 산악 투어에 항상 지니고 다녔던 물건들이 심연 속으로 사라져 버렸다는 것에 화를 내고 있는 것인지도 모른다. 나는 계속해서 그를 향해 소리쳤지만 대답은 들려오지 않았다. 서서히 내가 아끼던 제프 씨를 영원히 잃어버렸을 지도 모른다는 확신이 점점 강하게 들었다.

위에서 안디의 목소리가 들려올 때 까지 약 5분은 흘렀던 것 같다. 그는 나의 함성을 듣고는 무슨 일이 일어났는지 확인하기 위해 다시 우리 쪽으로 자일을 타고 내려왔던 것이다. 20미터 떨어진 위치에서 그는 바로 상황을 파악했다. 제프 씨가 아직 위에 서있고 잃어버린 물건 때문에 화가 난 나머지 내 질문에 대답을 하지 않을 거라는 나의 마지막 희망이 사실이 아님을 그는 확인해 주었다. 안디는 위에서 느슨하게 매달려 있는 우리의 자일이 약 13미터 위에 있는 뾰족한 모서리에 걸린 채로 팽팽하게 아래로 향하고 있다고 설명했다. 이것은 제프 씨가 나보다 아래에 매달려 있다는 것을 뜻한다. 자일은 암벽의 갈라진 틈에 걸려 움직이지 않는 바람에 나는 자일이 당겨지는 것을 느낄 수 없었던 것이다. 안디 씨는 자일이 허용하는 길이만큼 내 쪽으로 내려와서 전체 상황을 파악했다. 그때 그는 정확히 자일이 걸려 있는 확보지점을 지나 왔다. 실제로 자일은 제프 씨가 설치한 마지막 하켄 위에 있는 암벽과 튀어나온 돌 모서리 사이에 집혀있었다. 10마력의 힘으로도 자일을 다시 빼내는 것은 불가능했을 것이다. 선두로 올라가던 사람의 자일이 갑자기 어딘가에 걸려서 옴짝달싹하지 않게 된다면, 두 가지 방법으로 돌파를 시도해 볼 수 있다. 자일을 흔들어서 반동으로 바위 사이에 낀 것을 꺼내거나, 다시 내려와서 손으로 바위틈에 낀 자일을 빼내는 것이다. 제프 씨는 아마도 상황을 대수롭지 않게 여긴 것 같았다. 그는 젖어 있는 침니의 경계 벽의 20미터 위에서 두 발로 서서는 자일을 흔들어서 빼내는 방법을 시도했던 것이다.

순간 나는 친구 제프 씨가 5분 전에 숨을 거두었다는 것을 확신했다. 추락할 때 나던 소리들을 곱씹어 보았을 때, 나의 절친한 친구가 낭떠러지에서 40미터 추락한 후 목숨을 부지하는 것이 불가능해 보였다. 나는 삶에서 불가항력적인 상황을 받아들였을 때와 마찬가지로 이 비통한 사실을 받아들이려고 노력했다.

앞을 볼 수 있는 사람이 어느 날 갑자기 시력을 잃게 되면 살아갈 의미를 잃어버리게 될지도 모른다. 하지만 보통 사람들과는 달리 나는 어떤 일이 닥쳐도 선천적으로 좌절하거나 삶의 의미를 잃어버리지 않았다. 아마도 그 때문에 이렇게 최악의 상황에서 다행스럽게도 의연하게 대처할 수 있는 것 같다. 제프 씨가 더 깊은 심연 속으로 추락할 수도 있는 가능성이 있었다. 그럴 경우 나도 심연 속으로 딸려 갈 수도 있는 위험이 있었다. 그래서 나는 몸에서 자일을 풀고 가파른 북벽에 서있었다.

제프 씨와 함께 올라왔던 협곡 아래로 고개를 돌렸다. 나는 눈물을 흘리면서 제프 씨에게 작별을 고했다.

나는 그와 함께했던 행복한 순간들에 대해서 이야기했고, 그에게 아주 많이 고마워하고 있다고 말했다. 몇 미터 아래에 있는 제프 씨가 내 말을 들을 수 없다는 것에 대해서 알고 있었다. 그럼에도 불구하고 나는 내 감정을 표현해야만 했다. 그것이 설령 내 자신에게 하는 말이라고 하더라도 말이다. 나는 이 순간처럼 강인해 본 적도, 강렬한 삶의 의욕을 느낀 적은 없었다. 인간으로서는 종종 신의 섭리를 이해할 수 없지만, 나는 분명히 이곳에서 함께 해주셨을 신에게 기도를 드렸다. 안디는 내 위에서 5~6미터 떨어진 곳에 서있었고 내가 이미 알고 있는 사실을 재확인해 주었다. 그는 제프 씨가 내 아래 8미터 지점에서 튀어나와 있는 협곡에 매달려 있는 모습을 묘사해 주었다. 몸의 움직임으로 판단했을 때 제프 씨는 의식이 없고 심각한 상태인 것 같다고 말했다. 안디는 이 충격적인 사실을 내게 최대한 완곡하게 설명하려고 노력했다. 이제 중요한 것은 우리들이며, 당황해서 실수를 저지르지 않도록 조심해야 한다고 나는 그에게 말했다. 안디는 휴대폰을 꺼내서는 산악구조대에 신고했다. 안개가 암벽 주위에 깔렸고 산악구조 헬기가 사고 지점에 다가갈 수 있는지 확실하지 않은 상태였다. 그 순간 나는 한 가지 생각만 했다. 구조헬기를 탄 후에 바로 헤르마고르에 가서 제프 씨의 부인과 아이들에게 일어난 일에 대해서 직접 이야기를 해야겠다고 말이다. 나는 예전에 그의 부인을 두 번 본 적이 있었지만, 그녀가 이 비극적인 상황에 어떻게 반응할지 전혀 예측할 수 없었다. 사실 내 상황에서 그것은 어찌 됐건 큰 상관이 없었다. 나는 남편의 마지막 순간에 대해 직접 이야기를 전한 것에 결코 잘못이 있을 수는 없다고 믿었다. 곧 나는 오한을 느꼈다. 비상 상황을 겪은 후에 오랫동안 움직이지 않고 암벽에 붙어 있었던 탓이었다. 안전장치를 하지 않은 상태에서 나는 어렵사리 배낭에서 스웨터를 꺼냈다. 배낭을 떨어뜨리지 않으려고 옷을 머리 위로 입으려다 나는 중심을 잃을 뻔했다. 안디는 계속해서 제프 씨가 있는 곳까지 자일을 타고 내려가려고 했지만, 그의 자일은 내 머리 위에서 몇 미터 떨어진 지점에서 끝이 났다. 헬기소리가 들리기 시작했고 나는 그에게 위험한 시도를 더 이상 하지 말라고 경고했다. 몇 분 후에 나는 두 사람의 비행 구조요원과 함께 구조 자일을 타고 헬기에 매달렸다. 헬기는 칼스바더 산장으로 가는 길옆의 알프스의 꽃이 만개한 아름다운 목초지에서 내려 주었다. 사고를 당한 친구를 진찰한 응급의사는 나에게 낮은 목소리로 말을 했다. 그는 내 친구 제프 씨의 상태에 대해서 정중하게 설명해 주었다. 제프 씨는 내 옆 2미터 떨어진 잔디 위에서 눕혀져 있었다. 이불이 머리끝까지 덮혀 있는 채였다. 나는 의사에게 이미 반시간 전에 제프 씨가 머리를 크게 다쳐서 숨을 거두었을 거라는 각오를 하고 있었다고 말했다.

의사는 내 추측이 틀리지 않다는 것을 확인해 주었고 내 손을 꼭 잡았다. 나는 그런 비상 상황에서 아주 실용적으로 대처하려고 노력한다. 비행 구조요원에게 나는 한 무리의 구경하러 온 사람들 앞에서 제프 씨의 배낭 바깥 주머니에 있는 자동차 열쇠를 꺼내 달라고 요청했다. 이 날 제프 씨의 자동차를 헤르마고르로 꼭 가져가야 한다고 나는 생각했다. 그의 부인이 자동차를 필요로 할 것이기 때문이다. 산악 구조요원들은 경찰서에 사고경위를 설명하기 위해 제프 씨의 시신과 함께 나를 헬리콥터에 태워서 계곡까지 운반하려고 했다. 하지만 나는 거절했고 대신 내 아내인 자비네에게 전화를 걸었다. 나는 그녀에게 돌로미텐 산장까지 나를 태우러 와달라고 요청했다. 칼스바더 산장의 주인은 나를 거기까지 데려다 주는 호의를 베풀었다. 돌로미텐 산장의 앞마당에는 위에서 일어난 사고에 대해서 이야기를 하는 사람들이 몇몇 모여 있었다. 내가 가까이 다가가자 사람들의 말소리는 조용해졌다. 내 창백한 안색을 보고 사람들은 불편해하는 것 같았다. 사람들은 내가 북벽에서 일어난 추락사고와 관련 있다는 것을 눈치를 챈 것이 분명했다. 마치 천사와 같이 제프 블라즐 씨가 나타나서 나를 안았다. 그리고 아내와 친구 라인하르트가 기다리고 있는 주차장까지의 200미터 길을 동행했다. 라인하르트는 긴장한 자비네 대신 핸들을 잡았다.

제프 블라즐 씨는 집이 그 근처였는데, 8,000미터 높이의 산 두 개를 최초로 등정한 놀라운 이력과 타의 추종을 불허하는 익스트림 산악 등반 경력 때문에 그를 모르는 사람은 없었다.

라인홀트 메스너의 스승이었던 그는 산악 등반 인생에서 이날 일어난 사고와 같은 끔찍한 경험을 여러 차례 겪어 본 적이 있다고 말했다. 그런 상태에서는 비슷한 경험을 한 사람들과 대화를 나누는 것이 도움이 된다.

자비네가 나를 포옹하기 전에 나는 제프 블라즐 씨에게 친구의 자동차 열쇠를 건네고는 우리를 따라 계곡까지 자동차를 가져다 달라고 부탁했다.

　"당신이 무사해서 다행이야."라고 자비네는 처음으로 말문을 열었다. 내 입에서는 산에 앞으로도 계속 오르겠다는 말이 튀어나왔다. "그렇게 하도록 해."라고 그녀는 말했다.

　경찰관은 세 시간 이상 집무실에서 모든 세부상황을 털어놓게 만들려고 나를 괴롭혔다. 그 이야기를 세 번째 반복해야 했을 때 나는 분노로 폭발할 지경이었다. 벌써 저녁이 되었고 제프 씨의 아내인 베르티 씨가 헤르마고르에서 남편의 죽음에 대해서 모른 채 있을 것이 걱정이 되었다. 경찰은 헤르마고르에 있는 동료 경찰들이 포이트호퍼 부인에게 이미 사실을 알렸다고 말하면서 나를 안심시키려고 했다.

　베르티 씨가 남편에게 일어난 일을 경찰에게 들었다는 사실에 나는 화가 났다.

　나는 그 자리에서 베르티에게 직접 말을 건네야겠다는 필요성을 느꼈다. 바로 나는 담당 경관에게 그의 책상 위에 있는 전화기를 사용하게 해달라고 요청했다. 그 모든 일이 얼마나 비극적이었는지 설명하고 깊은 애도의 말을 전달하고 싶었다. 그 순간 전화벨이 울렸고, 내 건너편에 앉은 경관은 약간 불안정한 목소리로 수화기에 대고 더듬거리며 말했다. 나는 베르티 씨와 잘 알지 못하는 사이이지만, 나의 아주 예민한 귀는 그것이 그녀의 목소리임을 알아차렸다. 나는 경찰로부터 수화기를 넘겨받았다. 베르티 씨는 큰 충격에 휩싸여 있었지만, 내가 아직 살아 있다는 것에 안도했다. 그녀는 한 시간 전에 경찰이 집에 다녀갔으며, 남편과 동행한 자일팀의 오후에 사망사고에 대해 알려 주었다고 했다. 베르티 씨는 놀라울 정도로 침착했다.

나는 저녁에 집에 들르겠다고 약속하고 수화기를 내렸다. 기나긴 실랑이 끝에 나는 밤 10시에 경찰초소를 나올 수 있었다. 드디어 제프 씨의 가족이 있는 헤르마고르로 갈 수 있어서 다행이었다.

그 집에 도착해서 왼쪽 방향으로 올라가는 좁고 가파른 계단과 초인종을 손으로 만져 보았을 때 나는 내 선택이 바르다는 것을 확신했다. 그것은 두려움이나 죄책감과는 거리가 멀었다. 나는 마음속의 무거운 짐을 베르티 씨와 아이들과 함께 나누고 싶은 필요를 느꼈던 것이다.

두 명의 시각 장애인이 함께하는 암벽 등반

시간에 쫓기느라 클라이네 친네 봉의 북쪽 벽으로 등반을 떠난다는 기대감에 마냥 들뜨지만은 못했다. 클라이네 친네는 난이도 4등급의 대표적인 암벽 등반지이다. 토요일의 산행을 나는 페피와 함께하기로 약속했다. 바로 이 토요일 오후 5시에 나는 돌로미텐 밴드 친구와 함께 결혼식 피로연 연주를 하기로 되어 있었다. 시간에 맞춰 연회장에 당도 하려면 새벽 5시에 투어를 떠나야 했다. 나는 약속 시간에 배낭을 메고 대문 앞에서 떠날 차비를 하고 있었다. 하지만 5분이 지나도, 10분이 지 나도, 20분이 지나도 친구는 나타나지 않았다. 5시 반이 되자 나는 화 가 나서 다시 집 안으로 들어가서 페피에게 언성을 높이면서 전화를 걸었다.

페피는 자명종을 한 시간 늦게 맞춰 놓는 바람에 늦잠을 잤고 20분 안에 우리 집 쪽으로 오겠다고 말했다. 이미 한 시간을 통째로 날린 상 황에서 이번 투어는 취소하는 것이 좋겠다고 나는 말했다. 그러자 페피 는 오토바이를 타고 클라이네 친네까지 올라가면 늦은 것을 만회할 수 있을 거라고 제안했다. 어두운 새벽을 뚫고 페피는 세차게 오토바이를 몰았다. 동승자석에 앉은 나는 갑자기 야생동물이 앞에 튀어나올지 모른다는 생각에 긴장했다. 페피는 점점 가속을 내면서 커브 길을 돌았고, 나는 숲 가장자리에서 풍기는 전나뭇가지의 내음을 맡을 수 있었다. 가끔은 우리가 위험하게 나무 가까이에서 달리고 있는 것은 아닌가 하는 생각이 들었다. 한 시간 동안을 오토바이로 질주하고 나서 우리는 클라이네 친네의 진입로 방향으로 서둘러서 들어갔다. 페피는 첫 번째 자일 구간의 10미터 가량을 내 앞에서 가고 있었고, 왼쪽에서 세 명의 사람이 내가 서있는 곳으로 다가왔다. 소리로 비추어 봤을 때 등반 가이드가 있는 것 같았다 "흠. 암벽 등반 가이드이신가요?"라고 나는 내 옆에 있는 남자에게 물었다. "네. 저는 마르틴이라고 합니다. 손님 두 분을 자일에 태우고 있죠." 나는 그에게 바로 내 장애에 대해서 밝혔다. 어느덧 페피가 위에서 따라 올라오라고 외쳤다. 등반 가이드는 당황한 것 같았다. 시각 장애인을 수영장이면 몰라도 이 가파른 암벽에서 보게 될 것이라고 상상해 본 적이 없었던 것 같았다. 5~6미터 정도 앞서서 암벽을 타던 나에게 그는 나중에 돌로미텐 암벽을 올라갈 때 안내하고 싶다고 큰 소리로 말했디. 하지만 4시간의 투어가 진행되는 와중에 우리는 서로 시야에서 멀어졌다. 다행히도 나는 그날 오후 공연 시작하기 10분 전에 무사히 집에 도착할 수 있었다. 결혼식은 유쾌했고 손님들도 흥에 겨워 춤을 추었다. 하지만 그것은 아무래도 좋았다. 나는 그 가이드의 연락처를 찾을 생각뿐이었다. 다음 날 나는 이탈리아 소재 남부 티롤에 사는 한 암벽 등반 가이드의 전화번호를 눌렀다. 산악스키를 탈 때 남편이 암벽 등반 가이드라는 부인을 만났던 적이 있었다. 마르틴의 발음이 남부 티롤의 푸스터르탈 지방의 방언을 연상시켰기 때문에 나는 그의 거주 지역이 그곳이라고 어림잡아 짐작했다. 나는 푸스터르탈 지방의 토블라흐에서 서쪽에 있는 작은 마을인 니더도르프에 마르틴이라는 이름의 암벽 등반 가이드가 살고 있다는 사실을 확인했다. 바로 나는 마르틴에게 전화를 했고, 내가 연락을 취했다는 사실에 그는 적잖이 놀라워했다. 곧 그는 예전의 제안을 떠올렸고 함께 암벽 등반 투어를 떠나기로 약속을 잡았다. 처음으로 나는 정식의 전문가와 산행을 떠나기로 한 것이다. 지금까지 산악계의 베테랑들은 나를 정신 나간 사람이라고 생각했기 때문에 기껏해야 나를 보고 놀라워하는 정도의 반응을 보였다. 마르틴 씨로부터 나의 암벽 등반 능력에 대해서 인정을 받았다는 사실에 나는 뿌듯했고 자신감을 얻을 수 있었다.

2003년 9월 18일에 마르틴 씨는 나와 그로세 친네 봉의 서쪽 암벽의 진입로에 서있었다. 우리 앞으로는 난이도 등급 V+의 가파른 산세가 펼쳐져 있었다. 마르틴 씨는 안전을 위해 알프레드 씨와 한지 씨를 제2 등반팀으로 데리고 왔다. 침니와 능선에서 나는 거미처럼 팔과 다리를 펼친 채로 수월하게 기어오를 수 있었다. 2시간 반 후에 마르틴 씨는 나와 함께 둘퍼푸레의 출구에서 알프레드 씨와 한지 씨를 기다렸다. 마르틴 씨는 한스 브루크너 씨가 이런 상황에서 했을 법한 일을 했다. 즉, 주변에 있는 봉우리들을 가리키면서 각각의 세밀한 특성을 나에게 열정적으로 설명했다. 그가 전체 전경을 설명한 후에서야 그는 내가 앞이 보이지 않는다는 사실을 상기했다. 이제 마르틴 씨의 설명을 듣고 내가 그 전경과 산세를 어떻게 이해했는지 설명할 차례였다.

"마르틴 씨의 목소리의 울림으로 짐작하자면, 봉우리에 가려면 지루한 초지 아니면 톱니처럼 뾰족한 바위로 올라가는 것이 좋겠네요. 저는 얼굴에 와닿는 햇빛의 각도로 하늘의 방향을 알 수 있습니다. 호흡 소리를 들으면 당신이 어느 방향을 바라보고 있는지도 알 수 있습니다. 다양한 지형 형태에 대해서 알려 주신 정보들 덕분에 내 머릿속에 지도를 완성할 수 있었답니다."

상세한 설명을 듣고 나서 나는 그로세 친네의 북벽에서 우리가 지금 있는 고리 모양의 띠 부분에 올 수 있는지 호기심에 차서 물었다. 그로세 친네의 가장 높은 상층부는 발코니처럼 1미터 폭의 바위 띠가 쳐져 있는 형태이다. 그때 마르틴 씨는 나에게 손을 건넸다. "안디 씨, 북벽에 오를 때, 꼭 함께 갑시다." 마르틴 씨는 그 말로 최상의 체력과 기량을 갖춘 알피니스트만 진입할 수 있는 세계의 문을 활짝 열어 준 것이다. 나는 그 제안을 받아들였다.

하지만 나는 마르틴 씨의 제안에 바로 응할 수 있는 상황은 아니었다. 난이도 VII등급의 600미터 높이의 암벽을 타는 알파인 등반을 시도하기에 내 능력은 아직 모자랐던 것이다. 하지만 마르틴 씨는 제안을 했고 새로운 도전에 응할 것인지 아닌지 선택하는 것은 전적으로 내 몫이었다. 나는 몇 주 동안 난이도 VII 등급의 수련을 위해 연습용 암벽장을 다녔다. 그곳에서 자비네는 몇 시간이고 서서 나를 지켜보면서 응원해 주었다. 2004년 여름에 나는 마르틴 씨와 그로세 친네의 아주 험난한 장벽에 오를 만큼의 용기와 자신감을 갖게 되었다. 결국 그는

2004년 8월 15일에 그로세 친네의 돌출된 북벽에 있는 코미치 루트의 진입로로 이끌어 주었다. 나를 포함해서 총 6명의 등반가가 3인조의 등반팀 2개로 나누어 올라가기로 했다.

암벽의 냉기 때문에 손과 발로 만지면서 방향을 잡기가 쉽지 않았다. 손가락 끝에 와닿는 촉감으로는 암벽의 상태를 명료하게 파악할 수 없기 때문이다. 마치 유리판을 만지는 듯한 촉감이 들었고 발을 내딛으면 미끄러질지 아닌지 알 수가 없었다. 그럼에도 불구하고 나는 계속해서 몇 센티미터를 더 나아갔다. 마르틴 씨는 산악 안내인으로서의 탁월한 재능을 보여 주었다. 마치 그는 우리를 연결하고 있는 자일을 정확히 느끼는 것처럼 어느 순간에 내가 망설이고 있는지, 자일을 얼마나 더 잡아당겨야 하는지 알고 있었다. 이렇게 험준한 암벽에서 견디면서 전진할 수 있다는 점에 대해 우리는 모두 감탄했다. 하지만 손으로 잡을 만한 바위 턱이 없다는 것은 내게 큰 문제였다. 암벽 등반화를 신은 발을 내딛을 때마다 바위 표면에서 미끄러지는 소리가 들렸고, 발을 그 위에 올린 채로 멈춰 서는 것은 불가능했다. 왼쪽에 있는 하세-브란들러 루트와 우리가 있는 곳에서 오른쪽으로 100미터 지점에서 하늘로 쭉 뻗은 서쪽 봉우리의 뎀무트 협곡에서 암벽 등반하는 사람들의 소리가 들렸다.

그 음향을 토대로 북쪽 절벽에 세 개의 뾰족한 봉우리가 서있는 풍경이 머릿속에서 그려졌다. 10번째 자일 구간을 지난 후에 우리는 암벽의 평평한 지점에 도달했다. 그 지점은 이탈리아너 비바크라고 불린다. 이탈리아의 선구적인 암벽 등반가가 그곳에서 하룻밤을 지새운 것에서 유래된 이름이다.

마르틴 씨가 예전에 처음으로 함께 등반길에 올랐을 때 이야기했던 고리 모양의 띠 구역에 도착했을 때, 그는 또 한 가지 놀랄 만한 이야기를 털어놓았다. 나를 주인공으로 한 다큐 영화를 찍어 보자고 제안했던 것이다.

이날 그가 본 나의 열정적인 모습과 민첩한 몸놀림은 산에 오르지 않는 사람들도 꼭 한 번쯤은 봐야 한다고 말했다. 내 모습을 널리 공개하는 것에 대해 거부감이 없었기에 나는 그의 아이디어에 적극 찬성했다. 영화 촬영지로 우리는 '겔베 칸테'라고 불리는 클라이네 친네 봉의 남쪽 능선을 선택했다. 시각 장애인 등반가 안디 홀처의 산악 암벽 투어를 촬영한 다큐 영화에 대한 기사를 지역 언론지인『쥐트 티롤 호이테』에 실자고 한 것도 마르틴 씨의 뜻이었다. 그로세 친네의 서벽까지 동행했던 한지 씨는 헬리콥터 조종사였고, 영화 촬영 때 협조하기로 했다.

촬영일 이른 아침에 나는 자비네와 부모님 그리고 11살짜리 조카인 마리우스와 함께 남부 티롤의 푸스터르탈의 토블라흐로 향했다. 세계적으로 유명한 친네 세 봉우리의 북서쪽에 있는 아론코 산장의 주차장이 첫 번째 촬영 장소였다. 거기서 우리는 지리멸렬한 30미터 길이의 자갈길 구간을 가야만 했고, 촬영감독은 행군하는 모습과 실수하는 모습을 모두 테이프에 담았다. '저 사람들은 우리가 오늘 어디에 올라가야 하는지 아직 모르는 것 같군'이라고 나는 속으로 생각했다. 하지만 이날 뇌우가 내릴 것이라는 일기 예보 때문에 나는 약간 걱정이 되었다. 진입로에 도달할 때까지 우리는 거의 2시간이나 걸렸고, 오전 10시가 되어서야 우리는 암벽을 타기 시작했다. 중간에 인터뷰와 풍경들을 촬영했기 때문에, 연세가 77세인 아버지도 우리를 따라오는 데 별 문제가 없었다.

바위는 얼음장처럼 차가웠고 그로세 친네의 북벽에서와 마찬가지로 손가락 끝에 유리처럼 매끄러운 바위 면의 감촉이 와닿았다. 마르틴 씨의 등산 친구인 알프레드 씨와 페페 씨는 우리들과 촬영팀을 도왔다. 페페 씨는 자일 구간들을 갈 때 우리 앞에서 가면서 나를 카메라에 담았다. 풍경이 아주 아름다운 지점에서는 마르틴 씨가 무전기로 헬기에 타고 있는 한지 씨에게 연락을 취했다. 헬기에는 ORF 방송국의 촬영감독이 제2의 카메라로 위에서 인상적인 구도들을 포착했다. 대략 정오가 될 때까지 모든 일이 계획대로 진행되었다. 갑자기 마르틴 씨가 나에게 외쳤다. "안디 씨! 여기 내 옆에 등산가가 한 명 있는데, 전혀 반응을 하지 않는군요. 내가 하켄을 쓰는 데 협조도 안 해주고요!"

얼마 지나지 않아 마르틴 씨가 있는 곳에 도달하자 그는 이 유별난 등산가에 대해서 경고했다. "안디 씨, 조심하세요. 그 사람 지금 안디 씨 왼쪽 2미터 옆에 서있는데, 내 손짓에도 전혀 반응이 없어요." 나는 2미터를 왼쪽으로 더 기어갔고, 아주 조심스럽게 그 사람의 발까지 얼마나 떨어져 있는지 확인하려고 했다. 시각 장애인은 다른 사람이 내뿜는 체온을 아주 잘 감지하며 그것을 정보 삼아서 방향을 찾을 수 있다. 20센티미터, 10센티미터 그리고 5센티미터를 더 나아갔을 때 왼손에 그의 다리가 만져졌다. "Excuse(실례합니다)."라고 나는 그에게 말을 했고, 그는 곧바로 "You are welcome(괜찮습니다)."라고 대답했다. 마르틴 씨가 왜 이 남자와 말이 통하지 않았는지 납득할 수 있었다. 마르틴 씨는 영어를 할 줄 몰랐다. "Hi guys!(여러분 안녕하세요)."라고 누군가가 20미터 위에서 우리를 향해 부르던 소리를 나는 들었다. 그 사람은 내 옆에서 움직이지 않는 남자의 자일 파트너였던 것이 분명했다. "Sorry. My friend is blind(죄송해요. 제 친구가 시각 장애인이랍니다)."라고 그는 우리를 향해 큰 소리로 말했다. 나는 숨이 멎는 것 같았다. '어둠 속에서 겔베 칸테를 더듬어서 올라오는 미치광이가 정말로 또 있다니' 하고 나는 생각하면서 어리둥절한 표정을 지었다.

위에서 말을 건 등반가의 설명을 제대로 이해하지 못한 마르틴 씨는 무슨 문제인지 나에게 물어봤다. 곧바로 나는 말했다. "마르틴 씨, 일이 아주 재미있어졌는데요. 오스트리아 방송국에 시각 장애인 등산가가 겔베 칸테를 넘어 클라이네 친네 정상까지의 무모한 도전을 하는 것이 아주 특별하고 유일무이한 사건인 것처럼 내보내려고 했으니까요. 그런데 그거 아세요? 지금 이 루트를 두 명의 시각 장애인 등반가가 오르려고 하고 있답니다!"

"아. 그렇군요. 어쩐지 그 남자분이 왜 내 손짓에 반응이 없는지 의아했어요."라고 마르틴 씨는 말하면서 정말 시각 장애인 두 명이 동시에 암벽을 오르고 있다는 사실에 놀라워했다. 나는 그에게 이름과 국적을 물어보았고 내 옆에서 남자는 친절하게 대답했다. "My name is Erik and I come from Colorado, USA(저는 에릭이라고 해요. 미국 콜로라도에서 왔습니다)."

오래전 기억을 잠시 더듬어 보다가 나는 그에게 지금까지 올라간 산 중에서 최고봉은 어디였는지 질문했다. 그가 에베레스트 산이라고 중얼거리듯 대답하자, 한 가지 기억이 떠올랐다. 텔레비전에서 나는 몇 년 전에 미국인이 시각 장애인으로는 최초로 지구에서 가장 높은 최고봉을 등정했다는 이야기를 들은 적이 있었다. 그런데 바로 이 가파른 바위 능선에 이 유명한 산악인의 바지춤을 왼손으로 만지게 되다니! 감개가 무량했다.

우리는 곧바로 친근감을 느꼈고, 함께 투어를 완주하기로 바로 의견을 모았다. 마르틴 씨는 감격했고, 무전기로 아래에 있는 감독에게 이제 두 명의 시각 장애인을 영화에 담게 되었다는 사실을 알렸다.

위협적인 먹구름이 점점 더 뾰족한 바위산 주변에 몰려들었고, 에릭 씨와 그의 동행자인 마이클 씨는 클라이네 친네에서 내려가는 방법에 대해서 걱정스럽게 물어보았다. 마르틴 씨와 나는 정상의 장면을 찍은 후에 바로 한지 씨의 헬리콥터를 타고 계곡까지 내려갈 것이라고 촬영 팀에게 미리 말했다. 하지만 두 미국인을 뇌우가 내리는 불확실한 상황에서 자일을 타고 하강하게 내버려 둔 채 우리끼리 헬기를 타고 내려가는 것은 내키지 않았다. 그래서 마르틴 씨와 나는 조용하게 미국인 친구들도 헬리콥터로 계곡까지 데리고 갈 수 있는 방법에 대해서 협상을 하기 시작했다. 누가 값비싼 비용을 낼 것인지에 대해서, 그리고 이런 악천후에 클라이네 친네의 정상까지 한 번 더 헬기를 띄우는 것이 가능한지에 대해 오랫동안 실랑이가 오갔다. 결국 무전기에서는 모든 사람을 헬기로 후송할 수 있다는 희망적인 답이 들려왔다. 산꼭대기 아래에 몇 미터 떨어진 지점에서 에릭은 다시 걱정에 차서 내려가는 방법에 대해서 그리고 함께 자일을 타고 하강할 것인지 물어보았다. 나는 약간 뜸을 들인 후에 말했다. "Erik, on the summit, I have a little surprise for you(에릭 씨, 정상에서 에릭 씨에게 줄 깜짝 선물이 있어요)." 정상 장면을 꼼꼼히 촬영한 직후, 나는 시각 장애인 친구에게 물어봤다. "Erik, do you want to fly with me to the base?(에릭 씨, 함께 베이스까지 헬기를 타고 가겠어요?)"

3,000미터 높이의 뾰족한 바위산의 비좁은 정상 표면에서 앞이 보이지 않는 우리들이 공중에 떠있는 헬기에 올라탈 수 있는지는 물론 나에게도 수수께끼였다. 한지 씨가 헬리콥터를 타고 우리가 있는 정상에 근접하려는 순간 앞이 보이지 않는 우리 두 사람은 소음과 프로펠러의 강력한 바람 때문에 더 이상 의사소통을 할 수 없었다. 하지만 나의 이성은 내 왼발에서 10센티만 더 가면 400미터 높이의 절벽이 뻗어 있다는 것을 경고하고 있었다. 헬리콥터가 암벽 가까이에 있는 위험한 위치에 아주 잠시만 대기할 수 있었기 때문에 우리는 아주 신속하게 헬기에 타야했다. 그래서 우리는 미리 언제 어떤 순서로 탈 것인지 의논했다. 나는 마르틴 씨에세 우리가 올라탈 때 헬리콥터의 기수와 후미가 어느 방향을 보고 있는지 정확하게 알려 달라고 부탁했다. 그것을 알면, 내가 정확히 좌석에 앉을 수 있게 몸을 어떻게 돌려야 할지 미리 계획할 수 있기 때문이다. 이 순간 절대로 뒤로 미끄러지거나 잘못 움직여서는 안 되었다. 바로 추락과 직결될 수 있기 때문이다. 또한 나는 마르틴 씨에게 내 손을 열린 헬기 문의 높이에 놔달라고 요청했다. 그렇게 하면

바른 각도로 헬기의 내부로 들어갈 수 있기 때문이다. 그때 헬기가 왼편 밑에서 우리를 향해 다가왔다. 무시무시한 바람과 굉음이 등반모 안에서 울렸다. 나는 마치 혼자서 지옥으로 가는 절벽에 서있는 듯한 기분이었다. 나는 무릎으로 기었고, 몸을 굽혔고 웅크린 자세를 유지했다. 시간이 멈춘 듯했다. 아마도 문이 열렸던 것 같고, 아마도 알프레드 씨가 올라탔을 것이다. 그리고 더 이상 어떤 상황인지 알 수 없었다.

순간 내 손을 조심스럽게 오른쪽 앞으로 잡아당기는 손길이 느껴졌다. 나는 상체를 약간 일으켰고, 15센티미터 정도 되는 금속의 판이 바위산의 능선과 평행하게 뜬 채로 흔들거리는 것이 느껴졌다. 그것이 헬리콥터의 랜딩스키드라는 것을 알 수 있었다. 나는 손이 랜딩스키드와 바위산 사이로 미끄러지지 않도록 주의했다. 나는 신중을 기하기 위해서 머리와 어깨로 의문을 표하는 몸짓을 했고, 마르틴이 그 제스처를 눈으로 봐주기를 바랐다. 즉시 나는 다시 그의 손길을 느꼈고, 그는 가볍게 손을 눌러서 내가 올바른 곳에 위치해 있고 이제 침착하게 헬기로 올라타면 된다는 것을 확인해 주었다. 마치 선착장에서 거친 바다에 떠있는 작고 위태로운 보트에 올라타는 듯한 기분이 들었다.

두 다리를 넓게 벌린 채 약간 상체를 숙인 자세로 나는 헬기 위에 올라섰다. 헬기가 조금씩 흔들릴 때마다 나의 두 다리도 그에 반응해서 균형을 잡아야 했다. 뒤쪽으로 손을 뻗자 내가 상상했던 것과 똑같이 내 뒤에 폭이 좁은 좌석의 쿠션이 있었고, 나는 조심스럽게 그 위에 앉았다.

한지 씨는 왼쪽 랜딩스키드를 우리가 대기하고 있는 바위 능선에 붙인 상태였고, 오른쪽 랜딩스키드는 낭떠러지 위 400미터 상공에서 흔들리고 있었다. 프로펠러는 굉음을 내고 있었고, 헬기는 왼쪽 앞부분이 살짝 암벽에 부딪쳤다. 나로서는 이 기계가 우리를 실은 채 절벽으로 곤두박질치지 않을 것인지 알 수 없었다. 조종사인 한지 씨는 내 무릎을 손으로 두드려서 아무 이상이 없다는 것을 알렸다. 촬영을 끝내자마자 한지 씨는 헬기를 라바레도 산장까지 조종했다. 그곳에는 감독님과 자비네와 부모님이 마리우스와 함께 우리를 기다리고 있었다.

***

2~3주가 지난 후 새벽 2시경에 집의 전화벨이 울렸다. 콜로라도에 있는 에릭이 시차 생각을 못하고 전화를 건 것이다. 그는 아주 흥미진진한 암벽 등반 투어에 나를 초대했다. 그것은 장애인들이 독립적으로 참가하는 암벽 등반 투어였다. 장애를 딛고 모험을 추구하는 심포지엄인 「장해물 없는 돌로미티No Barriers Dolomiti」가 이탈리아 꼬르티나에서 열릴 예정이었는데, 우리들은 이 특별한 행사에 하이라이트로 소개될 계획이었다.

"세계에서 유일무이할 암벽 등반 시도가 2005년 7월 18일 오전 5시 30분경에 남티롤의 유명한 세 개의 친네 봉의 프로이슈트름의 남벽에 있는 험난한 카신 루트에서 이루어졌다. 이 루트는 암벽 등반 전문가들에 의해 난이도 등급 VII-로 분류되어 있다. 일반인들에게 그 지역은 350미터 높이의 돌출된 거대한 바위 장벽과 같다는 인상을 줄 것이다. 그럼에도 불구하고 미국 보스턴 출신의 두 다리를 모두 절단한 휴 허 교수(40)와 미국 출신의 시각 장애인 에릭 웨이언메이어(36)와 동티 롤 출신의 시각 장애인 안드레아스 홀처(39)는 무사히 정상까지 완주 했다 ”

전국의 언론지에서는 우리의 활약상에 대해서 위와 같은 기사를 내 보냈다. 리카르도 카신(1935년 알프스의 치마 오베스타 북벽 초등 등 세계 등반사에 많은 업적을 남긴 이탈리아의 유명 산악인 ―옮긴이)은 동료들과 함께 프로이슈트름 남벽을 1934년 8월 최초로 등정한 것으 로 알려져 있다.

시각 장애인인 나로서는 다른 시각 장애인과 두 다리를 절단한 자일 팀의 리더와 함께 높이 300미터 이상의 험준한 암벽을 타려면 상상력 과 자신감이 있어야 했다. 특히 안전용 하켄이 설치되어 있지 않고 대 신 녹슨 걸쇠만 있는 루트였기 때문에 더욱 그랬다. 나는 휴 씨를 바로 얼마 전에 알게 되었는데 그는 말수가 적은 편이었음에도 우리들을 안 전하게 클라인스테 친네(3개의 친네 봉우리 중 가장 작은 봉우리 ― 옮긴이)로 가는 진입로까지 데리고 가서는 암벽 등반 장비를 꼼꼼하 게 정비했다. 카신 진입로 근처에서 휴 씨는 트래킹용 다리를 벗고 암 벽 등반용 다리로 갈아 끼웠다. 12개 이상의 자일 구간으로 이루어진 이 루트는 난이도 7-등급이다. 휴 씨는 1982년 암벽 등반을 하다가 조난을 당했는데 이틀 동안이나 산속의 얼음장처럼 차가운 시냇물에 누워 있어야만 했다. 그때 입었던 동상 때문에 그는 무릎 아래의 두 다리를 절단해야 했다. 그럼에도 불구하고 그는 다시 암벽 등반을 할 수 있다는 희망을 버리지 않았다. 그래서 그는 특수 의족의 개발에 참여했고, 그 덕분에 당시의 꿈을 오늘과 같이 현실화할 수 있게 되었다. 길이 45센티미터, 두께 4센티미터의 티타늄봉에는 작은 족지가 달려있는데, 암벽 등반용 바닥창이 장착되어 있어서 휴 씨가 바위산에 오를 때 품위 있고 안정감 있게 앞으로 나아갈 수 있게 하였다. 카라비너가 그의 얇은 하퇴에 부딪칠 때마다 나는 금속성의 소리가 없었더라면 휴 씨가 장애가 있다는 것을 알 수 없을 정도였다. 다른 시각 장애인과 함께 확보지점에서 작업하는 것은 처음이었다. 서로가 상대의 손을 볼 수 없었기에 우리의 손은 슬링과 카라비너를 잡다가 엉키고 말았다. 에릭 씨는 내가 방금 걸어 놓은 카라비너를 풀려고 했다. 금세 우리는 좀 더 세심하게 상대에 대해서 주의를 기울일 수 있게 되었고, 자일 구간을 하나씩 통과할 때마다 더 체계적으로 협력할 수 있게 되었다.

아주 집중되고 진지한 태도로 일관하던 휴 씨는 앞을 보지 못하는 우리 둘의 작업을 지켜보다가 종종 농담을 던졌다. 험난한 암벽 등반 투어가 진행되면서 에릭 씨와 휴 씨와 나 사이에는 그런 특별한 상황을 함께하는 사람 사이에만 생길 수 있는 일종의 신뢰관계가 형성되었다. 5시간 정도가 지난 후에 에릭 씨는 나에게 말했다. "Andy, the last pitch!(안디 씨, 이제 마지막이에요. 힘내세요!)" 이제 정상까지 마지막 자일 구간 하나만 남았다는 뜻이다. 정상까지 마지막 몇 미터를 기어오르기 위해 나는 손을 위로 뻗쳤다. 하지만 허공만 움켜쥐었다. 에릭 씨와 휴 씨가 킥킥거리는 소리를 듣고는 내가 장난에 걸려들고 말았다는 사실을 깨달았다. 우리는 이미 꼭대기에 도착한 상태였다.

이듬해에 우리들은 북 이탈리아의 펠트레에 초대받았다. 그곳에서 우리는 대규모 청중 앞에서 축하를 받으면서 「2005년 돌로미테의 가장 비범한 암벽 등반팀 상」이라는 아주 특별한 상을 수상했다. 에릭 씨는 이 상을 위해 특별히 미국에서 날아왔다. 나는 수상식 하나 때문에 유럽까지 올 필요는 없다고 생각했기 때문에 한 가지 좋은 생각이 떠올랐다. "50미터 길이의 자일을 양 끝에 매달고 산을 함께 올라가겠습니까?" 에릭 씨는 나와 마찬가지로 언제나 새로운 도전에 마음이 열려 있었고, 바로 열광하며 동의했다. 나는 그에게 시각 장애인으로만 이루어진 최초의 암벽 등반팀을 결성해서 난이도 등급 V을 왕복하는 투어를 떠나자고 제안했다. 앞을 볼 수 있는 사람의 지원을 받지 않고 나는 에릭 씨와 함께 로테 투름의 100미터 높이의 남쪽 경사면을 넘어 정상에 도착한 다음에, 자일을 타고 하강하자고 제안했다. 나는 남쪽 경사면을 올라가 본 적이 있었고, 에릭 씨와 함께라면 그 루트를 성공적으로 완주할 수 있으리라는 생각이 들었다. 나는 종종 나에게 도움을 줄 수 있는 동행인들을 자일의 끝에 매달고 암벽 등반팀의 총책임자로 산을 탄 경험이 있었다. 그것이 자비네, 나, 어머니 또는 에릭 씨이건 기술적으로는 큰 차이가 없었다.

에릭 씨는 친구 찰리 메이스 씨와 함께 유럽으로 왔고 나는 아주 흥미로운 프로필의 등산가가 우리 팀에 손님으로 참여하게 된 점이 반가웠다. 찰리 씨는 모든 대륙의 최고 난이도의 루트들을 다양한 암벽 등반팀과 함께 등정한 경험이 있는 사람이었다. 그는 K2와 같이 높이 8,000미터 이상 되는 최고봉에도 여러 차례 올랐고, 에릭 씨와는 에베레스트 산을 등정한 적이 있었다.

자비네는 이제 두 사람의 시각 장애인을 상대해야 했다. 요리를 배우고 싶어 했던 에릭 씨는 부엌에서 종종 아내에게 방해가 되었다. 그는 온갖 냄비와 서랍들에 손을 댔고, 자비네의 인내심은 점차 한계에 도달했다. 아내가 그나마 가장 좋아했던 순간은 그가 몇 잔의 포도주를 곁들인 맛있는 식사를 하고 식탁에서 잠들어 버리는 때였다. 그는 유리알 의안을 낀 눈을 뜨고 있는 상태였지만, 나지막하게 코를 골면서 꿈나라를 헤매고 있었다.

에릭 씨는 13세 때 안구 부위에 강한 통증을 유발한 병을 앓았고 시력을 잃어버렸다고 했다. 그 이유 때문에 양쪽 눈을 적출하고 대신 유리알 의안을 끼워야 했다. 그 때문에 내 시각 장애인 친구가 눈을 뜨고 있건 감고 있건 간에 결정적인 차이는 없었다.

에릭 씨와 찰리 씨와 함께 나는 다음 날 아침 리엔츠 지역의 돌로미텐으로 출발했다. 아내를 로테 투름 봉까지 안내했던 때와 마찬가지로 찰리 씨에게 거기로 가는 길을 설명했다. 그의 역할은 나와 에릭 씨를 그날 로테 투름 봉의 남쪽 절벽 아래에 있는 폭 1미터 가량의 자갈길인 슈미트반트까지 동행하는 것이다. 우리 계획의 가장 난관은 남쪽 경사면을 지난 후에 십자가가 있는 정상까지 가기 위해서는 꼭 드넓은 고원 지대를 건너야 하는 것이다. 로테 투름의 맨 꼭대기에는 지름이 50미터에 달하는 평지가 있다. 그리고 그 지대의 주위를 심연이 둘러싸고 있다. 불규칙하게 계단이 나있는 평지는 한가운데에 폭 1~2미터 가량의 아주 깊은 균열로 나누어져 있다. 로테 투름의 북쪽 절벽 가까이에 정상의 십자가가 있기 때문에 최고점에 오르려면 이 균열을 건너야만 한다. 이 균열을 건널 수 있는 지점은 한 곳 뿐이다. 앞이 보이는 등반가에게는 식은 죽 먹기이겠지만, 나와 에릭 씨에게는 이것이 전체 투어의 가장 큰 고비였다.

칼스바더 산장에서 하룻밤을 지내고 난 후에 찰리 씨는 나와 에릭을 슈미트반트까지 안내했다. 앞을 못 보는 동료들은 이제 거기서부터 스스로의 운명을 개척해야 했다. 로테 투름의 험난한 남벽에 도달하려면 에릭 씨와 나는 두 손과 두 발로 기어서 넓은 자갈 띠의 오른쪽으로 건너가야 했다. 길의 오른쪽 모퉁이 밖으로 넘어가서 비탈진 바위로 미끄러지지 않기 위해서는 주의해야 했다. 혀로 쯧쯧 소리를 냈을 때 들리는 음향을 통해 왼쪽 위의 90도 각도로 발을 벽에 붙인 채로 올라가야 한다는 것을 알 수 있었다. 에릭 씨는 나의 소리를 따라 왔고, 몇 미터 지난 후에 손으로 바위 턱을 잡아보고 나서 제대로 진입로에 도착했다고 확신했다.

벨트에 있는 등반용 도구들을 분류하는 것은 문제였다. 에릭 씨와 함께 카라비너를 교환하거나 손을 건네는 것도 쉽지 않았다. 종종 우리는 (제3자가 보기에 아주 웃겨 보였을 것이다) 서로에게 닿지 못하고 허공에 손을 움켜쥐곤 했다. 자일을 매달고 벨트에 필요한 장비를 장착한 후에 나는 첫 번째 자일 구간에 진입했다.

내가 큰 소리로 한 혼잣말이 그의 귀에도 들렸던 것 같다. 그는 나와 같은 생각을 했는지 옆에서 길을 찾고 있었다. 산행을 수월하게 할 수 있도록 나는 그에게 바위산의 구조의 세밀한 부분까지 최대한 상세하게 설명했다.

나는 에릭의 상황에 너무 감정 이입을 한 나머지 내가 앞을 보지 못한다는 사실을 잊어버리고는 다리에 걸려 넘어질 뻔했다. 확보지점에 도착한 후에 나는 친구에게 따라 올라오라고 알렸다. 나는 에릭이 매달려 있는 자일을 10센티미터씩 재면서 당겼다. 그렇게 하면 동료가 현재 어느 지점에 있는지 정확히 알 수 있다. 내 머릿속에는 영상처럼 첫 번째 자일 구간의 모습이 떠올랐기 때문에 동료에게 바위 턱 하나하나까지 세세하게 알렸다. 고도로 집중한 상태에서 나는 마치 그 구간을 직접 다시 올라가는 듯한 느낌까지 들었다. 에릭 씨도 내가 상상하고 원했던 바대로 반응했다. 앞을 볼 수 있는 사람도 앞을 못 보는 내 친구처럼 바위의 지질이나 형태에 대해서 정확하게 설명하지는 못할 것이다.

에릭 씨는 나와 같은 방식으로 말을 했고, 그렇게 함으로써 우리는 같은 동작으로 정확하게 험준한 바위 장벽을 곡예하듯 통과할 수 있었다. 바위 턱을 만질 때 시각중추에 떠오르는 이미지는 앞을 볼 수 있는 사람들에게는 주변 환경에서 계속해서 시야에 들어오는 새로운 정보 때문에 금방 사라져 버린다. 하지만 그것은 시각 장애인으로 이루어진 등반팀에게는 완주를 위한 유일한 돌파구였다.

작은 돌출부가 있는 가장 핵심적인 자일 구간을 에릭에게 먼저 올라가게 했다. 강인한 등반가들은 선두로 올라가는 것을 선호한다. 안전

자일이 벨트에서 아래 방향으로 매달려 있을 때 위험은 더 커지지만, 등반가들은 훨씬 더 집중해서 즐겁게 루트를 통과하는 경향이 있다. 에릭 씨는 핵심적인 구간에서 리드를 하게 된 것을 기뻐했다. 하켄을 못 찾거나 돌출부를 기어오르기가 힘들어할 때 내가 언제나 도움을 줄 수 있다는 것을 그는 알고 있었다.

서로에 대한 신뢰는 이날 가장 중요했다.

다시 나는 에릭 씨가 있는 위치를 의식하며 안전 자일을 그가 있는 쪽으로 올려 보냈다. 에릭 씨는 나의 오른쪽 위 방향 7미터가량 떨어진 곳의 미끄러운 수직의 벽에서 멈춰 서 있었다. 그의 아래쪽으로 30미터를 더 가면 심연이었다. 지금까지 중간 하켄을 사용하지 않았던 에릭 씨는 약간 긴장한 목소리로 하켄이 어디에 있는지 물었다. 순간 그 지점의 이미지가 머릿속에 영상처럼 떠올랐다. 나는 그에게 왼손을 뻗어 왼쪽 어깨에서 15센티미터 떨어진 지점에서 하켄을 만질 수 있다고 알렸다. 그는 왼손으로 하켄을 찾기 위해 오른손으로는 단단히 작은 바위 턱을 잡았다. "아! 찾았어요. 고마워요. 안디 씨." 그런 다음 그는 하켄에 카라비너를 걸고 자일을 설치하려고 암벽 등반용 벨트를 만졌다. 카라비너들의 달그락거리는 소리가 나지막이 들렸다. 하지만 숨소리는 그가 다시 중압감에 시달리고 있음을 암시하고 있었다. "에릭 씨, 왼쪽 어깨에서 15센티미터 왼쪽에 있어요." 왼손으로 카라비너를 하켄에 걸려고 시도했지만, 그 금속으로 된 고리를 찾을 수 없었다. 나는 잠시 고민에 잠겼다. 에릭 씨가 오른손으로 바위 턱을 꽉 잡으면서 자동적으로 상체를 약간 오른쪽으로 더 움직였다는 논리적인 결론에 도달했다. 그래서 하켄의 지표가 더 이상 맞지 않았던 것이다. "하켄을 찾았다가 놓쳤는데 다시 찾았어요."라며 에릭은 왼쪽 어깨에서 25센티미터 왼쪽에 있는 하켄을 다시 찾았을 때 소리 내어 웃었다. 크게 안도하면서 그는 머리 바로 위에 있는 돌출부를 타고 올라가기 시작했다. 올라갈 때는 다리를 최대한 높이 들어 올려야 하고, 왼손으로는 아래쪽 바위 턱을 잡은 채, 오른손으로는 돌출부 위에서 손잡이로 활용할 수 있는 견고한 턱을 찾아야 한다는 것을 나는 그에게 설명했다. 자일의 움직임으로 내 동료가 바위의 돌출부 위로 넘어갔다는 것과 훨씬 위에서 다시 평이한 지형에 도달했다는 것을 알 수 있었다. 침니를 올라가는 세 번째 자일 구간에서 나는 다시 선두에 섰다. 이 지점에서 우리는 하산할 때를 대비해서 좋은 방안을 떠올려야 했다. 원래는 1미터 폭의 침니를 통과해서 지금 이 지점까지 자일을 타고 하강을 한 다음에 밑바닥까지 계속 내려갈 계획이었다. 하지만 시각 장애인으로서 하강자일을 탈 때 어디에 하켄이 있는 확보지점이 있는지 어떻게 알 수가 있을까? 나는 에릭 씨에게 따라 올라올 때 얇은 끈을 침니에 설치해서, 자일을 타고 하강할 때 그 끈으로 확보지점의 위치를 표시하자고 제안했다. 하산할 방도는 준비되었지만, 우리 앞에는 이번 투어의 가장 큰 난관이 아직 남아 있었다. 지형은 상대적으로 평평했지만 우리 앞에는 자갈지질의 넓은 능선이 있었고, 맨 위에는 정상까지 가기 전 마지막으로 수직으로 튀어나온 지점이 우리를 기다리고 있었다. 손과 발을 모두 이용해서 그 위를 기어 올라가는 것은 아주 쉬웠다. 하지만 하산할 때 이 지점을 정확히 다시 찾는 일은 쉽지 않을 것이다. 해결책으로 우리는 이중

자일을 사용했다. 보통 자일보다 훨씬 얇은 자일 두 개를 평행하게 해서 사용하는 것이다. 이런 방식은 몇 가지 장점이 있다. 우선 낙석이 떨어져서 자일이 손상될 경우 자일 하나를 여분으로 확보해 놓은 셈이 된다. 또한 자일을 타고 하강할 때 곱절의 길이에 해당하는 총 50미터를 한 번에 내려갈 수 있다. 나와 에릭 씨는 두 자일 중 한 개의 끝을 남벽에서 올라 왔을 때의 지점에 고정시켰다. 이제 우리는 자갈지질의 능선을 올라간 후에 자일을 길 안내하는 표식으로 남겼다. 자일의 반대편 끝은 정상까지 가는 마지막 수직각의 길이 시작되는 지점에 고정시켰다. 이렇게 해서 하산을 할 때 양쪽의 병목지점을 연결하는 안내선을 만들 수 있었다. 바로 이런 전략을 정상의 넓은 표면에서도 활용하고 싶었지만, 얇은 자일 중에 하나만 남은 상황이었다. 에릭 씨와 나는 난이도 등급 II 에서는 능숙했기 때문에, 안전장치 없이 하산하기 시작했다. 나는 다시 시각 장애인 동료에 대해서 강한 책임감을 느꼈다. 하지만 내 등반화의 밑창에 에릭 씨의 등반용 모자가 스치는 것이 느껴졌다. 그는 나한테 계속 올라가라고 말했고, 나는 마음이 한결 가벼워졌다.

갑자기 공기의 움직임이 달라진 것을 느꼈다. 머리가 이미 정상의 표면까지 도달한 것이다. 로테 투름 정상의 표면을 시계의 숫자판과 비슷하다고 상상해 보았다. 6시 방향에서 나는 에릭 씨와 함께 험난한 침니 구간을 지나 올라왔고, 8시와 2시 방향 사이에는 균열이 있었다. 11시 45분 방향에는 정상의 십자가가 서있었다. 어떻게 하면 시계판의 가장자리에 발을 딛거나 추락하지 않고 6시 방향에서 위험한 균열 지점을 지나 11시 45분 방향으로 갈 수 있을까? 언제라도 다시 6시 방향으로 돌아갈 수 있도록 우리는 자일을 보조줄로 활용하기로 했다. 그리고 그 상태에서 11시 45분 방향으로 나아갔다. 목덜미에서 느껴지던 위협적인 먹구름 사이에서 빛나던 마지막 햇빛 한 줄기와 피부에 와닿는 바람의 방향을 나는 나침반으로 활용했다. 에릭 씨도 같은 비법을 사용했다.

숫자판 가운데에 있는 균열을 가로지를 때에만 둘의 인식 방법에 차이가 났다. 에릭 씨는 트래킹용 지팡이로 내 오른쪽에서 건널 수 있는 지점을 찾았다. 반면에 나는 바위들 틈에서 찾아낸 작은 모래알을 마치 농부가 신선한 씨앗을 뿌리듯이 내 앞에 포물선을 그리게끔 던졌다. 그렇게 하면 각각의 모래알들의 소리를 종합한 정보가 청각신경을 지나 나의 시각중추로 도달하고 내 눈 앞에는 거친 픽셀화가 떠오른다. 내 앞의 균열이 폭 2미터에 그 깊이는 끝을 알 수 없다는 것을 소리로 정확히 알 수 있었다. 여기서는 건너는 것이 불가능했다. 그래서 나는 에릭 씨의 오른쪽으로 자리를 옮겼다. 에릭 씨는 마치 수저를 휘젓듯 막대기를 휘젓고 있었다. 모래알 기법으로 에릭 씨의 오른편 3미터 지점에 보폭을 크게 하면 심연을 건널 수 있는 곳을 찾아냈다. 에릭 씨도 날렵하게 나를 따라왔다. 우리는 하마터면 안전 자일을 이 지점에 추가로 고정시키는 것을 잊어버릴 뻔 했다. 만약 그렇게 했다면 돌아올 때 균열 지점을 제대로 찾기가 힘들었을 것이다.

바위지질의 바닥에 있는 정상의 십자가에 고정된 얇은 금속성의 자일이 오른손에 느껴졌다. 이제 우리는 반환점을 지난 것이다. 자신감으로 충만해져서 나와 에릭 씨는 정상의 십자가의 받침돌까지 기어 올라가서, 트리스타흐의 우리 집보다 2,000미터 더 높은 곳에 위치한 정상을 품에 안았다. 나는 농담으로 에릭 씨에게 말했다. "에릭 씨, 저 아래 우리 집 보이시죠?." 그는 이렇게 대답했다. "빨간 지붕이 있는 저 집 말인가요?"

하산할 때 천둥소리가 점점 커져서 나와 에릭 씨는 길을 서둘렀다. 미리 설치한 자일 덕분에 길 찾는 일은 아주 즐거워졌다. 순식간에 우리는 자일의 끝이 설치된 지점인 자갈지질의 능선까지 내려왔다. 그곳에서 우리는 돌출된 남벽을 하강자일을 타고 내려가야 했다. 하지만 자일을 타고 하강하기 전에 내려갈 방향으로 자일의 끝을 던지는 문제가 남아 있었다. 앞이 보이지 않는 우리로서는 100미터 길이의 자일을 폭이 1~2미터밖에 되지 않는 좁은 침니 속으로 던지는 일이 결코 쉽지 않았다.

만약 자일이 살짝 옆으로 비껴서 떨어지기라도 하면 우리는 100미터 길이의 자일을 다시 잡아당겨서 새로 정돈한 다음에 다시 던져야 했다. 자일이 뒤엉키는 것을 방지하기 위해 나는 에릭 씨를 이중의 자일을 타고 간접 하강 방식으로 내려가게 했다. 그렇게 함으로써 나는 자일을 10센티 간격마다 정돈하면서 에릭 씨가 팽팽한 줄을 타고 수직의 좁은 침니를 통과해서 얇은 끈이 매달려 있는 지점까지 내려가게 했다.

서로가 맹목적으로 신뢰할 때 인간은 어디까지 갈 수 있을까?

가장 좋아하는 색, 하늘 색

"홀처 씨 말씀인가요? 그는 미치광이입니다. 자신이 시각 장애인이라고 세상 사람들은 물론 자기 자신까지 속이고 있죠. 스키로 급경사 지대를 내려오고 종종 산악스키 그룹에서 선두 주자로 달리기도 합니다. 사람을 마주치면 이름을 부르면서 말을 걸죠. 암벽 등반을 할 때면 루트를 설명해서 다른 등반가들을 불안하게 만듭니다. 상대방과 이야기할 때면 얼굴을 똑바로 바라보죠. 계단을 오를 때 한꺼번에 두 계단씩 오르는 것을 관찰한 사람이 있습니다. 날이 어둑해져도 불은 키지도 않죠.

그는 자동차의 타이어를 직접 갈아 끼웁니다. 그중 최고가 무엇인 줄 아십니까? 집의 목재 벽판에 직접 페인트칠을 한다는 것입니다. 작년 겨울에 폭설이 내렸을 때 그가 혼자서 집의 지붕에 올라가서 제설용 삽으로 눈을 치우는 것을 목격한 사람도 있습니다.

어린 시절 친구들은 그가 어렸을 때 자전거를 타고 시내까지 갔고, 거기에다 아주 고난이도의 묘기까지 부렸다고 하더군요. 공공 수영장에서는 5미터의 탑에서 3미터 높이의 다이빙대로 뛰어내린 다음에 거기서 물속으로 뛰어들었죠.

혼자 길을 갈 때에도 지팡이조차 갖고 다니지 않고 시각 장애인이라는 어떤 표시도 하지 않습니다. 자동차의 전면유리를 통해 보조좌석에 햇빛이 들이칠 때면, 차양을 내립니다. 앞이 보이는 사람처럼 빠르게 핸드폰의 번호를 누르는데, 그때 자판을 주의 깊게 봅니다. 그 인간은 세상의 절반을 바보라고 생각하고 농락하고 있는 것입니다!"

부모님, 아내와 산악 친구들의 귀에는 이런 식의 이야기들이 끊임없이 들려왔다. 그런 말을 흘리는 사람들은 대부분 나에게 직접 다가올 용기는 없는 듯했다. 어머니와 아버지는 소문들 때문에 괴로워했다. 특히 이런 질문을 받을 때면 더 힘들어했다. "안디 씨가 아주 조금은 볼 수 있지 않나요?" 부모님께서는 무한한 사랑과 인내심으로 시각 장애 때문에 앞을 볼 수 없는 두 아이를 키워 냈다. 둘 다 아주 훌륭하게 장성했지만, 사람들은 단 한마디의 말로 그 공을 허위로 만들려고 했다. 부모님의 삶에 얼마나 많은 눈물과 얼마나 많은 절망과 얼마나 많은 절제가 숨겨져 있는지는 우리 네 식구만이 알고 있다. 그래서 엘리자베트 누나와 나는 그런 수준 이하의 언행을 칭찬의 말로 받아들인다. 인생의 전성기에서 시각 장애를 숨기는 대신 입증해야 한다면 그 삶은 성공적이라는 의미일 것이다.

나는 여러 해 전부터 이 질문에 대한 답을 찾고 있다.

"시력 없이도 이렇게도 다채롭고 흥미로운 삶을 사는 일이 어떻게 가능한가요?"

이 질문에 대한 내 답은 복잡하면서도 동시에 아주 간단하다. 나는 지금까지 두 개의 서로 다른 인생을 살아왔다. 현재 나는 '첫 번째 인생' 덕을 톡톡히 보고 있다. 스무 살이 될 때까지 나는 눈에 심각한 병이 있지만 앞을 볼 수 있는 것처럼 행동했다. "시력이 나쁜 편이랍니다. 하지만 괜찮아요."라면서 나는 아슬아슬한 상황에서 변명을 했다. 그런 다음 나는 전략과 인생의 철학을 근본적으로 바꾸기 시작했다. 일상 속에서 만날 수 있는 위험은 더 커졌고, 그에 비례해서 내가 느끼는 중압감도 더 심해졌다. 사람들 앞에서 계속해서 시각 장애인이라는 사실을 숨기는 것은 더 이상 불가능해졌다. 이 변화의 시기는 삶에서 거의 10년의 세월을 요했기 때문에, 서른 즈음에서야 나는 '두 번째' 인생을 시작할 수 있었다. 즉, 나는 훨씬 더 초연하게 내 문제를 대면할 수 있게 되었다. 특히 아내 자비네가 마사지 치료사로서의 직업과 음악가로서의 공연을 하는 데 든든한 버팀목처럼 나를 지지해 주었다. 언젠가부터 내가 연주하는 음악에 맞춰 춤을 추는 사람들이 나에게 호의적이었다. 어느 시점부터 나는 시각 장애인이라는 사실에 대해서 부끄러워할 필요가 없다고 생각하게 되었다.

내가 음량조절 장치의 수많은 버튼들을 조작하고, 무대 위에서 엉켜 있는 케이블을 풀고, 밴드의 파트너인 한스요르크와 함께 두 가지의 악기를 동시에 연주하는 것을 사람들은 지켜보았다. 병원의 환자들은 앞이 보이는 내 동료들보다 앞이 보이지 않는 마사지사가 훨씬 더 많은 것을 감지할 수 있다는 거에 확신했다. 갑자기 나의 핸디캡은 더 이상 제동을 거는 브레이크가 아니라 추진 장치가 되었다.

물론 내가 멋지게 넘어갈 수 없었던 순간들도 존재했다. 파티에서 식사를 할 때면 커틀릿과 샐러드와 프렌치프라이를 접시에 흘리지 않고 먹으려고 애써야 했다. 왼손에 들린 포크의 아주 미묘한 무게 차이로 나는 그것이 고기인지, 아니면 아주 큰 감자 덩어리인지 또는 아무것도 그 위에 없는지 알 수 있었다. 내 앞에 있는 접시의 위치와 식사 때 동작 패턴을 논리적으로 짜 맞춘 후 나는 오른손에는 나이프를, 왼손에는 포크를 들고 음식의 맛이 훌륭하기를 기대하면서 식사를 한다.

친구 하나가 몇 년 전에 나에게 농담으로 이런 말을 한 적이 있다. "안디, 계속 그렇게 잘 나가면, 시각 장애 때문에 네가 나보다 특혜를 누린다고 믿게 될 것 같은걸." 분명히 내가 더 비교 우위를 점하는 지점들이 존재한다. '첫 번째' 인생에서 혼란스러운 장벽을 뛰어넘으려면 감각기관들을 훈련할 수밖에 없는 상황이었다. 반면 '두 번째' 인생에서는 시각 장애를 받아들임으로써 남아 있는 네 개의 감각을 훨씬 수월하게 활용할 수 있게 된다.

어린 시절부터 나는 내 인생을 대부분 주도적으로 살아왔고, 시력 없이는 불가능한 일들이 있을 경우 다른 사람들에게 허심탄회하게 도움을 요청해 왔다. 40년 이상 동안 예리한 감각 덕분에 나는 시각 장애인으로서도 행복한 인생을 살 수 있었다.

결핍된 시력을 보완하기 위해서 청각, 후각, 촉각, 미각은 물론 과학적으로 입증되지 않은 다른 지각능력을 활용했다. 어린 아이였을 때 나는 다른 사람들을 종종 의도치 않게 혼란스럽게 만들었다. 나에게 시각 장애가 있다는 것을 잘 몰랐던 친척아이 하나는 나에게 이것 혹은 저것을 볼 수 없는지 계속해서 물었다. 그 아이는 친척들이 모두 모인 식사 시간에 내 건너편에 앉아있었다. 갑자기 이런 질문을 했다. "안드레아스, 식탁 위에 램프를 볼 수 있니?" 꼬마 시절의 나는 바로 대답했다. "물론이지. 내 눈에는 램프가 잘 보여!" 나에게 있어서 볼 수 있다는 개념은 앞이 보이는 어른과는 전혀 다른 의미였다. '본다'를 나는 단순하게 '인지한다'로 이해하였기 때문에 누군가가 무언가 볼 수 있느냐는 질문을 던지면 언제나 '그렇다'라고 대답했다. 나는 사물을 다른 감각을 통해서 충분히 인식할 수 있었기 때문이다. 식탁 위에 램프의 강렬한 전구의 열기는 한 시간 전부터 정수리에 와닿았고, 그때 그 아이는 내가 램프를 볼 수 없는지 물었던 것이다.

그 대답에 대해 볼 수 있다는 답을 하자, 그 아이의 얼굴에는 안도의 미소가 번져 났다. 하지만 그 아이는 의기양양해져서 우리 어머니에게 자신이 최근에 알게 된 사실에 대해서 이야기했다. 어머니는 고개를 가로 저었다.

내가 세계를 인식하는 방식에 대해서 납득하지 못하는 사람들에게 나는 언젠가부터 더 이상 화를 내지 않는다. 직접 그 상황을 겪을 기회가 없는 한 결코 알 수 없기 때문이다. 게다가 앞을 볼 수 있는 사람들은 빛이 없어도 모든 것이 가능하다는 것을 상상하기란 쉽지 않을 것이다. 보통의 경우 전체 인식에서 시각적인 인상이 차지하는 비중은 80퍼센트 이상이다. 따라서 나머지 감각기관들이 수용할 수 있는 것들은 그다지 많지 않다. 즉, 의식에서 시각적 인상이 차지하는 비율은 압도적이기 때문에 다른 감각기관들이 정확하더라도 그에 할당되는 역할은 별로 없는 것이다.

시각 장애인들은 앞을 볼 수 있는 사람들에 비해 훨씬 세밀하게 소리를 듣고, 냄새를 맡고, 촉감을 느끼고, 맛을 감별해 낸다.

시각만큼이나 착오를 전달하는 감각기관은 없다. 앞을 볼 수 있는 사람들의 세계는 시각에 가장 크게 의존하기 때문에 미혹에 빠지는 것을 피할 수 없다.

바로 이 점 때문에 나는 앞을 볼 수 있는 사람들에게 계속해서 설명을 시도한다. 자신들만이 세계의 모든 측면들을 파악하고 있다는 과대평가의 덫에 빠지지 말라고 경고하고 싶은 것이다. 왜냐하면 앞을 볼 수 있는 사람들이 보고 있다고 믿는 것이 언제나 꼭 정확하지는 않기 때문이다. 이러한 사정 때문에 나는 강연회를 할 때 종종 뜨거운 논쟁을 벌인다. 그럴 때마다 나는 사막의 신기루를 대표적인 예로 든다. 또는 청중들에게 농구선수들의 경기 비디오를 보여 주고 농구대에 몇 골이나 넣는지 주의해서 보라는 실험을 하곤 한다. 청중들은 골 하나하나를 집중해서 보지만, 언젠가부터 경기장에서 돌아다니는 털복숭이 불곰이 돌아다니고 있다는 사실을 알아채지 못한다.

완전히 실명한 시각 장애인들도 시력이 전혀 없어도 '볼' 수 있다는 사실을 보스턴의 과학자들은 선천적으로 시각 장애를 안고 태어났지만 화가로 활동하고 있는 에슈레프 아르마간(터키 태생의 시각 장애인 화가 —옮긴이)의 연구를 통해서 밝혀냈다. 아르마간은 한 번도 본적이 없는 집, 산, 바다, 얼굴, 나비가 있는 풍경화들을 그렸다. 그림에 그는 색채를 썼을 뿐만 아니라 명암은 물론 원근법까지 표현했다. 그가 어떻게 이 대단한 능력을 발현하게 되었는지는 완벽히 밝혀지지는 않았지만, 두뇌 활동을 기록한 결과 그의 시각중추가 앞을 볼 수 있는 사람과 마찬가지로 활성화되어 있다는 사실이 밝혀졌다.

색채는 사물을 인식하거나 감정을 느낄 때 나에게도 아주 중요한 요소이다. 하늘색은 내가 언제나 제일 좋아하는 색이다. 사람들이 눈으로 구별할 수 있는 미묘한 색감의 다양한 색들이 팔레트처럼 어린 아이의 뇌 속에 저장되어 있고 그것이 활성화되기를 기다리고 있다고 나는 생각한다.

나도 다양한 사물들을 컬러로 인식한다. 청각 신호는 다양한 파장과 음역으로 이루어져 있다. 파장과 음역의 미묘한 차이는 곡의 분위기를 낭만적이거나 장엄하게 만들 수 있다. 마찬가지로 가시광선의 다양한 파장들 때문에 우리들은 컬러로 사물을 볼 수 있다.

어머니의 역할은 아이의 시각신경에 전달된 신호를 팔레트의 정확한 색채로 분류하는 법을 가르치는 것이다. 잔디는 초록색이고, 하늘은 파란색이고, 눈은 하얀색이라는 식으로 말이다. 이런 방식으로 아이는 인간이 인식한 빛의 굴절에 상응하는 파장의 이름을 배우게 된다. 바깥 세상이 어떻게 생겼는지에 대해서 나처럼 지칠 줄 모르는 관심을 갖고 있는 시각 장애인의 경우에, 뇌 기능에 결함이 없다면 앞을 볼 수 있는 사람과 똑같이 머릿속으로 색채를 볼 수 있다. 또한 다른 감각들을 활용해서 시각중추에 이미 만들어진 이미지에 해당하는 색채를 덧입힐 수 있다.

다양한 색채는 음악의 다양한 음조와 마찬가지로 아주 다양한 느낌을 만들어 낸다. 나는 빨간색을 따뜻하다고 느끼는 반면 파란색을 시원하다고 생각한다. 어린 시절 부모님과 수영장에서 차가운 물에 뛰어 들어가기를 망설였을 때 나는 어머니에게 물이 왜 파란색이고 빨간색이 아닌지 종종 물어보았다. 실제로 내 상상 속에서 실내 수영장의 파란색 수조는 내 손수건이 깔려 있는 빨간색 타일보다 훨씬 차갑게 느껴졌다.

호수, 바다 또는 자연풍경의 색깔이 어떤지 새로운 장소에 갈 때마다 나는 어머니에게 언제나 물어봤다. 두 가지 색을 섞으면 새로운 색이 나오는 것을 머릿속으로 상상하곤 했다. 한 손에는 붉은색 액체가 담긴 유리잔을, 다른 한 손에는 푸른색 액체가 담긴 유리잔을 들고 있다가 그것을 섞으면 보라색이 된다. 마찬가지로 노란색과 파란색이 섞이면 초록색이 나온다. 앞을 볼 수 있는 사람도 눈을 감고 그 과정을 상상할 수 있다.

각 색채는 시각중추에 일종의 자극을 전달하며, 다양한 주파수로 각 색에 해당하는 파장을 만들어 낸다. 기억, 체험은 물론 특정 색채나 형태를 떠올리면 뇌는 의식에 실제와 같이 보이는 이미지를 만든다.

내가 각각의 색깔의 명칭을 상상 속의 색깔로 분류하는 법을 어떻게 배웠는지 설명하기란 쉽지 않다. 시각적인 인식을 할 수 있는 통로는 나에게 막혀 있었다. 마치 아이가 언어를 습득하는 것과 비슷하게 나는 시각적인 심상을 떠올렸던 것 같다. 어린 아이가 주어진 환경의 언어를 의사소통의 매개체로 사용하기 시작할 때, 아이는 책 더미 사이를 헤치면서 어휘와 문법을 배우는 것이 아니다. 수천 개의 단어의 정확한 의미, 가정법의 정확한 사용이나 다양한 시제의 활용을 어린 아이가 별도로 배우는 것도 아니다. 오히려 어린 아이는 문법적인 규칙을 의식하지 않은 상태에서 모국어를 배운다. 그런 방식으로 구체적 대상이 없는 추상적인 개념들조차도 배우는 데 무리가 없다. 그것과 비슷하게 나도 색채의 개념을 습득한 것 같다. 내가 어린 아이였을 때 나는 주변 환경에 색깔과 그 효과에 대해서 배울 수 있는 것은 모조리 흡수했던 것이다.

하얀색, 검정색, 노란색, 금색, 은색, 회색, 녹색, 파란색, 빨간색, 갈색, 오렌지색, 보라색을 나는 다양한 명도로 잘 상상할 수 있다. 반면 주홍색, 황토색, 딸기색, 올리브색, 베이지색, 카키색이나 핑크색이라고 하면 나는 아무것도 떠올릴 수 없다. 아마도 두 가지 이상의 기본색이 섞인 복잡 미묘한 색채의 조합이기 때문인 것 같다.

내 내면에 있는 다양한 색채만으로도 다채로운 빛깔을 띤 세상의 그림을 떠올릴 수 있다. 하지만 색깔이 없는 사물의 모습은 상상할 수 없다. 색깔이 없는 사물은 어떻게 생겼을까? 그런 사물이 있다면 사람들은 그것을 결코 볼 수 없을 것이다. 마치 갓 닦아 놓은 유리창을 통해서 보듯이 그 사물을 투과해서 보게 될 것이다. 하지만 유리창 뒤에는 무엇이 있을까? 시각 장애인은 내면의 눈으로 깨끗이 닦인 유리창을 통해 볼 것이고, 그 배경에는 닦아 놓은 유리창만 보일 것이다. 시각 장애가 있음에도 불구하고 내가 어떻게 사물들의 다양한 색채를 시각중추에서 만들 수 있는지에 대해서 내가 내린 결론은 한 가지이다. 네 개의 감각기관, 나의 직접 체험 또는 다른 사람들의 설명을 통해 뇌는 일종의 정보를 전달받는다. 이미지가 투명하거나 아예 보이지 않는 것을 막기 위하여 내 머릿속에 저장된 색채 팔레트를 활용해서 시각중추가 활성화되며 작은 부분까지 아주 세밀한 이미지를 만드는 것이다. 앞이 보이는 두 사람이 그들 앞에 있는 사물의 색채를 완전히 똑같이 인식하는지를 증명하는 것은 실질적으로 불가능하다. 앞을 볼 수 있는 사람들도 사물을 인식할 때 시각중추의 활동패턴이 꼭 동일하지는 않기 때문이다. 의식에 떠오른 그림을 어떻게 활용하는가는 앞을 보는 사람과 시각 장애가 있는 사람에 따라 그 차이가 엄청나다. 앞을 볼 수 있는 사람들은 시력 덕분에 즉각적으로 사물에 대해서 정확한 인상에 대한 피드백을 받고 바로 반응할 수 있다. 그들은 시각 장애인과는 달리 앞에 보이는 사물과 같은 차원에 있다. 시각 장애인은 이미지를 떠올리려면 두 가지 차원의 인지 과정을 통해야만 한다. 음악가가 작곡을 하는 과정이 적절한 비유가 될 수 있을 것 같다. 모차르트는 작곡할 때 피아노를 쳐서 일일이 음을 확인하지 않았다. 즉, 작곡을 하는 데 있어서 실제 귀에서 들리는 소리는 별로 의존하지 않는다. 그는 상상 속에서 작곡 중인 작품을 정확히 떠올릴 수 있었기 때문에 직접 듣지 않고도 음표를 악보에 적었던 것이다. 오케스트라의 시연회에서 그는 자신의 음악적 상상력이 실제 음색과 일치하는지를 확인할 수 있었다.

시각 장애가 있는 암벽 등반가는 그 과제를 두 가지 차원을 거쳐 풀어내야 한다. 첫 번째로는 올라갈 루트를 시각중추에 스케치해서 기억해야 한다. 두 번째로는 다른 감각 기관들을 통해 머릿속에 그려진 스케치가 실제의 모습과 일치하는지 확인해야 한다. 일치할 경우 그는 투어를 계속 진행할 수 있다. 그렇지 않을 경우에 그는 두 가지 차원이 일치될 때까지 다른 감각 기관을 활용해야 한다. 작곡가가 리허설에서 불협화음을 발견해서 악보를 수정할 때와 마찬가지이다.

또한 나는 산을 탈 때도 과거 암벽 등반에서 겪었던 수백 가지의 비슷한 상황에 대한 기억을 최대한 활용한다. 앞이 보이지 않는 내가 손으로 잡을 만한 바위 턱을 찾을 수 있는 것은 무수히 많은 비슷한 경험을 했던 덕분이다. 그렇게 해서 나는 절벽 위에 확보지점으로 서있을 수 있는 아주 작은 지점도 시각적으로 떠올릴 수 있다. 저 아래에서 다른 등반가가 올라오는 작은 소리를 듣고도 그가 그 지점을 통과하려면 어떻게 해야 하는지 정확하게 예측할 수 있다.

보스턴의 과학자들은 실명한 사람들도 볼 수 있다는 가설을 검증하는 와중에 몇 가지 발견을 해냈다. 나는 그 연구 결과에 대해서 전적으로 동의한다. 그들은 뇌 스캔을 통해서 아르마간의 두뇌 활동을 관찰했다. 앞을 볼 수 있는 사람들이 사물의 이미지를 떠올릴 때, 이를 테면 방금 본 얼굴, 장면, 색채 등을 떠올릴 때면, 눈으로 사물을 볼 때 활성화되는 뇌의 부위와 동일한 부분이 활성화된다. 차이가 있다면 활성화되는 강도가 미약하다는 것뿐이다. 따라서 머릿속으로 이미지를 떠올리는 것은 본질적으로 보는 것과 같다.

아르마간은 사물들을 손으로 만져 본 후에 그림을 그렸다. 그림을 그릴 때 그의 시각중추는 아주 활발하게 활성화되어 있었다. 그래서 제3의 관찰자가 뇌 스캔 결과만 보고는 아르마간이 앞을 볼 수 있다고 확신할 정도였다. 이 결과를 토대로 이런 질문을 던질 수 있을 것이다. "본다는 것의 진짜 의미는 무엇일까?"

실명을 했음에도 불구하고 아르마간은 본다는 행위에 아주 근접해 있었다. 보는 것은 객관적인 실체를 뇌에서 인식하는 것이라고 사람들은 생각한다. 하지만 그것이 과연 맞을까? 우리가 보는 것에서 얼마나 많은 것이 외부에서 오며, 얼마나 많은 것이 내부에서 올까? 대뇌의 시각 피질은 시신경으로부터 자극을 받아들이기도 하지만 예상한 것을 형상화하는 데도 결정적인 역할을 한다. 즉, 실제 외부에서 보이는 것뿐만 아니라 보게 될 것이라고 마음속으로 예상한 것을 인식하게 만든다. 따라서 보스턴의 과학자들은 "우리가 무언가를 보게 될 것이라는 것을 알고 있을 때만 보는 것이 가능하다"고 말했다. 아르마간의 경우 눈을 통해 정보가 들어오는 것이 원천적으로 차단되어 있다. 하지만 무언가를 보게 될 것이라고 기대하고 예상하는 뇌의 기능이 탁월한 것 같다. 선천적으로 시각 장애를 안고 태어나서 평생 아무것도 본 적이 없는 사람들은 내면에 아무런 이미지도 없을 것이라고 생각하기 쉽다. 하지만 그 생각은 오류라는 것을 내 경험을 바탕으로 말할 수 있다. 과학자들은 오래전부터 다양한 감각기관에서 받은 정보를 통해 실제와 동일한 이미지를 머릿속에서 만들 수 있음을 밝혀냈다. 즉, 앞을 보는 사람이나 시각 장애인 모두 감각기관에서 받은 모든 인상들을 뇌 속에서 이미지로 만들 수 있다. 앞을 볼 수 있는 사람이 찻잔을 볼 때면 '내적인 손'으로 그 촉감을 느낄 수 있다. 보는 것은 본질적으로 만지는 것과 같으며, 마찬가지로 만지는 것은 보는 것과 같다. 하지만 앞을 볼 수 있는 사람들에게 시각이 차지하는 비중이 압도적이기 때문에, 이 사실을 의식하지 못할 뿐이다.

나는 살아오면서 다른 사람과 교류할 때 이러한 뇌의 기능을 활용하는 방법을 직관적으로 배웠다. 내가 다른 사람과 얼굴을 마주 보고 대화를 나눌 때 상대방을 불편하게 만들지 않기 위해 활용하는 방식은 좋은 예다. 사춘기가 되기 전까지 사람들이 인사를 하거나 대화를 나눌 때 상대의 눈을 바라본다는 것을 나는 알지 못했다. 한 여자아이와의 첫 데이트에서 그 아이는 내가 대화 도중에 다른 곳을 흘금거린다는 지적을 했다. 그때 나는 처음으로 상대방이 나의 시선에 반응한다는 것을 알았다.

집에 돌아가서 나는 이 여자아이가 한 말의 의미에 대해서 어머니에게 물었다. 그때서야 나는 사람들이 대화를 나눌 때 서로 바라본다는 것을 알게 되었다. 이 부끄러웠던 일화에서 나는 빨리 교훈을 얻을 수 있었다. 그 일이 있었던 후로 나는 예민한 귀를 활용해서 대화상대가 어디에 있는지 정확히 알아차릴 수 있게 되었다. 상대를 주시하고 있다는 느낌을 가능한 자연스럽게 주기 위해서 고개를 어느 방향으로 돌려야 하는지도 알게 되었다. 그날 이후로 나는 다른 사람과 대화를 할 때 오해를 사는 일이 거의 없어졌다.

악수를 할 때에도 비슷했다. 만나거나 헤어지는 인사를 나눌 때 나는 언제나 먼저 상대방에게 손을 내밀어서 악수를 청하려고 시도한다. 그렇게 함으로써 상대방의 손을 찾을 필요 없이, 내가 내민 손을 상대방이 잡도록 할 수 있다. 앞을 볼 수 있는 사람들의 세계에서 통용되는 예절에 적응하기 위해서 나는 수많은 요령들을 완벽하게 연마했다. 그래서 나는 어떤 상황에서도 적절한 행동을 취할 수 있다. 아마도 그 이야기만으로도 이 책의 여러 페이지를 채울 수 있을 것이다.

사물을 인식할 때 수학도 큰 비중을 차지했다. 숫자들은 나에게 절대적인 의미였기 때문이다. 아주 험난한 등반 루트이건 아니면 집에서 화장실로 가는 길이건 간에 나는 모든 길을 좌표 체계로서 이해했다. 구간의 길이와 각도에 대한 정보를 토대로 나의 두뇌는 앞에 놓인 길을 형상화했다. 낯선 건물의 복도와 계단을 지나가야 할 때면, 나는 비교적 쉽게 건물의 구조를 시각중추에 이미지의 형태로 기억할 수 있었다. 그래서 내가 어떤 집의 건축에 대해서 평가를 할 때면 사람들은 종종 놀라곤 했다. 우리 집을 지은 건축가는 설계도 속의 선과 숫자들을 어떻게 설명해야 할지 난감해했다. 나는 건축가에게 각 공간의 길이와 각도를 읽어 달라고 요청했다. 그는 거의 한 시간 동안 쉴 새 없이 숫자를 불러 주었다. 나는 그에게 15분 동안 혼자서 그 그림을 종합해서 머릿속으로 집의 모습을 상상할 수 있는 시간을 달라고 요청했다. 얼마 시간이 지나지 않아 나는 새 집의 모습을 떠올릴 수 있었고, 그 속을 돌아다니는 상상을 할 수 있게 되었다. 불편한 점을 발견하고는 곧바로 나는 건축가에게 보완해 달라고 요청했다.

처음 누군가를 만날 때 첫 인상은 중요하다. 나의 친구들은 대부분 오로지 시각을 통해서만 첫 인상이 결정된다고 생각하는 것 같다. 하지만 나는 목소리의 고음역대로 상대방의 첫 인상을 판단한다. 나는 목소리만으로도 상대방이 무언가 다른 속셈이 있는지, 아니면 솔직한 사람인지 앞을 볼 수 있는 사람만큼이나 금방 알아챌 수 있다. 표정과 몸짓은 목소리보다 꾸며 내기가 쉽다. 반면 사람들은 목소리에는 신경을 별로 쓰지 않기 때문에 역설적으로 목소리는 그 사람에 대해서 더 많은 것을 알려 준다. 내가 누군가에게 부탁을 할 때, 상대방이 예의상 마지못해 받아들이면 나는 그것을 그의 긴장된 목소리에서 알아챌 수 있다. 상대가 거짓을 말할 경우에 후두의 뒤편에서 나오는 목소리로 알 수 있다. 그래서 나는 보통 사람 못지않게 다른 사람들의 자기 과시와 방어 본능에 현혹되지 않을 수 있다. 악수를 할 때 손에 느껴지는 압력으로도 내가 받는 첫인상은 비교적 정확한 편이다. 상대방의 체취만으로도 그가 만나서 반가워하고 있는지 아니면 오히려 부끄러워하고 있는지를 눈치챌 수 있다.

아주 어린 시절부터 나는 직관적으로 공간 지각 능력에 크게 의존했다. 그렇지 않았더라면 어린 소년이었던 나는 암라흐의 마을에서 다른 아이들과 쉽게 어울리지 못했을 것이다. 나는 건초를 넣은 헛간과 외양간은 물론 암라흐의 숲에서 숨바꼭질을 할 때 다른 아이들과 잘 어울리는 법을 배워야 했다.

삼차원의 공간에서 자신이 있는 곳의 위치를 알기 위해서는 세 가지의 사항을 염두에 두어야 한다. 우선 시각적 인지이다. 자신이 어디에 있고, 어디가 위이고 아래인지, 그리고 계속해서 바른 자세로 서있을 수 있는지 아니면 넘어질 위험이 있는지 알기 위해서는 시각적 인지에 가장 많이 의존하게 된다. 두 번째로 균형 감각이다. 인간의 복잡한 귀는 공간에 대한 음향적 이미지 이외에도 신체의 균형에 대한 아주 정확한 정보를 전달한다. 마지막으로 자기 수용기나 내부 감각 수용기는 신체의 일부를 굽히거나 스트레칭할 때 아주 미묘한 근육 및 척추 뼈에 대한 정보를 전달한다.

시각 장애가 있는 사람은 시각적인 신호 없이 살아야 하기 때문에, 나머지 두 가지 시스템을 평균 이상의 수준으로 훈련시켜야 한다. 한 다리로 최대한 오래 서있기를 시도해 보면 그 원리를 쉽게 납득할 수 있을 것이다. 한 다리로 오래 서있기는 결코 쉽지 않다. 그 상태에서 계속해서 중심을 잃지 않으려면 무게 중심을 수정해야 한다. 이를 위해서 골반과 무릎, 관절의 자세를 미세하게 변화시켜야 한다. 이때 눈으로 공간의 한 지점에 시선을 고정하면 균형 잡기가 좀 더 수월하다.

내이의 균형기관은 중력과 관련된 중요한 추가 정보들을 전달한다. 여러 번 반복 연습을 한 후에는 한 다리로 오래 서있기가 차츰 수월해질 것이다. 이제 난이도를 높이려면 눈을 감아서 연습을 하면 된다.

어린 시절부터 나는 두 다리로 직접 거친 자연 속을 돌아다니고 싶다는 충동을 느꼈다. 그 덕분에 지금의 나는 세계에서 가장 가파른 암벽에 등반할 수 있는 특별한 능력을 기를 수 있게 되었다. 하지만 내가 시각을 제외한 네 가지 감각 기관의 잠재 능력을 완벽하게 끌어냈다고 생각하지는 않는다. 보통 사람들과 마찬가지로 때로는 감각이 착각을 일으키기 때문이다. 가령, 측면에서 바람이 불어오면 내 앞에서 스키를 타는 사람의 소리가 왜곡되기 때문에 나는 방향을 잡을 때 실수할 위험이 있다.

시각 장애가 있는 사람은 시력의 손실을 다른 감각 기관에서 보완한다. 따라서 시각 장애인의 청각, 촉각, 후각, 미각이 훨씬 더 발달해 있다는 이론은 정설로 널리 받아들여진다. 나는 그 이론이 다소 상대적이라고 생각하는 편이다.

시각 장애인과 그렇지 않은 사람 사이에 존재하는 큰 차이는 전자의 경우 감각 신경에서 뇌로 전달하는 신호를 훨씬 효율적으로 활용한다는 데 있다. 시각 장애인의 뇌는 귀, 코, 혀, 촉감을 통해 얻은 정보를 청각, 후각, 미각, 촉각적으로 이미지화할 때 재료를 더 효율적으로 활용할 수 있다. 장애가 없는 건강한 사람이 눈으로 본 내용을 완성된 이미지로 인식하려면, 우선 그 내용은 시각신경을 통해서 시각중추로 도착한 후 해석 과정을 거친다. 아마도 이것이 시각 장애인인 내 머릿속에 언제나 이미지들로 가득 차있고, 내가 앞을 볼 수 있는 사람들의 세계를 이해할 수 있는 이유에 대한 설명일 것이다.

세븐 서밋

에릭에게서 날아온 이메일은 나에게 더 큰 세상으로 가는 문을 열어 줄 것을 약속하고 있었다. 나는 의자에서 일어나서 급히 계단을 내려가 부엌에 있는 자비네에게 친구가 쓴 내용을 다시 읽어 달라고 부탁했다. 에릭의 글에는 아프리카 대륙의 가장 높은 산인 킬리만자로 투어에 나를 초대하고 싶다는 내용이 적혀 있었다. 자비네는 끝까지 읽기도 전에 바로 나에게 말했다. "당신 꼭 거기에 가야 해!"

동아프리카의 킬리만자로는 그때까지만 해도 나에게 아주 동떨어진 곳이었다. 하지만 몇 년 전부터 마음속 깊은 곳에서 나는 시간과 금전적인 여건만 갖춰지면 그곳에 꼭 가보고 싶다는 소망을 품고 있었다.

단순히 비행기를 타고 아프리카를 간 다음에 그룹의 팀원들과 함께 산에 오르기만 하면 되는 일이 아니었다. 동행자를 단 한 사람만 대동하고 오르는 것은 위험할 것이다. 그래서 두 사람 이상의 동행인이 필요했지만, 그 경비를 마련하는 일은 불가능하게 보였다. 나는 에릭에게 고민을 털어놓았다. 그는 즉석에서 내 경비를 지원하고, 내 동행인들을 위해서 가격을 아주 저렴한 수준으로 흥정을 해보겠다고 말했다. 전 세계 모든 대륙의 시각 장애인들을 아프리카의 지붕으로 가는 특별한 탐사에 초대하는 흥미진진한 프로젝트가 존재했던 것이다.

킬리만자로에서는 지구의 다양한 식물대를 거쳐 산행을 해야 한다. 일교차는 40도 이상에 달하고, 고산지대에 적응을 해야 하는 난점도 있다. 하지만 이것은 시각 장애인은 물론 앞을 볼 수 있는 사람에게 공통적으로 해당된다. 이 산의 난이도 등급은 최고의 한계를 넘나든다. 킬리만자로의 정상으로 가는 가장 긴 루트 중 하나인 마차메 루트는 전반적으로 지대가 오르기 쉬우며, 손을 사용해서 기어올라야 하는 지점이 몇 곳 있을 뿐이다.

2005년 8월 말에 나는 남티롤 푸스터르탈 출신의 친구 한스요르크 파우스터와 동티롤 돌자흐 출신의 페터 마이어와 함께 탄자니아로 가는 비행기에 몸을 실었다. 한스요르크와 나는 이미 몇 년 동안이나 정기적으로 함께 산에 올랐기 때문에 서로 전적으로 신뢰할 수 있는 사이였다. 장애인 스포츠 경기에서 알게 된 페터 씨는 운명을 이겨 냈다는 점에서 나와 공통점을 갖고 있는 사람이었다. 그는 33세 때 폭파사고로 왼팔을 잃었고, 대부분의 사람들이 두 팔로도 하기 힘든 일들을 이제 팔 하나로 할 수 있게 되었다. 우리 팀에서 나는 유일하게 영어를 조금 할 줄 알았는데, 그 점 때문에 아내 자비네는 크게 안도했다. 왜냐하면 앞을 볼 수 없는 데다가 '말까지 할 수 없었다'면 나를 다른 대륙으로 떠나보내는 아내의 마음이 편하지 않았을 것이다.

우리는 킬리만자로 산군의 남서쪽으로 90킬로미터 떨어진 도시인

아루샤에서 8명의 시각 장애인과 2명의 절단 장애인과 그들의 보호자들로 이루어진 전체 팀과 처음으로 인사를 나누었다. 아프리카의 하늘 아래에서 우리들은 맛있는 저녁 식사를 하고 다음 날 7일간 투어의 출발지점인 마차메로 가는 버스에 올랐다. 스무 명의 아프리카인들이 진흙탕에 빠진 우리의 버스를 긴 로프에 묶어 순수 근력만을 사용해서 끌어내려고 했을 때 나와 페터 씨와 한스요르크의 모험은 이미 시작된 거나 다름없었다. 마차메로 가는 자갈길은 비 때문에 흥건히 젖었기 때문에 무거운 버스가 도로의 도랑에 미끄러진 것이다.

내 마음을 아프게 했던 것은 짐꾼들에게 화물을 할당할 때였다. 나는 그들의 말을 한 마디도 이해할 수 없었지만, 그들이 가족의 생계를 책임지기 위해 우리들의 무거운 물건들을 짊어지게 해달라고 간절히 부탁하고 있다는 것을 분명히 알 수 있었다.

9월 2일 28명으로 이루어진 그룹과 거의 두 배의 인원으로 구성된 짐꾼들은 첫 날의 구간인 우림을 향해서 떠났다. 두 번째 날에는 일곱 시간 동안 즐거운 마음으로 황무지를 통과했고, 3,800미터 높이의 시라 고원을 가볍게 올라갔다. 그곳에서 처음으로 각각의 팀원들의 체력과 기량이 서로 제각각이라는 것이 드러났다. 그래서 팀원마다 시라 캠프에 도착하는 데 4시간 이상의 차이가 났다. 메루산(4,566m 아프리카 제5위 고봉 ―옮긴이)에서 해가 지는 아름다운 경관을 한스요르크와 페터 씨는 인상적으로 묘사했다. 그렇게 환상적인 하루가 저물었다.

시각 장애인 팀의 팀원인 크레이그 씨가 저녁 식사 때까지 캠프에 도착하지 않자 우리 팀의 분위기는 침울해졌다.

어둠이 내린 지 한참 후에야 그는 완전히 기진맥진한 상태로 도착했다. 그를 포함해서 두 명의 시각 장애인과 미국에서 온 절단 장애인 동료가 이날 저녁 중도 포기를 해야 했다. 그렇게 해서 우리 팀은 산행을 시작한 지 이틀 만에 네 명의 동료가 이탈했다. 그럼에도 우리는 세 번째 날에 8시 반에 시라 캠프에서 출발해서 4,600미터 높이의 라바 타워 캠프로 향했다. 그곳에서부터 호흡할 때 산소량이 부족하다는 것을 절감했다. 다음 날 밤에 나와 페터 씨와 한스요르크에게 고산병의 증세가 뚜렷하게 나타났다. 오한, 여러 차례의 구토, 설사는 물론 머리가 깨질 듯한 두통 증세에 시달리면서 우리는 한숨도 잠을 이룰 수 없었다. 다음 날 아침 우리는 완전히 기진맥진해져서 비틀거리며 아침 식사를 하러 나갔다. 우리는 약간 딱딱한 빵과 차 몇 모금을 넘기느라고 애썼다.

네 번째 날은 '휴식의 날'이었다. 높이가 700미터밖에 되지 않는 바란코 계곡을 지나 바란코 캠프까지만 올라가는 여정이었다. 하지만 이날 3시간짜리 투어는 힘겨운 강행군처럼 느껴졌다. 내 몸은 한 발짝 앞으로 나아가는 것도 힘겨울 정도로 말을 듣지 않았다. 결국 우리는 정오에 바란코 캠프에 도착했고 즉시 텐트에 누워서 휴식을 취했다. 저녁 무렵에 나는 서서히 회복되어서 힘과 의욕이 돌아오는 것을 느꼈다. 나의 개인적인 보호자인 한스요르크는 반대로 회복될 기미가 없었다. 그의 상태는 다음 날 밤 오히려 더 악화되었다. 고지 폐수종의 증세가 역력했다. 한스요르크는 3일간의 힘겨웠던 행군 길을 뒤로 하고 두 사람의 짐꾼과 함께 바로 계곡으로 내려가야 했다. 이렇게 우리 팀은 또 한 번의 타격을 입었고, 한 팔만 있는 동료, 페터는 다시 조금 회복되어 이 시점부터 나의 유일한 보호자 역할을 했다. 그는 나에게 먹을 것과 마실 것을 건넸고 정상에 오르는 거친 화산암 지대로 안내했다. 대신 나는 그를 위해 텐트의 지퍼를 열거나 잠갔고, 신발 끈을 묶어 주었다.

당시 아프리카 안내인이 고른 루트가 우리 팀의 고산에 대한 적응력을 감안했을 때 그다지 좋은 선택이 아니었다는 것을 나는 나중에서야 알게 되었다. 세 번째 날부터 해발 4,600미터 이상의 고지에서 하룻밤을 묵느라고 팀원들은 무리를 해야 했다. 다음 이틀 동안 우리는 바란코 캠프에서 출발해서 바란코 벽을 가볍게 기어 올라갔다. 정상으로 이어지는 마지막 숙소가 있는 바라푸 캠프까지 가기 위해서 몇 차례 오르막길을 거쳤다. 페터 씨가 암벽 등반길 중 평이한 구간을 한 손으로 오르고 사진까지 찍는 것을 보고는 나는 깊은 인상을 받았다. 그 와중에 화산재가 코와 눈과 귀에 들어왔다. 5,000미터 고지에서 오후의 후덥지근한 열기를 견디면서 호흡하는 것은 아주 버거웠다.

7일째 되는 날은 정상에 오르는 날이었다. 팀원들마다 체력과 운동 능력이 달랐기 때문에 우리들은 그룹을 두 개로 나눴다. 두 그룹은 서로 다른 시간에 숙소에서 출발해서 정상을 향해 행군을 시작했다. '느린 팀'은 자정경에 출발했고 '빠른 팀'은 한 시간 반 후 남쪽 하늘에 별이 총총히 떠있는 시각에 길을 떠났다. 기온은 영하 15도였고 우리가 가야 할 구간도 아주 쾌적했다. 4시간 후에 우리는 '스텔라 포인트'에 도착했다. 그곳은 킬리만자로의 세 개의 봉우리 중에 가장 높은, 높이 5,670미터 지점의 키보 분화구 가장자리에 위치해 있다.

그곳에서 기온은 영하 20도로 떨어졌기 때문에 몸이 얼지 않으려면 계속해서 움직여야만 했다.

두 그룹은 분화구 가장자리에서 다시 만났다. 우리는 함께 평평한 지대를 가벼운 마음으로 지난 후에 5,895미터 높이의 최정상으로, 아프리카의 지붕이라고 불리는 우후루 피크에 가까이 다가갔다.

6시 45분에 우리 '세계 팀'은 지구에서 가장 높은 산의 정상에 올랐다. 우리들은 다함께 험난한 고지를 점령했다는 사실에 깊은 감동을 느꼈다. 같은 날 우리는 3,100미터의 음웨카 캠프로 내려왔다. 2,800미터에 달하는 고도 차이를 8시간 만에 돌파하는 것 자체가 대단한 일이었다. 마지막 8일째 되는 날 하산길에 다시 아프리카의 빽빽한 정글이 나타났다. 그 길은 나에게 아주 특별한 촉각적, 청각적 체험을 선사했다. 태곳적부터 그 자리를 지키고 있었을 나무들이 서로 스치는 소리와 원시림의 야생동물들이 내는 이국적인 소리를 들으면서 나는 이 환상적인 자연환경에 대해서 형형색색의 이미지를 그려 보았다. 계속해서 나는 촉촉한 나뭇잎이 얼굴에 와닿는 것을 느꼈고 넘어진 나무둥치와 물웅덩이를 뛰어넘어야 했다. 스산한 분위기의 열대우림을 지나 험난한 여정의 마지막 지점인 1,700미터 높이의 음웨카 게이트에 도달했다. 그곳에서 우리는 다시 문명의 세계로 돌아왔다.

***

유럽 대륙의 최고봉으로 가는 투어를 하게 되었을 때 나는 함께 갈 사람들의 명단을 짜고 후원자를 찾는 일을 처음으로 직접 처리했다. 나는 수백 통의 이메일을 써서 킬리만자로를 동행했던 한스요르크, 고향 친구인 안드레아스 운터크로이터, 자일 등반팀에서 함께 호흡을 맞추었던 잘츠부르크의 다비트 데니플을 위해서 필요한 장비를 구하느라 분주했다. 독일에서는 체온 보호용 장갑이 담긴 소포가 도착했고, 캐른텐(오스트리아의 주 이름 ―옮긴이)에서는 필수품인 거위털 침낭과 방한복이 왔다. 카메라 및 캠코더를 제조하는 세계적 대기업 한 곳에서는 나의 탐사를 위해 첫 번째 디지털 카메라를 보내와서 나는 몹시 기뻤다. 키츠빌(오스트리아 도시 ―옮긴이)의 여행사의 후원으로 모스크바로 가는 비행기를 타기 전에 나는 티롤의 슈투바이탈로 갔다. 그곳에 있는 민속 음악단과 스포츠 연합에서 나의 프로젝트를 후원하기로 약속했다. 뜨거운 열기의 축제 행사장에서 나는 알펜트리오 티롤이라는 가수 그룹과 무대 위에 올랐고, 환호하는 팬들과 함께 노래를 열창했다.

모스크바의 항공의 복잡한 심사대를 통과하여 코카서스 지역의 미네랄니예 보디로 가기 위해서 낡은 비행기에 몸을 실었다. 그곳에서 덜커덩거리는 미니버스를 타고 박산 계곡으로 가는 약 240킬로미터의 울퉁불퉁한 도로를 지나 유럽 대륙에서 가장 높은 산으로 가는 관문이 있는 테르스콜로 이동했다. 시각 장애인 친구, 에릭 웨이언메이어의 지인인 찰리 메이스는 다른 미국인들 3명과 함께 이미 도착해 있었다. 그들은 우리와 함께 5,642미터의 엘브루스 산에 함께 오르기로 되어 있었다.

그곳에서 첫째 날은 고산지대의 환경에 적응하는 데 보냈다. 고소 적응을 위해 코카서스 산맥의 주요 산줄기의 거친 지대를 걸어 올랐고, 산악스키를 타고 만년설이 덮인 산봉우리를 내려오기도 했다. 처음에 날씨에 대한 걱정은 들지 않았다. 그로스 글로크너 봉의 높이와 같은 3,800미터 지점에 오를 때까지 계속 푸른 하늘에 햇빛이 화창하게 빛나고 있었기 때문이다. 2,000미터 더 높은 곳에 하늘을 향해 솟아 있는 엘브루스의 두 봉우리만은 두꺼운 구름층에 둘러싸인 채 보이지 않았다. 정상 가까이에서 무시무시한 기세로 폭풍우가 몰아치고 있다는 사실을 아래에 있는 우리들은 별로 신경 쓰지 않았다. 고산 지대에 적응해서 해발 4,000미터 이상의 고도에서도 문제없이 밤에 잠을 잘 수 있게 되자 차츰 날씨가 화두로 떠올랐다. 엘브루스 산의 측면의 4,100미터 높이에는 프리웃 산장이 위치했다. 그곳은 난방도 되지 않는 아주 간소한 숙소로 수용할 수 있는 인원이 많지 않았고 숙실의 공간도 작았다. 그곳에서 앞으로 우리는 5일간을 지낼 예정이었다. 식사 시간에도 우리는 추위 때문에 침낭 밖으로 나가지 않았으며 거위털 방한복과 장갑으로 중무장을 한 상태로 식사를 했다. 바깥에 있는 화장실로 갈 때에는 안정적인 신발과 바람막이 두건을 착용해야 했다. 그 이외에는 우리는 대부분의 시간을 침낭 속에서 보냈다. 밤에는 작은 건물 위로 폭우가 쏟아져서 마치 우리가 코카서스까지 타고 왔던 러시아 여객기의 동력장치 바로 옆에 있는 듯한 착각이 들 정도였다. 악천후 때문에 우리는 파스투초프 바위까지 짧은 고소 적응 투어를 두 번 더 하면서 시간을 보냈다. 한스요르크와 다비트와 안드레아스는 출발할 때 심한 안개 때문에 우리의 숙소를 다시 찾는 것을 힘겨워했다.

하루하루가 지날 때마다 팀의 사기는 저하되었다. 기상예보가 좋아서 출발했지만 시야가 30미터도 확보되지 않는 극심한 폭우와 안개 때문에 이른 아침에 두 번이나 정상으로 가는 시도를 중단했기 때문이다. 나는 SMS로 매일 집에 있는 자비네에게 연락을 취했다. 자비네는 계속해서 지인들이 전해 온 응원의 말들을 전달하면서 기분을 북돋으려고 했다.

어느 오후에 내 사소한 실수 때문에 외부와의 통신이 완전히 끊길 위기에 처했다. 그곳의 화장실은 아주 불편했다. 가파른 산의 모퉁이에 나무판자로 지어진 화장실의 천장이 낮아서 허리를 굽힌 채 서야 했다. 바닥에 직경 20센티미터 크기로 나있는 구멍에 볼 일을 봐야 했다. 골함석 재질의 판자 지붕과 측면벽 사이에는 머리 높이 위치에 폭이 넓고 창문 같이 생긴 입구가 외부로 뚫려 있었다. 상승 온난 기류가 본격적으로 불 때면 구멍을 통해 아래에서 눈보라가 순식간에 몰아닥쳤다. 눈은 자켓의 아래에서 타고 올라와 옷깃까지 스며들었기 때문에 동상에 걸리지 않으려면 급하게 볼일을 봐야 했다. 나는 옥외 화장실로 가기 전에 바지주머니에 휴대폰을 꽂아 두는 치명적인 실수를 저질렀다. 그리고 볼일을 볼 때 휴대폰이 주머니에서 떨어졌다. 핸드폰은 정확히 구멍을 통과해서 그 밑에 있는 심연 속으로 떨어졌다. 친구 안드레아스는 피켈과 아이젠으로 무장한 채 화장실 아래에 위치한 가파른 능선으로 가는 미묘한 산행길을 자진해서 떠나기로 했다. 친구가 전화기를 찾는 동안에 위에서 떨어지는 내용물로 봉변을 당하는 것을 방지하기 위해 변기는 잠시 동안 폐쇄되었다. 외부 세계와 이어 주는 연결고리를 잃어버리느냐 마느냐 하는 긴박한 순간이었다. 안드레아스는 정말로 화장실 멀리 아래쪽에서 손상되거나 더럽혀지지 않고 포근한 눈 더미에 박혀 있는 전화기를 발견할 수 있었다.

철수를 나흘 앞두고 있어서 엘브루스에 오를 수 있으리라는 희망이 점점 사라지던 시점에 그 전화기로 자비네가 연락을 해왔다. 그녀는 다음 날인 6월 11일 일요일에는 날씨가 괜찮아져서 정상으로 가는 투어가 가능할 것이라는 소식을 전했다. 그 정보는 티롤의 전설적인 산악인이자 기구조종사인 볼피 나이르츠 씨로부터 전해 들었다고 했다. 오는 화요일에도 정상에 오를 수 있는 마지막 기회가 있을 거라고 말했다. 곧 폭설과 폭풍이 내려서 길이 다시 폐쇄될 것이지만, 화요일에 정상행을 감행하기 적당한 타이밍이 있을 거라고 했다.

일요일이 되자 산장에는 이른 아침부터 신경을 곤두세우며 산행을 떠나려는 분위기가 지배적이었다. 하지만 우리 그룹은 산을 오르기 시작한 지 얼마 지나지 않아 폭풍과 안개 때문에 다시 철수를 했다. 이대로라면 프로젝트가 좌초하는 것을 받아들이고 대비책을 마련해야 했다. 다음 날 다시 눈이 내리고 폭우가 내린다는 예보가 있었다. 화요일에 적당한 타이밍이 있을지는 미지수였다. 월요일 오후에 정말로 순식간에 20센티미터가량 눈이 내렸다. 하지만 저녁 무렵에 볼피 씨가 예견했던 것처럼 하늘이 다시 개자, 모두들 정상에 오를 수 있는 마지막 기회가 온 것이라 믿기 시작했다.

그래서 우리는 모두 이른 시각에 침낭에 몸을 누였다. 밤새 격렬한 폭풍우의 소리가 들려왔다. 자정 무렵에 다비트 씨는 화장실에서 모두를 열광하게 할 소식을 가지고 왔다. 바깥 날씨가 구름 한 점 없이 맑고 폭풍우가 어느 정도 잦아졌다는 것이다. 이제 잠 따위에 시간을 허비할 겨를이 없었다. 3시 정각에 아침 식사를 하고 한 시간 후에 우리 그룹은 구름 한 점 없는 칠흑 같은 하늘과 보름달을 보면서 산을 오르기 시작했다. 그날은 2006년 6월 13일로 우리가 집으로 돌아가기로 계획한 날짜의 하루 전날이었다.

살을 에는 듯한 강추위였다. 특수내의, 양털재킷, 거위털 방한복, 고어텍스 외투를 겹겹이 껴입었지만 한기가 몸속을 파고들었다. 산길을 힘겹게 올라도 마찬가지였다.

파스투초프 바위의 측면에서 얼음이 보였다. 우리는 산악스키를 타고 4,600 높이의 지점으로 후퇴했고 아이젠과 피켈을 이용해서 산을 오르기 시작했다. 해가 뜰 때 동료들은 그 풍경을 색채 마술의 한 장면을 본 것 같다고 묘사했다. 그 무렵 우리는 약 5,000미터 고지까지 도달했다. 한스요르크는 얼음 위를 밟을 때마다 아이젠의 뾰족한 앞날로 날카로운 소리를 냈다. 그 덕분에 바로 뒤를 따르던 나는 방풍용 두건을 뒤집어쓰고 강풍소리가 나도 방향을 잃지 않고 따라 올라갈 수 있었다. 안드레아스는 바로 내 뒤를 따라오면서 그때그때 상황을 알렸다. 다비트 씨는 때로는 앞에서 때로는 옆에서 나란히 오르면서 내 디지털 카메라로 우리의 특별한 도전을 사진으로 담았다.

산을 오르는 내내 추위는 참을 수 없는 한계까지 다다랐다. 5,620미터 지점에서 거대한 바위 아래의 '바람의 그림자'(바람을 받지 않는 곳—옮긴이)에서 나와 돌출된 산의 정수리를 지날 때 엄청난 폭풍우가 몰려왔다. 그 강렬한 기세 때문에 두 다리로 똑바로 서있거나 앞으로 나아가는 것이 불가능할 지경이었다. 내 주변 상황에 대해서 나는 이 순간부터 파악할 수 없었다. 순간 누군가 나를 이끌기 위해서 피켈이나 스키 스틱 같은 것을 내민 것 같고 나는 그것을 손으로 꽉 쥐었다. 폭풍에 휩쓸려 심연으로 떨어지지 않으려고 나는 아이젠을 바닥에 붙박고 피켈로 안전을 도모하면서 마지막 백 미터 구간인 수평선을 이루는 산등을 지나 유럽의 가장 높은 꼭대기인 5,642미터 지점으로 기어 올라갔다. 산봉우리를 힘차게 품에 안을 때 마지막 구간에서 나를 이끈 사람이 찰리 메이스 씨였다는 것을 알게 되었다. 엄청난 굉음 때문에 방금 전까지 바로 내 앞에 있는 사람과 대화를 하는 것이 불가능한 상태였기 때문이다. 정상에 도착했을 때 안드레아스 씨는 말없이 내 손을 잡았다. 한스요르크도 금세 다비트 씨와 함께 올라왔다. 시속 120킬로의 강풍에 영하 17도의 상황에서 우리는 힘겹게 정상 사진을 몇 컷 찍을 수 있었다. 이 지옥 같은 상황에서 하산하는 것은 또 한 번의 큰 도전을 의미했다. 폭풍우가 퍼부을 때 하산하는 것은 결코 쉽지 않기 때문이다. 나와 한스요르크는 소위 배낭 기술을 활용해서 극복할 수 있었다.

즉, 손가라 두 개로 앞에 가는 사람의 배낭을 잡아서 앞 사람의 아주 미세한 움직임이 지반이나 지표면에서 느껴지면 그 움직임의 패턴을 따라하는 것이다. 그렇게 해서 나는 상대적으로 수월하게 울퉁불퉁한 경사로와 절벽 위의 위험한 횡단길을 건널 수 있었다. 이 기술 덕분에 우리는 아주 빨리 다시 바람이 별로 들지 않는 산의 측면에 도착했다. 그곳에는 시속 70킬로의 약한 바람만이 불었다. 5,300미터 지점에서 나는 자비네에게 문자메시지를 보내서 유럽의 시각 장애인 등반가가 최초로 유럽 대륙의 가장 높은 산을 방금 정복했다는 소식을 알렸다.

***

두 개의 눈과, 세 개의 손과 네 개의 발로 남미 대륙의 최고봉에 오르는 프로젝트, 나는 아콩카구아 원정기를 이렇게 표현한다. 하얀 파수꾼이라는 별칭으로도 불리는 높이 6,962미터의 남아메리카의 가장 높은 이 산은 나와 페터 마이어, 다비트 데니플이 모두 동경하던 목표였다. 아콩카구아는 세븐 서밋 중 에베레스트 산 다음으로 높은 산이자 세계에서 두 번째로 높은 산이다.

산봉우리는 아르헨티나와 칠레 국경에서 14킬로미터 동쪽으로 떨어진 아르헨티나 령인 남위 32도에 위치해 있다. 적도에서 멀리 떨어진 해발 7,000미터 고지였기 때문에 산소량은 아주 낮았다. 대기의 밀도는 적도 지역에서 가장 높고 양쪽 극지로 갈수록 낮아진다. 따라서 같은 해발고도라도 지리적 위치에 따라서 산소량에 차이가 난다. 적도 부근에서 해발 7,000미터의 고지에 서있는 것은 북극의 6,000미터의 고지에서 서있는 것과 비슷할 것이다. 그래서 아콩카구아를 오르는 것을 시도하는 사람 중에 20퍼세트만이 성공한다는 통계는 별로 놀라울 것이 없다. 특히 아콩카구아는 난이도 등급이 매겨져 있지 않기 때문에 종종 과소평가되어 왔고 따라서 등정이 더더욱 어려웠던 것 같다.

우리를 실은 비행기는 칠레의 산티아고에 착륙했고, 그곳에서 우리는 버스를 타고 아르헨티나와 동쪽으로 접경한 지역으로 출발했다. 칠레-아르헨티나의 국경을 몇 킬로미터 지난 후에 왼쪽 도로의 측면에서 우리가 오를 산이 처음으로 보이기 시작했다. 그곳에는 오르코네스 계곡의 초입이자 아콩카구아로 가는 입구가 있었다. 입산 허가를 받기 위해서는 멘도사로 가야 했기 때문에 아쉽게도 우리는 이 매력적인 장소를 금방 떠나야만 했다. 2006년 6월에 엘브루스 산에서 만난 적이 있는 독일인 의사를 마주치자 약간 마음이 불안해졌다. 그는 불과 1년 안에 세븐 서밋 중 4곳을 등정했고 다섯 번째로 아콩카구아에 오르려는 시도 중이라고 했다. 하지만 그는 5,500미터의 고지에서 치통이 너무 심해져서 산행을 중단했다고 한다.

멘도사에서 볼일을 모두 보고 난 후에 아르헨티나산 레드 와인 몇 잔과 두툼한 쇠고기 스테이크를 먹었다. 스테이크는 아주 큼직해서 다른 음식을 곁들여 먹지 않아도 될 정도였다. 그런 다음 우리들은 1월 9일에 본격적으로 모험을 떠났다. 아콩카구아 국립공원의 입구에서는 입산 허가증을 제시하고, 숫자가 매겨진 쓰레기봉투를 받았다. 우리는 돌아올 때 그 봉투를 채워서 그곳의 수거함에 버려야 한다. 그때 사람들의 주목을 받으면서 헬기 한 대가 고지의 골짜기에서 고산병을 앓는 남자 한 명을 싣고 내려왔다. 그 사람은 산소호흡기 처치를 받았는데, 그 장면은 마치 우리에게 커다란 경고처럼 여겨졌다.

시작은 괜찮은 편이었다. 우리들은 천천히 골짜기 방향으로 올라갔다. 저녁에 바위투성이의 구간을 완주하고 나자 행복감이 몰려왔다. 그곳에서 우리는 한 등산가가 손가락과 얼굴에 동상을 입고 고지에서 구조되었다는 소식을 들었다.

이틀 후에 우리는 8시간 동안 20킬로미터 구간을 걷는 강행군을 했다. 그날 모래와 자갈만 있는 끝없는 사막을 통과해서 표고 1,000미터를 올라왔다. 지금까지 겪어 본 날 중에서 가장 힘겨운 하루였다. 계속해서 개울물과 강물이 나타났고, 그곳을 건너려면 흔들거리는 바위 위에서 곡예를 하듯 균형을 잡아야 했다. 얼음장 같은 물에 미끄러지는 것은 산행의 좌초를 의미했다. 거위털 침낭이 젖고 쓸모없게 되면 그야말로 낭패였기 때문이다. 그래서 페터와 다비트는 우직할 정도의 인내심으로 끝이 없는 미로와 같은 루트에서 나를 이끌었다. 베이스캠프에서 우리들은 검은색 비닐봉지를 받았다. 그것은 용변을 담는 봉투로서 투어가 끝난 후에 다시 제출해야 하며, 그렇게 하지 않을 경우 벌금 100달러가 부과된다. 그래서 우리들은 검은색 비닐봉지를 마치 소중한 서류 뭉치나 되는 것처럼 다루었고, 그것을 텐트의 깔개 아래에 보관했다. 바람이라도 불어서 100달러가 날아가 버리면 안 되었기 때문이다. 베이스캠프에서 정상까지 가서 다시 돌아오는데 우리에게는 정확히 12일의 시간만이 허용되었다. 고산 적응, 고지 캠프를 올라갈 전략과 정상 부근의 폭풍우에 대해서 전 세계에서 온 여러 탐사그룹들이 열띤 대화를 나누었다. 아콩카구아의 정상을 오를 때에는 다양한 높이마다 여러 고지 캠프가 있다. 언제 텐트, 코펠, 버너, 침낭, 음식을 포함한 등반가들의 장비들을 어떤 고지 캠프로 운반하고, 어떤 높이에서 묵을 것인지가 성공적인 정산 등정을 결정했다. 잠자는 곳의 표고 차는 한 번에 400미터 정도가 적당했다. 그리고 숙소보다 조금 더 높은 곳까지 올라갔다가 잠잘 때는 다시 내려오는 것이 권장되었다. 고산지대에서 잘 견디려면 고도는 물론 체류기간도 중요했다.

즉, 고산지대에서 천천히 올라가서 오랜 기간을 체류하는 것보다 비교적 짧은 시간 내에 올라갔다가 바로 다시 내려올 때 고산병에 걸릴 위험이 현격히 낮아진다. 그래서 우리 셋은 여러 차례 계획을 수정했다. 이 상황에서 날씨가 돌변하거나, 장비를 운반하느라 체력이 바닥나거나, 정상에서 폭우를 만나고 다리에 힘이 풀린다면, 고지 적응은 아무 의미도 없다는 결론에 도달했다. 5,000미터 위에 위치한 고지 캠프에서 몸은 집에서 건강한 수면을 취하고 난 후처럼은 회복되지 않는다. 그래서 고지 적응을 위해서 고지 캠프들을 오가면서 몇 킬로미터씩 올라갔다 내려갔다를 반복하는 과정을 건너뛰기로 했다. 그 대신 계속 올라가는 것이 오히려 나한테도 유리하다는 판단이 섰기 때문이다.

날씨는 지난 2주 내내 화창했다. 하지만 풍속이 시속 200킬로미터에 달하는 악명 높은 아콩카구아의 폭풍우와 눈이 곧 올 것이라는 일기예보가 있었다. 이런 상황에서 가장 신속하게 움직이는 것이 가장 안전한 방책이 될 수 있었다. 이제 몸이 적응을 했는지 입증해 보일 때였다. 그것은 일단 움직여 봐야지만 확인이 가능한 일이기도 했다.

이른 아침에 베이스캠프에서 가파른 산중턱을 지나 첫 번째 고지 캠프인 캠프 캐나다를 향해 출발할 때 우리의 배낭은 각각 23킬로그램이었다. 10시경에 우리는 그곳에 도착했다. 3인용 텐트를 조립할 때 다비트의 상태가 좋지 않다는 것을 나는 금방 눈치챘다. 그는 맥없이 기어

들어가는 목소리로 말했기 때문에, 그의 말을 이해하려면 몇 번이나 다시 물어봐야 했다. 지난 며칠간 소화불량 때문에 아주 적은 양만 먹을 수 있었던 그는 고도와 힘겨운 일정을 버티느라 탈진했던 것이다. 오후에 그는 베이스캠프로 내려가기로 결정했다. 그는 그곳에서 이틀에서 사흘 정도 휴식을 취할 계획이었다. 해발 5,000미터의 지점의 텐트에서 팔이 하나뿐인 페터 씨와 나란히 누워 있을 때 어떤 기분인지 물었다. 페터 씨는 컨디션이 좋고 정상에 오르는 시도를 감행하고 싶다고 말했다. 나는 다시 한 번 숙고해 보는 것이 어떻겠냐고 물었다. 우리 팀의 장애가 없는 유일한 보호자인 다비트는 탈진해서 700미터 아래 지점에서 고생하고 있는 상황이었다. "페터" 나는 그에게 다시 한 번 다급히 물었다. "정말 우리 둘이서 계속 올라가겠다는 건가?"

"물론이지. 자네가 정상으로 가는 능선에서 아이젠을 장착하는 것을 돕는다면 가능할 것 같네. 폭우가 내릴 때 혼자서 텐트를 칠 수 없고 요리도 전혀 할 수 없네만. 하지만 고산병 약은 자네 혼자서도 먹을 수 있지 않나. 대신 나에겐 두 눈과 자네와 함께 꼭 오르고 싶다는 커다란 열정이 있다네. 원래 우리가 계획했던 대로 하는 것이 어떻겠나? 자네가 내 신발 끈 묶는 것을 도와주면 나는 자네에게 어디로 가야 할지 말해 주겠네."

이제 우리는 보조를 맞춰 음료를 마시고 식사를 했다. 또한 얼음장 같은 추위에 시달릴 때면 더 많은 칼로리를 섭취하기 위해서 아주 꼼꼼하게 신경을 썼다. 우리는 서로가 서로에게 얼마나 의존하고 있는지 그리고 둘 다 똑같이 건강한 상태를 유지해야만 성공할 수 있다는 것을 정확하게 알고 있었다. 나는 다시 한 번 페터에게 몸 상태에 대해서는 언제나 솔직해야 한다고 강조했다. 만약 위에서 그의 상태가 갑자기 나빠지기라도 하면 우리 둘 다 무사히 살아서 하산을 할 가망성이 없기 때문이다. 마치 세 개의 손과 두 개의 눈과 네 개의 다리에 특수 훈련된 특이한 생명체처럼 우리는 함께 나아가기로 했다.

3시간 동안 무거운 배낭을 메고 산을 오른 후에 '니도 데 콘도레스' 캠프에 도착했다. 그곳은 넓은 공터를 연상시키는 안정적인 지형의 캠프지인데, 바람이 그곳에 서있는 텐트들을 스산하게 스치는 소리가 들렸다. 이곳은 사람들로 북적였다. 하지만 이 정도의 고지대에서 모두들 각자 해결할 일이 있었고, 아주 긴박한 응급상황이 아니면 다른 사람들에게 말을 걸어 부탁을 하는 일은 없었다.

텐트를 설치하고 난 후에(그 와중에 시각 장애인 하나는 뼈대를 끼워 맞추다가 다리가 걸려 넘어지고, 팔이 하나뿐인 남자는 딱딱한 바위 바닥에 말뚝을 박으려고 시도하는 구경거리를 연출하고 말았다) 우리는 둘 다 갑자기 산소 부족을 느꼈다. 텐트의 덮개가 날아가지 않도록 큰 돌덩이를 날라야 했는데, 둘 다 계속해서 어지럽고 위장이 울렁거렸다. 하지만 우리들은 각자 여행용 비상식량을 차와 함께 간신히 목구멍으로 넘겼다.

물은 탁한 웅덩이에서 퍼서 사용해야 했다. 만물이 꽁꽁 얼어붙은 아침 일찍 그 옆에서 등산가들이 볼일을 봤기 때문에, 물을 최대한 오래도록 끓이는 것이 필수적이다. 무수히 많은 '미생물'이 들어 있는 물에는 플라스틱 맛의 항생제도 넣어야 했다. 페터가 이 고귀한 물을 여러

번에 걸쳐 길어 오는 도중에 나는 석유 버너로 요리를 했다. 그렇게 해서 우리는 먹음직스러운 요리를(물론 코를 막았어야 했지만) 즐길 수 있었다.

우리는 이틀 밤을 그 캠프에서 보내기로 했다. 그런 다음에 고지 적응이 잘되면 그곳에서 바로 폭우를 뚫고 정상으로 올라갈 계획이었다. 나는 다른 텐트에서 들려오는 대화를 엿들었다. "날씨가 나빠지기 전에 올라갔다 와서 다행이야."라고 두 사람의 등산객이 의견을 모았다. 아마도 그날 그들은 정상에 올라갔다가 돌아왔고 위성 전화로 믿을 만한 기상정보를 입수했던 것 같다. 나는 페터에게 바로 다음 날 아침에 시도하자고 제안했다. 페터의 대답은 간단했다. "아침에 몸 상태가 나쁘지 않으면 시도해 보지!"

설사 때문에 잠을 설쳤지만 나는 계획대로 새벽 4시 정각에 일어났다. 페터는 아주 의욕에 넘치는 상태였다. 이 화창한 날 우리의 첫 번째 정상 등정 시도를 방해할 것은 아무것도 없었다. 정상까지 가는 엄청나게 긴 구간을 위해 배낭 하나만을 꾸렸다. 우리는 번갈아 가면서 배낭을 짊어질 계획이었다. 배낭에는 차 4리터, 곡물바 몇 개, 카메라, GPS, 거위털 방한복 및 방풍장비가 들어 있었다. 4시 40분 정각에 우리는 출발했다.

첫 번째 400미터의 표고를 오를 때 우리는 다른 등반가들과 함께 그룹을 이뤘다. 하지만 해가 떠오르자 그룹은 해체되기 시작했다. 6,000미터 이상의 높이에서는 개개인의 상태가 순간순간 달라질 수 있기 때문에 다른 사람들과 리듬을 맞추어 가는 것이 거의 불가능하기 때문이었다. 그래서 나와 페터는 단둘이서 나아갔다. 간간히 내 옆에서 다른 등산객들이 각양각색의 어조로 힘들어서 탄식하는 소리가 들렸다. 6,300미터 지점부터 루트는 계속해서 더 험난해지기만 했다. 마지막 휴식 이후에는 20분만 행군을 해도 마치 몇 시간이나 지난 것 같은 기분이 들었다. 마찬가지로 우리는 고도에 대해서도 파악하기 어려웠다. 둘 다 고도 측정계를 가져오지 않았고 GPS는 시야가 확보되지 않을 때 사용하려고 배낭에 넣었기 때문이다. 그래서 우리들은 시간과 고도에 대한 정보를 다른 등산가들에게 알려 달라고 요청했다. 해발고도 6,400미터 지점에서 오스트리아 슐라트밍에서 온 요아힘이 우리를 앞질렀다. 그는 이미 8,000미터 산을 두 개나 등정한 베테랑이었다. 그는 이날 아무도 정상에 오르지 못할 것이라고 말했다. 나와 페터는 그 말에도 낙담하지 않았다. 하늘에는 구름 한 점 없고, 바람 한 줄기 불지 않았다. 몸에서도 이상 징후가 느껴지지 않았고 이제 아침 9시 밖에 되지 않았다. 우리는 계속 해서 걸어갔고 나는 여러 차례 페터에게 '카날레타'가 보이지 않는지 채근했다.

카날레타는 정상으로 가는 마지막 가파른 능선으로, 투어의 마지막 난코스이기도 했다. 고지에 석응하기가 힘겨워서 우리의 체력은 급격하게 고갈되어 갔다. 우리는 한 시간당 겨우 표고 100미터씩 올라갈 수 있었다. 카날레타로 가는 횡단로에서 지형이 급격히 험난하다고 느껴졌다. 자갈들이 굴러다녔고, 큰 바위들과 급경사면이 나타났기 때문이다. 언젠가부터 바위 지대는 점점 더 가팔라졌다. 나는 스무 걸음 정도 가고 난 후에 숨을 쉬기 위해 다시 잠시 멈춰 서야 했다. 곧 정상 가까이에 있는 협곡 근처에 도달하자 갑자기 지대가 더 가파르고 험준해졌다. 나는 배낭을 커다란 바위 밑에 숨겨 둔 후에 아무런 장비나 비상식량 없이 계속해서 위로 나아갔다.

말할 기력조차 없었고 목소리도 잠겼다. 페터의 발이 경사면을 찍고 오르는 소리를 따라 나는 기어 올라갔다. 속도는 이미 떨어질 대로 떨어졌다. 느낌상 몇 시간 동안 카날레타를 기어오른 것 같았을 때, 위에서 다시 내려오는 요아힘의 목소리가 들렸다. 우리들이 나타나자 그는 적잖이 놀라는 듯했다. 다소 떨떠름한 목소리로 그는 우리에게 외쳤다. "여기까지 해내셨군요. 이제 정상까지는 표고 70미터만 남았습니다!"

이렇게 '수월하게' 정상까지 올라갈 기회는 다시 없을 거라는 확신이 들었다. 그래서 나는 페터에게 다시 한 번 힘을 내라고 격려했고, 그는 마지막 남은 힘까지 모두 짜냈다. 다섯 걸음을 내딛을 때마다 전력투구를 하는 느낌이었고 피로감이 엄습했다. 다리가 풀렸지만 계속해서 우리는 다시 몸을 일으켜 세웠다. 둘 다 정상까지 오를 수 있다는 확신은 없었지만 서로에게 용기를 북돋아 주는 말을 건넸다. 마지막 표고 20미터 구간은 가장 험난했다. 바위 위에 30~50센티미터 높이의 계단들이 나있는데, 그곳을 건너면서 한 발 한 발 내딛을 때마다 맥박수가 급격히 올라갔다. 그런 다음 갑자기 오르막길이 끝났다. 눈에서 눈물이 흘러내렸고, 숨이 찼지만 남미 대륙의 가장 높은 지점을 품에 안았다는 자부심과 행복감이 번져 갔다.

환희의 순간에도 이렇게 높은 산에서 정상까지 온 것은 절반만 완주했다는 것을 의식하고 있었다. 결코 쉽지 않을 하산길을 잘 버티기 위해 우리는 정신을 집중했다. 페터는 팔이 하나뿐이라서 상체의 무게중심을 잡기가 불리했다. 그 점은 이런 극한의 환경에서 문제가 될 수 있었다. 그래서 그는 가파른 카날레타에서 균형을 잃지 않으려고 안간힘을 썼다. 300미터 표고의 험난한 길을 내려왔고, 이제 최악의 구간은 완주한 셈이다.

다음 날 아침 고지 캠프에 설치한 텐트에서 일어났을 때 밖에 15센티의 눈이 새로 내렸다는 것을 알았다. 악천후였다. 텐트를 해체하고 배낭을 꾸려서 베이스캠프로 내려갈 채비를 했다. 뼈마디가 녹작지근해도 가슴속이 기쁨으로 가득 차서 가파른 자갈길을 내려가는 것은 견딜 만했다. 베이스캠프에서 표고 100미터가 떨어진 지점에서 다비트가 우리를 맞으면서 등정의 성공을 축하했다. 그는 사흘 동안 쉬면서 기력을 완전히 회복한 다음에 '니도 데 콘도레스' 방향으로 가는 그룹에 합류했다. 다음 날에 그는 우리가 갔던 길을 따라 꼭대기까지 갈 계획이었다. 하지만 아콩카구아의 정상에 몰아치는 폭풍우 때문에 그 계획은 불가능해졌다.

***

방향 감각을 완전히 상실한 상태에서 넘어지지 않고 비행기 이착륙장으로 가느라 애를 먹었다. 이번에는 다섯 명이서 세븐 서밋 프로젝트의 네 번째 목표지를 향해 출발하기로 했다. 불과 몇 백 명의 인구가 사는 알래스카의 외딴 황무지인 타키트나의 작은 공항은 4주간의 일정에서 우리가 마지막으로 만난 문명의 흔적이었다. 작은 사무공간과 바와 화장실이 있는 간이건물 사이로 엔진의 굉음이 들려왔다. 그 때문에 내 신경은 곤두섰고 지각 능력은 둔해졌다. 나는 멈칫거리면서 한 발씩 내딛었다. 알래스카 총림지대를 비행하는 조종사의 특수 활대를 장착한 경비행기를 타고 백 킬로미터 남짓 떨어진 카힐트나 빙하까지 가는 것은 매일같이 있는 기회는 아니었다. 카힐트나 빙하는 맥킨리 산으로 가는 관문이었다. 전날부터 우리는 타키트나에서 시야를 가로막는 두터운 구름층 때문에 하염없이 떠날 기회를 기다리고 있었다. 안전하게 이착륙을 하려면 타키트나는 물론 카히트나에서도 날씨가 좋아야 했다. 각국에서 온 수많은 등산가들이 하루 종일 비행기가 뜨기를 노심초사 기다리고 있었다.

이번 나의 동행인들은 토마스와 안디 노트두르프터 형제와 안디 샤르나글과 펠릭스 골러로 모두 티롤 출신이다.

나는 산악 등반용 신발을 신고서 여기저기 널려 있는 스키와 수화물들과 비행기 사이를 걸어오다가 걸려 넘어지고 말았다. 나의 불안정한 등장에 다른 탐험대들 사이에서 우리 팀의 구성원이 특별하다는 소문이 돌기 시작했다. 다른 등반가들은 나의 친구들에게 말을 걸었다. "저 시각 장애인과 함께 여기 타키트나에 계속 있는 게 훨씬 안전하고 현명할 겁니다. 저 위 맥킨리 산에는 극한의 상황이 펼쳐지니까 말이죠. 비행장에서도 저렇게 힘들어하는데, 산에 어떻게 오를 수 있겠습니까?"

하지만 그 말에 내 동료들은 미소만 지었다. 그들은 내가 야생에서 보다 시끄럽고 예측 불가능한 문명사회에서 더 힘들어한다는 것을 잘 알고 있었다.

나는 토마스가 손으로 내 팔을 잡아당기는 것을 느꼈다. 공기를 가르는 프로펠러의 소음은 점점 더 견디기가 어려워졌다. 토마스는 내 손을 위로 이끌었고, 비행기 동체의 좌우로 뻗은 날개가 만져졌다. 내 앞 2~3미터 떨어진 곳에 입구로 가는 계단이 있다는 것을 알 수 있었다. 토마스는 다시 한 번 손짓으로 나에게 머리를 조금 숙인 다음 경비행기의 계단에 오르라고 신호를 했다. 나는 좌석을 찾았고 어깨 쪽에서 안전벨트를 잡아당겼다. 이제 이륙 준비가 완료되었다. 토마스는 내 옆자리에 앉아서 내 손을 잡았다. 4인승의 비행기가 이륙하자 그는 손을 꽉 쥐면서 안도감을 표시했다. 토마스는 지난해에 여자 친구와 함께 지구상 가장 추운 이 산에 오른 적이 있었다. 나를 위해 다시 한 번 고행을 자처한 것에 나는 그에게 깊은 고마움을 느꼈다.

맥킨리 산에 오를 때 팀원 중 누군가가 이 도전의 세밀한 부분까지 잘 알고 있는 것은 유리했다. 복잡한 입산 허가 절차를 거친 후에 3~4주 동안 디날리의 눈과 얼음 속에서 지내야 했다. 디날리는 원주민들이 맥킨리 산을 부르는 다른 명칭이다. 그 기간 동안 최대 70킬로그램짜리 짐을 갖고 정상 가까이까지 다가가야 한다. 25킬로그램의 짐은 배낭에 짊어지고 나머지는 플라스틱 썰매로 끌고 가는 식이다.

가령, 20일째 되는 날 먹으려는 아침 식량도 첫날부터 배낭에 챙겨야 한다. 텐트, 특수 깔개, 침낭, 거위털 방한복, 아이젠, 자일, 코펠은 어깨에 실린 하중을 더 보탠다. 처음 사흘 동안 진행될 해발 2,000~3,400미터의 비교적 평평한 구간의 눈이 많이 쌓인 길을 수월하게 갈 수 있도록 우리들은 산악스키를 가져왔다.

설빙산에서 보낸 첫 날 밤은 전체 탐사일정 중에서 가장 힘겨웠다. 앞으로 몇 주간 비좁은 텐트에서 함께 지낼 파트너는 티롤의 쾨센 출신의 안디 샤르나글이었다. 이 친구에게는 비극적인 과거가 있었다. 2006년 3월 스키투어에서 아내가 치명적인 추락사고로 세상을 떠났고, 그도 하마터면 목숨을 잃을 뻔했다. 500미터 높이의 가파른 바위지대에서 추락하고도 그가 살아남은 것은 기적에 가까웠다. 그가 치명적인 중상을 입고 심리적으로도 큰 타격을 입은 상태에서 병원에 입원해 있을 때 전화가 한 통 걸려왔다. 비극적인 소식에 대해서 아무것도 모른 채 전화를 건 사람은 나였다. 우리 둘은 그해 봄에 따로 코카서스 산맥의 엘브루스 산을 등정했는데, 그것 때문에 서로에 대해서 알고 있었다. 수화기에서 들려오는 안디의 목소리는 유령 같았다. 그는 불분명한 말투로 비극적인 이야기를 들려주었다. 이럴 때 내 특유의 실용주의적인 태도가 드러났다. 나는 안디에게 위로의 말을 건네는 대신 초연하게 현실의 거울을 비추어 보여 주려고 했다. 우리 인간이 자애로운 하느님의 뜻을 납득하기 어려워도 받아들여야 하는 때가 있다고 그에게 말했다. 아직 살아 있다는 사실에 집중하고 회복하기 위해 최선을 다해야한다는 말을 건넸다. 남아 있는 기력을 돌이킬 수 없는 일에 낭비해서는 안 된다고도 얘기했다. 별로 따뜻하지는 않지만 진솔한 말들을 안디가 그 상태에서 감당할 수 있었던 것은 내가 시각 장애 때문에 종종 불가항력적인 문제들에 굴복할 수밖에 없었던 것을 알고 있었기 때문이다. 그때부터 안디와 나 사이에는 아주 특별한 유대감이 생겨났다.

안디 샤르나글은 3주간 텐트를 함께 쓰면서 나를 위해 요리를 하고 크고 작은 문제들이 있을 때 도와주기로 했다. 빙하에서 보낸 첫 날 밤에 그는 텐트 앞에서 석유 버너로 저녁 식사를 준비했다. 하지만 그것이 화근이었다. 영하 20도의 맹추위 때문에 텐트에는 환풍구를 모두 막아 놓은 상태였는데, 석유가 증발하면서 실내로 들어와 버렸다. 그날 밤 두꺼운 거위털 침낭을 두 개 겹쳐서 사용하면서도 나는 추위에 덜덜 떨었다. 속이 울렁거렸고 위장이 뒤집히는 기분이 들었다. 악몽을 꾸면서 상태는 최악으로 치달았다. 하루가 지나서야 내가 중독되었다가 회복되었다는 것을 깨달았다. 맹추위에도 불구하고 안디는 계속해서 텐트 앞에서 요리했다.

다음 3일 동안 우리들은 장비를 해발 3,400미터 위치의 제3 캠프인 모터사이클 캠프로 끌고 올라갔다. 그곳에서부터 급경사지대로 변했기 때문에 우리들은 물건들을 각각 2개의 구간으로 나누어서 옮긴 다음에 눈 더미 속에 파묻어야 했다. 4,100미터의 높이에서는 '윈디 코너'라고 불리는 엄청난 광풍이 몰아치는 빙하의 모서리를 돌아 배낭과 썰매를 끌고 가야 했다. 폭풍이 몰아칠 때 그렇게 하는 것은 결코 쉽지 않았다.

그곳에서 나는 처음으로 체중이 줄었다는 것을 알았다. 며칠 동안이나 음식을 제대로 먹지 못했기 때문이다. 배낭에는 뜨거운 물을 부으면 먹을 수 있는 다양한 입맛을 겨냥한 건조 음식이 21일치 들어 있었다. 하지만 처음 이틀 동안에만 즉석요리가 가능했다. 눈을 녹인 물은 고산

지대에서 70도면 끓었다. 하지만 영하 25도의 추위에서 음식은 급격히 다시 식었다. 한 수저를 떠서 입가에 가져가자마자 음식은 다시 얼기 일보 직전이 되었다. 그래서 커리 소스를 곁들인 으깬 감자는 살얼음이 낀 채 이빨 사이에 끼곤 했다. 안디가 텐트 안에서 건조식량이 담긴 포장을 열 때면 내 위장은 요동치고 속이 메스꺼워졌다. 그래서 나는 하루에 필요한 칼로리를 견과류, 초콜릿을 비롯해서 목에 넘길 수 있는 음식으로 채우려고 애썼다. 하지만 열량은 턱없이 부족했다. 맥킨리 산의 탐사일정 동안에 나는 체중이 거의 15킬로그램 줄었다. 나의 경우 다른 보통의 등반가보다 에너지 소모량이 월등히 높았기 때문에 출발하기 전에 집에서 미리 체중을 최대한 비축하려고 시도했다. 사람들은 1미터의 표고를 오를 때마다 보통 6~8보의 걸음을 걷는데, 나의 경우에는 잘못 걸은 것을 만회하느라 그보다 절반은 더 걸어야 했기 때문에 열량 소비량이 월등히 높았다.

나는 점점 더 자주 기운이 없고 열이 오르는 상태가 되었다. 그래서 일기예보가 좋지 않았을 때 오히려 기쁜 마음이 들었다. 기상악화는 앞으로 2~3일 동안 텐트 밖을 나가지 않아도 된다는 것을 의미했다. 나는 황량한 환경에서도 머릿속으로 흥미진진한 상상을 하면서 몇 시간이고 보낼 수 있다. 하지만 앞을 볼 수 있는 동료들은 그런 상황에 처하면 나보다 더 빨리 초조해진다. 아마도 새로운 것을 더 이상 볼 수 없기 때문에 지루함을 견디기 힘들어하는 것 같다. 지리멸렬한 시간을 나는 오디오 북을 듣거나 안디와 재미있는 농담이나 진지한 토론을 주고받으면서 보냈다.

때때로 위성전화를 걸어 자비네와 근황에 대해 이야기했다. 자비네는 나의 소식을 내 블로그에 찾아오는 팬들과 친구들을 위해 업데이트했다. 매일 우리 원정 대원들은 함께 최신 일기예보를 읽을 수 있는 날씨 게시판이 있는 곳으로 찾아갔다.

하지만 매일 같이 똑같은 내용이었다. 폭풍과 눈이 내린다는 소식이었다. 나흘 후에야 상황이 나아졌다. 토마스는 우리를 텐트 밖으로 끌고 나오게 해서 캠프 주변을 조금 산책하게 했다. 그것만으로도 나는 아주 힘들었다. 하늘엔 구름 한 점 없었고 처음으로 바람이 별로 불지 않았다. 그럼에도 더 높이 올라가는 것은 무모한 일이라는 느낌이 들었다. 산은 높이 올라오라고 우리를 거짓 유혹하고 있었다. 하지만 일기예보에서는 다음 날 밤 다시 고지대에 강력한 폭풍이 올 것이라고 내다봤다. 맥킨리 산의 변화무쌍한 지독한 날씨는 1,000미터 높은 곳에 위치한 하이 캠프보다 이곳 메디컬 캠프에서 더 견딜 만하다. 다음 날 우리는 반짝 좋은 날씨를 틈타 함께 높은 곳으로 행군했다. 하지만 또 다시 산은 내가 얼마나 나약한 존재인지 입증했다. 억지로 힘을 쥐어 짜내서 나는 꾸역꾸역 앞으로 나아갈 수 있었다. 대신 움직이면서 굳었던 몸이 풀어져서 밤에는 숙면을 취할 수 있었다. 다음 날 아침 캠프의 여러 탐사대들은 떠나려는 분위기였다.

날씨를 믿을 수 없다는 이유로 토마스는 그런 들뜬 분위기에 무작정 휩쓸리는 것을 만류했다. 미풍도 구름도 없었다. 모든 징후가 산에 오르라고 말하고 있었다. 잠재의식 속에는 꺼림칙한 느낌이 있었지만 토마스, 두 명의 안디, 펠릭스와 나는 정오쯤에 출발했다. 우리 앞의 루트에는 정상 앞 마지막 캠프까지 오르려고 하는 등반가들로 북적였다. 곧 우리는 픽스 자일이 있는 4,700미터 지점에 도착했고 그곳에서 빙벽구간인 헤드월로 나아가면 되었다. 그곳에서는 무거운 배낭을 진 상태에서 45~50도의 가파른 빙벽을 힘겹게 타고 산마루까지 300미터의 표고를 올라야 했다. 한 손에는 피켈을, 다른 한 손에는 픽스 자일에 매단 걸쇠를 쥐자 안전장치를 갖춘 듯한 든든한 기분이 들었다. 아이젠을 장착하고 힘겹게 한 발 한 발을 내딛었다. 나는 다시 기진맥진해졌다. 토마스가 그 구간에서 내 배낭을 들어 줄 때 고마웠다. 산마루에 도착했을 때 위협적으로 몰려오는 구름층이 우리의 의욕을 꺾어 버렸다. 나는 몸 상태가 좋지 않았기 때문에 무거운 물건들을 배낭에서 꺼내서 그곳에 보관하고 다시 캠프로 내려가는 것에 대해 이견이 없었다. 자정이 되기 전에 나는 텐트에 누워서 폭풍우 치는 소리를 들었다.

다시 평상시의 몹시 궂은 날씨였다. 볼일을 보려면 허리 높이까지 내린 눈길을 헤치고 얼어붙은 갈색 구덩이를 파헤치는 번거로움을 감수해야 한다.

전날 우리보다 더 멀리 올라가서 하이 캠프에 도착했던 등산객들이 이날 정상에 도전하려고 했지만 5,600미터 지점의 데날리 패스에서 무자비한 날씨 때문에 무릎을 꿇고 말았다는 소식이 캠프에서 돌았다.

많은 팀들이 정상에 오를 가능성이 점점 희박해지면서 등정을 중도에서 포기했다. 그래서 나와 동료들은 그들이 남긴 식량을 마음껏 누릴 수 있게 되었다. 견과류, 초콜릿과 다른 간식들을 내 체력에 많은 보탬이 되었다. 그중 최고의 별미는 치즈 한 덩어리와 소시지 반 개였다. 내 위장은 친숙한 음식이 오랜만에 들어오자 반가워하는 것 같았다.

눈과 폭우가 계속해서 텐트 주위로 몰아쳤다. 계획표는 점점 더 빽빽해졌고 텐트를 사방에서 짓눌러 오는 눈 더미들의 하중도 점점 더 커졌다. 저녁 8시에 워키토키로 다음 사흘간의 일기예보를 들었다. 다음 날 폭풍우가 잦아들 것이고, 그다음 날인 금요일에 정상에는 풍속이 불과 시속 45킬로미터에 그칠 것이며, 5,000미터 고도의 기온은 약 영하 30도가 될 것이라는 예보였다. "어차피 더 기온이 오를 리는 없겠지."라며 토마스는 제안했다. "내일 시도해 보자."

나는 마음속으로 환호했다. 8일 동안 나는 빈둥거리기만 했던 터라 알래스카로 온 보람이 없다고 생각하던 참이었다. 그날 밤에도 며칠 전과 마찬가지로 텐트 주위로 거센 폭우가 쏟아졌지만, 나는 더 이상 걱정이 되지 않았다. 다음 날 아침 출발하게 되리라는 것을 확신하고 있었기 때문이다.

가파른 헤드월을 나는 배낭을 메고 천천히 올라갔다. 거기서 이어지는 산마루에서 하이 캠프까지 가는 길은 정말 즐거웠다. 안디 노트두르프터는 여기서 나를 이끄는 역할을 맡았다. 텐트를 같이 쓰는 안디 샤르나글은 계속 가까이에서 카메라로 사진을 찍었다. 토마스는 하이 캠프에서 우리 팀이 야영할 장소를 물색하기 위해 먼저 앞서서 갔다. 펠릭스는 별 탈이 없는 구간에서는 언제나처럼 혼자서 갔다. 무위로 지냈던 허송세월을 여러 날 보낸 후에 드디어 다시 산악인의 본질에 충실한 모습으로 돌아올 수 있어서 기뻤다. 안디는 비좁고 돌부리투성이의 빙설 산마루에서 나를 능숙하게 인도하였으며, 가장 높은 캠프까지 팀을 이끌었다. 그는 텐트 칠 곳에 도착하자 짐에 있던 특수 삽을 꺼내서 쌓인 눈을 퍼냈다. 하지만 내 동료들은 힘에 부친 나머지 다른 캠프에서 했던 것처럼 텐트 주변에 방풍용으로 2미터 높이의 눈 벽을 쌓지는 못했다. 사방이 얼어붙은 이곳에서 침낭 속은 유일하게 따뜻한 공간이었기에 모두들 저녁 7시부터 침낭 속에 기어 들어갔다. 우리의 몸이 거위털로 채워진 침낭에서 그토록 많은 열기를 낼 수 있다는 것이 경이로웠다. 거위털 침낭 속에 있을 때는 옷을 너무 두껍게 껴입지 않도록 주의해야 한다. 그렇게 할 경우 체온이 침낭으로 발산되지 못하기 때문에 따뜻해지지 않는다. 숨을 내쉴 때 호흡도 이 기적의 침구 속에 불어 넣어야만 한다. 그렇게 하면 바깥 온도가 아주 낮더라도 몇 분 만에 침낭은 따뜻하고 포근한 보금자리로 변신한다.

그날 밤 나는 몸이 회복될 만큼 양질의 숙면을 취하지 못했다. 따뜻한 거위털 침구 속에 몸을 누이고 나서 불과 몇 분 만에 위와 장에서 가스가 찬 듯한 불편한 느낌이 들었다. 탐사를 나왔을 때 소변이 마려울 때면 늘 휴대하는 목이 넓은 플라스틱 병을 사용하기 때문에 비좁은 실내에서 밖으로 나갈 필요가 별로 없다. 하지만 이번에는 다른 용무가 급했다. 바깥 기온은 영하 30도를 크게 밑돌았다. 그런 상황에서 속옷까지 내릴 엄두가 나지 않았다. 이 지극히 개인적인 용무를 위해 괴짜 파트너인 안디는 비닐봉지로 구원의 손길을 내밀었지만 이내 그 봉투에 큰 구멍이 났다는 것을 발견했다. 장은 금방이라도 내용물을 비워 내려고 요동쳤고, 나는 긴박한 순간에 맨발로 밖으로 뛰어나갈 수밖에 없었다.

따뜻한 방 안에서 이 책을 읽고 있는 사람에게는 매우 우스꽝스럽게 들릴지도 모르겠다. 하지만 그 상황에서 나는 위태롭게 한계선을 넘나들고 있었고, 손과 발에 심한 동상을 입을 위험이 있었다. 결국 나는 별 탈 없이 일을 끝냈다. 하지만 긴 절차를 마치고 다시 텐트에 돌아와 안디 옆에 누웠을 때 똑같은 상황이 다시 처음부터 반복되었다. 서너 시간 정도를 배탈 때문에 뜬 눈으로 보내야 했고, 결국 눈 붙일 시간이 얼마 없었다.

그럼에도 불구하고 우리 다섯 명은 다음 날 아침 8시가 조금 지나자마자 정상행을 시도했다. 그 계절에 북반구에 끝에 있는 데날리에서는 밤이 되어도 어두워지지 않는다. 그래서 등반을 하다가 칠흑 같은 어두운 밤을 맞을 위험이 없었다.

자일을 묶고 우리들은 첫 번째 표고 30미터를 오른 다음 '아우토반'이라고 불리는 가파른 빙벽에 있는 700미터 길이의 횡단로 방향으로 나아갔다. 그곳에서는 고도의 집중을 요했다. 조금만 미끄러져도 자일팀 전체가 절벽 아래로 떨어질 수 있다. 지난 밤 배탈 때문에 메디컬 캠프에 있었을 때처럼 다시 체력이 약해진 느낌이었다. 머리만 위로 올라가려고 하고 몸은 따로 놀고 있는 듯한 기분이었다. 우리 팀이 아우토반을 지나 데날리 패스에 도달했을 때야 다시 자신감이 미약하나마 다시 생겼다. 그곳에서부터 맹렬한 폭풍우가 나타날 것이라는 토마스의 우려와는 반대로 바람도 거의 불지 않는 날씨였다. 동료들은 다음에 나타날 가파른 돌출부에는 추락할 위험이 크지 않다고 말했다. 나는 다시 의욕이 되살아나는 듯 기운이 펄펄 났다. 하지만 갑자기 산마루 위에서 폭풍이 몰아치는 엄청난 소리가 들려오자 나는 방향 감각을 상실했다. 그렇게 극한 상황에서는 아주 가까운 곳에서도 서로의 말을 주고받는 것은 불가능하다. 나는 토마스에게 앞으로 표고 50미터를 완주할 때마다 손으로 바람을 막은 다음 나에게 귓속말로 올라갈 루트에 대해서 설명해 달라고 부탁했다.

추락의 위험이 있을 때에는 피켈로 배낭을 두드려서 나한테 바로 멈춰 서라는 경고를 하기로 했다. 그 방법은 아주 효율적이었고 우리는 등반가들 사이에서 축구장이라고 불리는 6,000미터 지점에 있는 평평한 지대까지 서로 도와가며 올라왔다.

몇 시간 전부터 진전이 더디어서 마치 내가 맥킨리 산에서 가장 느린 등반가일지도 모른다는 불편한 심경이 들었다. 하지만 동료들이 휴식 시간에 차를 마시면서 우리들이 어떤 팀을 앞질렀는지 신나서 이야기하는 소리를 듣고 마음이 놓였다. 마지막 급경사 지점인 악명 높은 '돼지 구릉'과 산마루만 올라가면 이제 정상이었다. 나와 동료들은 그 사실에 기운이 났고, 나는 더 높이 올라가기 위해서 분투했다.

우리들은 150미터 높이의 급경사면과 정상으로 이어지는 산마루에서 추락에 대비해서 다시 자일을 장착했다. 폭풍우는 내 기력에 비례하듯 기세가 약해졌다. 나는 토마스의 소리를 따라 아이젠을 신은 발을 한 발 한 발 규칙적으로 내딛으며 급경사면을 올랐다. 때때로 그는 우렁찬 목소리로 앞으로 몇 미터의 고지가 남았는지 알려 주었다. 하지만 그 말은 나를 거의 낙담시키고 말았다. "안디, 이제 30미터 남았어!"라며 새된 목소리로 진행 상황을 알려 주었지만, 10분 후에 아직 40미터가 남았다고 정정했다. 토마스는 엄청난 강행군으로 지친 기세가 역력했다. 그리고 산은 계속 미세한 판단 착오를 불러일으켰다.

산악원정용 신발은 영하 60도에 맞춰 특수 제작되었지만 우리는 다리의 혈액순환이 잘되지 않아 어려움을 겪었다. 마치 통나무 두 개를 덧대고 그 지대를 걷고 있는 듯한 느낌이었다. 스트레칭을 해서 다리의 체온을 약간 올리면 통증이 밀려왔고 그때서야 발가락에 감각이 느껴졌다.

이 혹독한 자연 속에서 맹추위를 극복하려면 현명하게 행동해야 했다. 장갑을 벗고 나서 잠시 한눈을 판 사이에 심한 동상을 입을 수 있었고, 때를 잘못 맞춰 휴식시간을 갖는 것도 위험했다.

중도에 멈춰 서면 혈액의 순환이 저하되면서 체온이 떨어질 수 있다. 따라서 휴식시간을 갖기 전에는 빠른 걸음으로 걸어서 체온을 높이고, 휴식하는 동안에 그 온도를 활용할 수 있도록 하는 것이 좋다. 정상으로 가는 마지막 걸음을 내딛을 때 나는 오른쪽 손가락의 감각이 둔하게 느껴졌다. 험준한 지대를 오를 때 피켈을 손에 꽉 쥐고 있던 탓이다.

북미대륙의 최고봉 위에 섰을 때 정상을 등정한 것에 대해 마냥 기쁘시만은 않았다. 이 거대한 빙설 산을 내려오는 일이 결코 녹록치 않다는 것을 알고 있었다. 가장 걱정되었던 것은 무거운 배낭을 멘 채 무거운 썰매를 뒤에 끌면서 빙설벽 앞의 윈디 코너를 돌아가는 일이었다. 고행길과도 같은 그 구간을 떠올리는 것만으로도 신경이 곤두섰다. 참을성이 많은 동료 안디 샤르나글과 함께 마지막 남은 힘을 쥐어 짜내 간신히 고문 구간을 몇 시간 동안 내려왔고 결국 3,400미터 지점의 모터사이클 캠프에 도착했다.

하지만 잠시 휴식을 취하거나 눈을 붙일 겨를도 없었다. 닥쳐오는 악천후를 피하기 위해서 토마스는 서둘러 떠나자고 재촉했다. 그와 동생 안디는 산을 오를 때 묻었던 생필품과 쓰레기가 담긴 짐을 다시 파냈고, 산악스키를 타고 떠날 채비를 했다. 나는 절망했다. 그날 온갖 짐을 갖고 빙설산의 표고 2,000미터 구간을 고통스럽게 겨우 내려왔는데, 이제 동료들은 추가로 1,400미터의 표고를 스키를 타고 내려가려고 하는 것이다!

배낭은 짊어지고 힘이 풀린 다리로 스키를 타면서 동시에 무거운 썰매를 끄는 것은 불가능해 보였다. 토마스는 이 상황에서 젖 먹던 힘까지 쏟는 것 이외에는 다른 선택은 없다고 설득했다. 그런 말을 한 것에 대해서 나는 지금까지도 토마스에게 고맙게 생각한다. 나는 애를 써서 아이젠을 풀고 산악스키로 갈아 신었다. 잘못 움직일 때마다 몸 전체 근육에서 쥐가 났다.

우리들은 짐을 능률적으로 배분했다. 나는 짐을 잔뜩 실은 썰매를 끄는 대신 더 이상 무거운 배낭을 짊어지지 않아도 되었다. 나는 양쪽 스키 스틱으로 썰매를 단단히 고정시켰다. 그렇게 해서 스틱을 찍으면서 얻을 수 있는 추진력을 포기하는 대신 무거운 썰매가 다리에 부딪치는 것을 방지할 수 있었다.

다시 자애로운 하느님께서 도움의 손길을 내미신 것 같다. 산악 등반화는 너무 부드러운 재질이라서 스키를 탈 때 전혀 발을 보호하지 못하고, 또 눈길이 얼어붙어서 루트에서 운신하는 것이 아주 까다로웠지만,

나는 상체를 곧추 세우고 스키 위에서 집중하면서 아주 조심스럽게 내려갈 수 있었다.

갑작스럽게 의욕과 힘이 돌아왔다. 나는 팀원들과 함께 비탈길을 내려오는 것을 즐길 수 있었다. 마치 꿈속에서처럼 나는 스키를 타고 날아다녔다. 이제 정말로 하루 만에 맥킨리 산의 가장 높은 캠프에서 베이스캠프까지 내려갈 수 있다는 것을 확신할 수 있게 되었다.

6월 달에 이 위도에서는 한밤중에도 어두워지지 않기 때문에 7시간 동안 하산해야 하는 우리에게 이점으로 작용했다. 출발한 후에 우리는 200미터 높이의 '하트브레이크 힐'을 다시 올라갔다. 자정 즈음에 시야가 제대로 보이는 상태에서 해발 2,200미터의 베이스캠프에 도착할 수 있었다.

***

목적지에 도착하려면 온갖 비행기들을 갈아타고 열네 번의 이륙과 착륙을 해야 했다. 뉴기니아 섬의 서파푸아 주에 있는 카르스텐츠 피라미드(오세아니아에서 가장 높은 산으로 푼착자야 산이라고도 불린다―옮긴이)에 오르려면 산악 등반 기술과 노하우는 물론 참을성과 신앙심도 요구된다. 인도네시아 내 반란군 때문에 그곳으로 가는 여행은 출발 직전에 여러 차례 연기가 되었다. 결국 2009년 8월 21일에 동티롤의 트리스타흐에서 사는 친구 안드레아스 운터크로이터와 함께 먼 나라로 장기 여행을 떠날 수 있었다. 아내 자비네는 환상의 섬 발리에서 휴가를 보내기 위해서 이번 여행길에서 한 구간을 함께 비행했다. 제3의 등반가를 데리고 가기에는 예산이 빠듯했기 때문에 안드레아스와 나는 이 탐험을 단 둘이서 감행해야 했다. 비행기가 서파푸아 주의 남쪽 해안에 있는 티니카에 착륙했을 때 우리들은 지구의 반대편 끝에 도착했다는 느낌이 들었다.

공항과 수하물 처리소와 공항의 직원들은 서양의 시설에 익숙해 있는 우리들의 기준치에는 부합하지 않았다.

우리들은 목재 벤치가 있는 삭막한 공간으로 안내되었고 그곳에서 환승을 위해 짐의 무게를 쟀다. 혼탁한 공기의 묵직하고 달짝지근한 냄새와 낮은 천장 속의 열기 때문에 숨쉬기가 힘들었다. 내 체중이 얼마인지에 대한 질문에 답을 한 후에 우리들은 내국비행용 활주로로 나갈 수 있었다. 승객들이 좁은 비행기 안에 착석하자마자 조종사는 엔진의 시동을 걸었다. 황량한 느낌을 주는 비행기는 굉음을 내면서 천천히 앞으로 나아갔다. 안드레아스는 우리가 탄 비행기 옆으로 손에 소화기를 들면서 달려오는 인도네시아인을 보았다. 그는 이곳에서 비행운행의 안전기준을 단적으로 보여 주고 있었다. 비행기가 뜰 때 '언제나 긍정적으로 생각하자'라며 나는 주문처럼 혼자말로 중얼거렸다. 비행기 안은 너무 시끄러워서 안드레아와 대화를 나누는 것은 불가능했다. 무한한 우림 위로 20분 동안 비행을 한 다음 기계의 엔진굉음에 새로운 소음이 가세했다. 나는 불안해졌다. 안드레아스는 "나도 이게 무슨 소리인지 통 모르겠군."이라고 말했다. 연달아서 인도네시아 내에서 다른 비행기를 갈아타면서 나는 그 수수께끼 같은 소리가 무엇인지 알게 되었다. 그것은 비행기가 고도를 낮출 때 착륙용 개폐장치에서 나는 소리였다. 원시림 상공 한 가운데에서 급격히 고도가 낮아졌던 것인데, 마치 조종사가 매 순간 착륙을 시도하고 있다는 인상을 주었다.

실제로 그곳에는 조종사들 사이에서 '버스정류장'이라고 불리는 아주 작은 이착륙로가 있었다. 서파푸아주의 몇 개 되지 않는 도시들의 외곽에는 도로망이 존재하지 않았다. 따라서 비행기는 종종 마을과 마을 사이를 연결하는 유일한 교통수단이었다. 그래서 기장은 비행기의 고도를 낮춘 다음 창밖으로 탑승하려는 사람이 있는지 확인했고, 그런 다음 착륙하거나 다시 고도를 높였다. 이번에 비행기는 착륙했고 몇 명의 사람들이 새로 탑승했다. 프로펠러가 돌아가는 비행기가 있는 착륙로 옆에서 어린 아이들이 놀고 있었다. 아픈 사람들과 작은 동물은 물론 낡은 오토바이까지 문을 통과해 들어왔다. 비행기는 터질 듯이 꽉 찬 후에 파푸아의 상공으로 다시 올라갔다.

북쪽 해안가에서 헬리콥터로 갈아타려고 할 때 우리는 경악을 금치 못했다. 헬리콥터는 동력장치나 회전날개도 없는 상태에서 이륙 장소에서 대기하고 있었다. 섬주민은 낡은 부품들에 나사를 태연자약하게 끼우고 있었다. 추가 부품들이 아직 부족한 상태였기 때문에 그날은 비행할 수 없다고 그들은 태평하게 말했다. 다음 날에 엔진이 설치되었지만 회전날개가 장착되지 못했다. 내 압력에 못 이겨 사람들은 우리들을 헬기 조종사에게 안내했다. 조종사 헤로 씨는 밀림 상공의 장거리 비행이 가능한 헬리콥터 기종을 운전할 수 있는 인도네시아에서 유일한 사람이었는데, 그 역시 희망을 주지는 못했다. 나는 이번 원정대를 조직하고 자금을 조달할 때에도 고생을 한 상태였다. 하지만 이제 우리의 원정이 좌초될 위기에 처했다는 느낌이 들었다.

원래 계획대로라면 정상을 향해 산을 올라가고도 한참 지났을 시간이었다. 하지만 우리들은 아직 해안가에서 다음 번 비행을 기다리고 있었고, 남은 시간은 서서히 줄어들고 있었다.

세븐 서밋의 다섯 번째 등정이 망가진 헬기 때문에 시작도 못 하고 좌초되었다는 소식을 들으면 먼 유럽에 있는 후원자들은 무슨 말을 할까? 안드레아스는 특유의 아주 침착한 태도로 나를 다독여서 현지인들 특유의 문화를 참도록 다독였다. 그래서 나는 모든 결정과 권한을 하느님께 맡기기로 했다. 매일 아침 헬리콥터가 비행할 준비가 되었는지 묻는 것 이외에는 여행의 진척을 위해서 내가 할 수 있는 일은 아무것도 없었다.

또 며칠이 지난 후에 시험 비행이 이루어졌고 드디어 여행은 계속되었다.

우리 지구에는 자본주의가 아무 제약도 받지 않고 파괴적인 위력을 떨친 곳들이 존재한다. 오세아니아 주의 가장 높은 산인 카르스텐츠 피라미드 주변 지역도 바로 그런 곳이었다. 그곳에서 미국인들은 세계에서 가장 큰 금광을 운영하고 있었다. 그뿐만 아니라 전 세계에서 가장 낮은 장려금을 지불하면서 구리광산을 개발하고 있었다. 그에 따라 파푸아뉴기니아의 찢어지게 가난한 원주민들과 미국의 광물 약탈자들 사이에는 엄청난 간극이 벌어져 있었다. 그곳에서는 몇 년 전부터 해발

3,600미터 높이에서 거대한 크레인들이 땅을 파고 있다. 운반을 위해서 수은이 이용되는데, 귀금속은 90킬로 길이의 파이프라인을 통과해서 해안에 있는 배에까지 송출된다.

수천 명의 노동자들은 케이블카와 버스와 같이 현대적인 교통 운송 수단을 타고 광산으로 출퇴근을 한다. 원시림 주변에서 살고 있는 내국인들에게는 광산 지역 출입이 허가되지 않으며, 카르스텐츠 피라미드에 오르려고 하는 등산가들에게도 마찬가지이다. 모든 통로는 차단되어 있고 철조망과 보초로 철통 감시가 이루어지고 있었다.

우리의 베이스캠프는 금광에서 불과 몇백 킬로미터 떨어져 있었기 때문에 밤마다 불도저의 소음을 들을 수 있었다. 케이블카와 버스를 타고 이 폐쇄지역을 통과할 수 있었다면 베이스캠프로 가는 시간을 며칠 정도 단축하고 수천 유로의 경비를 줄일 수 있었을 것이다. 하지만 비상 응급상황에서도 그곳의 문은 절대 열리지 않는다고 섬의 주민이 말했다. 안드레아스와 나는 텐트를 아주 작은 호수 가까이에 설치했고, 그곳에서부터 정상으로 가는 산행을 시도할 생각이었다. 그곳에서부터 서쪽 먼 곳에 위치한 섬, 수라웨시 출신의 청년, 멜디와 폭시가 동행하기로 했다. 현지 동행인 없이는 카르스텐츠 피라미드의 베이스캠프에 가는 것은 실질적으로 불가능했다. 폭시는 안드레아스와 나와 함께 산을 오르고, 멜디는 베이스캠프의 취사장에서 돌아올 우리들을 위해 맛있는 요리를 해주는 것으로 계획이 잡혔다.

우리들은 북벽의 초입 방향으로 유유자적하게 걸어갔다. 저서『티벳에서의 7년』과 아이거 북벽을 최초로 등정함으로써 유명해진 하인리히 하러는 1962년 2월 파푸아 뉴기니아의 우림을 탐사하던 도중에 탐사대원들과 함께 카르스텐츠 피라미드의 북벽을 세계 최초 등정했다.

우리는 우선 600미터 높이의 북벽을 통과한 다음에는 바로 이어지는 산마루와 까다로운 협곡 2개를 돌파했다. 난이도 등급 III의 구간과 가장 험난한 V등급의 지점을 오르는 것은 픽스 자일 덕분에 훨씬 수월했다. 그렇지만 정상으로 가는 길은 세븐 서밋 중에서 기술적으로 가장 까다로웠다. 보통 등반가들은 매일 낮 12시경부터 내리는 비를 피하기 위해서 새벽 3시에 벽을 오르기 시작한다.

그날 구름 한 점 없는 화창한 날씨 덕분에 이 특별한 산을 오전 9시부터 오를 수 있었다. 우리 세 명 이외에는 산을 오르는 사람은 없었다. 안드레아스는 우리가 산을 오르는 인상적인 장면들을 내 캠코더로 찍었다. 동행인 폭시도 우리 소규모 원정대를 촬영했다. 절벽 바로 위에서 바위 턱을 손으로 잡거나 발로 디디면서 등반을 하는 것은 돌로미텐에서 충분히 숙달된 상태였기 때문에 암벽을 타고 오르는 것은 힘들지 않고 즐거웠다. 안드레아스는 이 구간을 지날 때 나에게 특별히 주의를 기울일 필요가 없었다. 그래서 우리들은 깊은 감사와 기쁨의 감정을 품고 파푸아의 하늘을 향해 나아갔다.

4,700미터 높이의 산마루에서 폭시는 의기양양하게 '티롤리안 트래버스'(협곡 양쪽에서 확보하는 로프를 타고 협곡을 건너는 방법 —옮긴이) 구간을 보여 주었다. 우리는 티롤리안 트래버스 방식으로 산마루의 넓은 균열을 건넜다. 즉, 20미터 떨어진 양쪽의 바위 단상에 자일 2개로 다리를 만들어서 팽팽하게 잡아당긴 다음에, 자일에 매달린 채

슬라이딩해서 건너편으로 가야했다. 그렇게 하면 25미터짜리 자일을 타고 깊은 협곡 아래로 하강한 후에 다시 건너편에서 벽을 타고 올라오는 수고를 덜 수 있었다.

내 목숨이 낡은 자일에 달려 있다는 생각에 불안해졌다. 나보다 먼저 이 트래버스 루트를 완주한 폭시는 벨트에 연결된 카라비너를 건 4개의 자일 중 한 개 정도는 잘 버틸 것이라는 말로 나를 안심시켰다. 자신의 체중을 실어서 슬라이딩하면 이 아찔한 다리의 한가운데인 트래버스의 가장 깊은 지점에 도착하게 된다. 거기서부터는 손을 이용해서 아주 힘겹게 다른 편으로 계속 건너가야 한다.

우리는 함께 다음 산마루의 루트를 손으로 더듬으면서 통과했다. 하지만 곧 다음 장해물이 나타났다. 또 다른 균열이 나타났는데, 앞의 것보다 훨씬 폭이 좁았기 때문에 자일로 다리를 만들어서 건널 필요가 없었다. 하인리히 하러는 이 지점에 왔을 때 동료들과 함께 그 길을 따라가면 정상이 나올 것인지 확신하지 못한 채 고군분투했을 것이다. 다음엔 훨씬 평이한 지대가 나왔고 활기차게 올라갈 수 있었다. 그렇게 안드레아스와 폭시와 나는 구름이 잔뜩 긴 하늘 아래에서 세븐 서밋 프로젝트의 다섯 번째 산인 카르스텐츠 피라미드의 정상을 향해 발을 내딛었다.

＊＊＊

오랫동안 마음에 품었던 목표를 성취하고 나면 언제나 어딘가 모르게 슬픈 감정이 몰려왔다. 정상에 오르는 행운을 얻으려면 수많은 시간을 들여 온 정신을 집중하고 엄청난 땀을 흘려야만 했다. 아침에 일어나서 잠자리에 들 때까지, 때로는 꿈속에서도 목표는 항상 나를 따라다녔다. 하지만 엄청난 시간과 공을 들인 후에 일단 정상 위에 서면 지난 몇 달간의 집중과 긴장감이 한꺼번에 흐트러지고 만다. 그런 다음 마치 슬라이드쇼처럼 정상을 향해 고군분투하는 사람의 사진은 다른 사진으로 바뀐다. 빙설이나 암석지질의 다른 산의 이미지로 바뀌는 것이다. 다음 몇 달 내내 그 이미지는 내 시각중추에서 가장 최상위의 목표로 비춰진다. 카르스텐츠 피라미드 이후의 목표는 최고봉의 높이가 4,892미터인 남극 대륙에서 가장 높은 빈손 산이었다.

열대 지방의 무더운 서파푸아의 카르스텐츠 피라미드를 오른 다음에 끝없는 설원이 펼쳐져 있는 남극의 빈손으로 가는 것만큼 산악인에게 정신적, 신체적으로 극단적인 변화를 요하는 도전은 또 없을 것이다.

남극에서 1,200킬로미터, 남극대륙의 북쪽 경계에서 1,500킬로미터 떨어져 있는 지점에서 동화 같은 자연풍경을 배경으로 폭풍이 몰아치는 정상으로 오르려면 나는 다시 나 자신과 동료들을 전적으로 신뢰해야 했다.

내 머릿속의 가상 슬라이드 쇼는 빈손 산의 그림으로 이제 가득 채워졌다. 하지만 이내 다음 이미지가 나타나고 있었다. 그것은 아시아 대류의 가장 높은 산인 에베레스트 산이다. 에베레스트 등정은 시각 장애인으로서 7대륙의 가장 높은 꼭대기에 오르는 프로젝트에 근사한 마침표를 찍어 줄 것이다.

　나는 이미 그 모험을 떠나기 위해 정신과 몸을 단련시키고 만발의 준비를 했다. 2009년 봄에 나는 세계의 가장 높은 꼭대기를 오르려는 준비의 일환으로 에베레스트 근처에 있는 산의 해발 8,000미터 표시 지점까지 올라갔다.

초오유 산

초오유 산(네팔과 중국 티베트 자치구의 국경지대에 있는 산으로 세계에서 여섯 번째로 높은 봉우리 —옮긴이) 원정을 위해 2009년 카트만두로 가는 길에서.

여러분 안녕하세요.

다시 '지상 근무요원'이 활동할 때가 되었네요.

우리의 원정일지를 탐독하시는 방문자분들은 저에 대해서 알고 계시겠지만, 새로 오신 분들에게 저에 대해서 간략히 소개합니다.

저는 자비네라고 하고, 안디 홀처 씨의 아내입니다. 앞으로 50일 동안 저는 2009년 초오유 산 원정과 관련된 새로운 소식과 사건들을 전하고 몇 가지 배경 정보도 알려 드리려고 합니다.

궁금한 거 있으시면 알려 주세요. 제 능력이 닿는 한도에서 대답해 드리겠습니다.

우리 원정팀에게 가장 중요한 것은 여러분들의 격려와 응원이랍니다.

여러분들께 전달하는 정보는 안디와의 위성통화를 통해 들은 것입니다. 그래서 원정 도중에 일어난 아주 최근의 사건까지 전할 수 있답니다. 오늘 11시 50분에 우리 원정대는 빈 공항에서 출발했답니다. 기착지인 도하에 잠깐 착륙한 후에 카트만두로 떠날 예정인데요. 카트만두 도착은 월요일 4월 20일 8시 10분이랍니다. 저는 벌써부터 카트만두에서 날아올 첫 소식이 기대됩니다.

오늘 팀의 비행이 무탈하기를 기원합니다. 여러분도 좋은 밤 되세요.

지상 근무요원 자비네 씀.

이 글은 8,000미터 급 봉우리 14개를 등정하는 우리의 프로젝트 중 첫 번째 여행에 대한 것으로 온라인 원정일지에 적힌 원문을 발췌했다. 자비네는 원정길에 함께 오르지 못하는 대신 마음으로나마 나를 동행하는 방법을 찾아냈다. 지구의 다양한 지역에서 내가 위성전화로 현지 상황에 대해서 전하면 자비네는 재치와 공감 능력을 활용해서 내가 체험한 세계의 생생한 이미지를 글로 담아냈다. 그리고 그 글을 온라인 일기를 보러 오는 수많은 방문객을 위해 업데이트했다. 티베트인들 사이에서 '터키옥의 여신'이라고 불리는 초오유 산은 8,201미터의 봉우리가 있는 지구에서 여섯 번째로 높은 산이다. 그 산은 에베레스트에서 불과 25킬로미터 떨어져 있다. 세계에서 가장 높은 산을 오르기 위해서는 사전 경험을 쌓는 것이 필수적이다. 그래서 오스트리아 동부 출신의 소규모 원정대가 초오유 산을 함께 오르자는 제안을 했을 때 나는 기쁘게 받아들였다. 개인적인 동행인으로 맥킨리 산에서 함께 동고동락했던 토마스 노트두르프터와 안디 샤르나글을 대동했다. 우리 원정대의 대장은 하넬로레 에브너 박사였고, 기젤라 크레나우어, 게르하르트 로제니츠, 볼프강 크리스티누스 박사도 팀에 동참했다.

에베레스트 산의 봉우리를 공략하려면 언젠가는 꼭 해발 8,000미터 급의 산에 올라가 봐야겠다는 생각을 하던 터였다. 에베레스트 등정을 시도하기 전에 초오유의 극한의 환경을 몸소 느끼고 싶었다. 그렇게 하면 지구의 가장 높은 산에 오르다가 뜻밖의 상황들에 맞닥뜨릴 때 당황하지 않고 대처할 수 있을 것 같았다. 7명의 등반가들이 쓸 7주간의 용품들과 장비들을 네팔로 보내려면 비용과 품이 엄청 많이 들었다. 나에게 이런 경험은 처음이었다. 참가자 1명당 70킬로그램의 수하물이 있었다. 게다가 텐트, 조리기구들, 가스버너, 탁자, 의자와 생필품과 같은 일반 장비들의 무게는 총 1,000킬로그램에 달했다. 그 짐들은 소 과의 하나로서 히말라야에서 짐 나르는 동물로 활용되는 야크 29마리가 베이스캠프까지 운반할 것이다. 하지만 본격적으로 산에 오르기 전에 탐사를 위해 해결해야 할 일이 있어서 네팔의 수도인 카트만두에 들러야 했다. 이 일정은 전체 여행에서 나에게 개인적으로 가장 힘겨운 모험과도 같았다. 네팔의 수도에는 엄청난 소음과 냄새들이 공중을 떠다니고 있었다. 나는 견디기 힘든 지경이었고, 가능만 하다면 귀와 코를 막아버리고 싶었다. 약초, 향, 마늘의 강력한 냄새는 물론 택시들이 내뿜는 매연과 인분의 냄새가 민감한 내 코끝을 찔렀다. 급정거를 하는 소리와 자동차와 오토바이의 날카로운 경적소리는 종종 내 앞 불과 몇 센티미터 떨어진 곳에서 엄습해 왔다. 소리로 방향을 잡는 것은 거의 불가능했다. 다행히도 균형 감각은 잘 작동하고 있어서 그 엄청난 소동 속에서 보행자, 자전거, 오토바이, 자동차에 부딪히지 않으면서 보도블록의 가장자리에서 나아갈 수 있었다.

도로에 깊게 패인 곳에 임시변통으로 석회를 덧발라 놓은 자리에 발을 딛었다가는 골절상을 당할 위험이 있었다. 또 옆에서 휙 지나가는 차들과 충돌이라도 했다면 나의 원정 계획은 제대로 시작도 못 하고 좌초했을 것이다. 다행히도 동료들이 이 아수라장을 뚫고 나를 이끌었다. 높은 고도에 적응하기 위해 쿰푸 지역에서 2주간의 트레킹 투어가 계획되었다. 이를 위해 카트만두에서 경비행기를 타고 해발 2,800미터 높이의 루클라로 갔다. 조종사는 막다른 골목을 연상시키는 아주 좁은 계곡으로 비행기를 조종했다. 계곡 끝에 있는 가파른 경사면의 정면을 향해 다가간 직후에 약 300미터 길이의 평지에 착륙을 했다. 별로 안전해 보이지 않는 착륙로에서 아래쪽으로 불과 몇 미터 떨어진 곳에서 경사면은 거의 수직을 이루며 절벽과 이어져 있었다. 짧은 활주로 위에도 급경사면이 하늘을 향해 뻗어 있었다. 지난 가을에 승객을 가득 채운 비행기가 불과 2미터 더 아래에서 착륙을 시도하다가 활주로의 앞쪽 모서리에 부딪지는 바람에 산산조각이 나는 사고가 났다는 소문이 돌았다. 비행 도중에 갑자기 심한 난기류를 만난 것 같았다. 나는 안전벨트를 맸고, 승객들은 갑자기 하던 대화를 멈췄다. 내 앞에 앉아 있는 토마스에게 무엇이 보이는지와 조종사들이 어떻게 대처하고 있는지 물었다. 비행사 둘은 앞에서 조종간을 급격하게 돌리고 있었고 거기다가 물병이 떨어지면서 물이 쏟아진 상태라고 토마스는 말했다. 나는 초조해져서 내 옆에 앉아 있는 승무원에게 지금 루클라로 가는 비행이 평상시처럼 안정적인 편인지 아니면 난기류가 심한 것은 아닌지 물어보았다. "오늘은 괜찮은 편이랍니다. 걱정 마세요!"라는 승무원의 대답에 나는 긴장을 늦출 수 있었다. 다음 순간 비행기 머리가 활주로를 향했다. 비행사가 너무나 갑작스럽게 급브레이크를 건 탓에 나는 아침에 먹었던 음식이 올라올 뻔했다.

폭이 1미터 50센티미터밖에 되지 않는 길을 야크와 아이들과 상인들과 수공업자들이 분주히 오가고 있었다. 카트만두에서와 비슷하게 나는 이곳에서도 온갖 종류의 향이 뒤섞인 이국적인 냄새 때문에 어지러웠다. 그 냄새는 내가 집에서 얼마나 멀리 떨어진 곳에 와있는지 실감 나게 만들었다.

이틀 후에 우리들은 점점 더 좁아지는 길을 넘어 남체 바자르로 향했다. 남체 바자르는 보테 코시 강의 상류에 위치한 분지 형태의 분기점에 있는 마을로 해발고도 약 3,440미터에 있다. 그 마을에 도달하려면 계곡 맨 아래 지점에서 굽이쳐 흐르는 두드 코시 강을 건넌 다음 두 시간가량 산을 올라야 했다. 남체 바자르는 쿰부 지역에서 중요한 교통의 요지이다. 그곳에서 뻗어 나오는 두 개의 길 중 하나는 보테 코시강을 따라 나있는데, 타메를 거쳐 티벳 국경 근처에 있는 5,700미터 고도의 낭파라 고갯길로 이어진다. 다른 길은 두드 코시 강의 계곡 아래로 나있는데, 그 길을 계속 따라가면 에베레스트 산으로 접어들 수 있다. 쿰부 지역에서 하이킹을 하는 사람들은 대부분 경제적 중심지이자 히말라야 고지로 가는 관문인 남체 바자르를 거친다. 마을에는 숙소와 상점이 많이 있어서 트레킹과 등산에 필요한 거의 모든 것들을 구입할 수 있다. 남체 바자르로 가는 길은 험난하게 느껴졌다. 그 길은 바위투성이였고, 시끄럽게 물결치는 시냇물 위로 나있었다. 폭이 넓은 골짜기가 나타나서 우리는 수많은 다리를 건너야 했고, 그 중에는 부서지기 일보 직전인 것도 있었다. 그러다 어느 순간 갑자기 남체 바자르의 첫 번째 집이 눈앞에 나타났다.

마치 원형극장처럼 건물들이 가파른 경사면을 따라 나선 계단 형태로 지어져 있었다. 손수레나 카트가 있어도 그곳에서 무거운 짐을 끌고 가는 것은 결코 녹록치 않았다. 바퀴가 달린 운반 도구를 끌고 몇 걸음 떼기도 전에 바위 계단에 걸리고 말았기 때문이다. 그래서 그곳에서 짐을 나를 때 쓸 수 있는 유일한 수단은 자신의 몸뿐이었다.

하루 휴식을 취하고 난 후에 우리는 쿤데 마을로 향했다. 그곳에 있는 힐러리 쿤데 병원에 들러서 나는 '아이 캠프Eye camp' 프로젝트를 위해 후원금을 전달하였다. 오스트리아의 안과 의사들은 그곳에 와서 매년 한 두 차례씩 백내장 환자들을 수술하고 있었다. 서양에서는 25분 정도 걸리는 일상적인 수술이었지만 셰르파 부족들에게는 어둠에서 벗어나서 빛을 찾는 유일한 방법이었다. 아주 외딴 마을에 사는 시각 장애인들은 사람들의 도움을 받아 하루 종일 길을 걸어서 쿤데로 온다. 수술 후에 그들은 혼자서도 집으로 돌아갈 수 있게 된다. 오랫동안 간절히 원하던 시력을 다시 찾는 순간은 늘 가슴 벅차다고 사람들은 말했다. 그곳의 길은 고르지 않았기 때문에 앞을 볼 수 없는 사람들은 돌부리에 걸려 넘어지는 일이 부지기수였다. 그래서 나는 현지의 시각 장애인들에게 특히 깊은 연민을 느꼈다.

힐러리 쿤데 병원에는 방이 네 개뿐이다. 서양의 기준에서 임시 시설물처럼 보이는 수술실은 의료시설이라기보다는 정자에 가까웠다. 삐그덕거리는 카우치가 수술대로 활용되었다. 의사들은 성공적인 수술을 위해서 아주 차분하게 손을 놀렸다.

다음 열흘 동안 우리들은 셰르파 족의 본고장을 통과했다. 그곳은 아주 평화로운 지역으로 해발 5,000미터 이상의 고지에까지 촌락이 있었다. 척박한 환경에서 현지인들이 생계를 꾸려 가는 모습은 가슴을 뭉클하게 만들었다. 언젠가부터 그 지역에서는 관광업이 주 수입원이 되었다. 따라서 여행객들이 큰 불편 없이 다니도록, 혹독한 날씨 때문에 종종 씻겨 내려가 버리는 길을 현지인들이 휘고 녹슨 삽과 곡괭이로 계속해서 보수했다.

산골 주민들은 식량을 조달하기 위해서 덤불과 거친 자갈밭 사이의 비탈진 지대에 한 뙈기의 땅이라도 있으면 감자, 메밀, 콩은 물론 순무와 같은 각종 야채류를 심었다.

높은 봉우리들의 파노라마를 볼 수 있는 산인, 고쿄 리에 올라서 우리는 첫 번째 작은 등정의 기쁨을 맛보았다. 칠흑같이 어두운 밤에 길을 오를 때 북동쪽 지평선의 어둠이 바래기 시작했다. 안디와 토마스는 아침 풍경에 대해서 감탄했다. 나는 그들의 대화를 토대로 주변의 아주 이국적인 풍경을 머릿속으로 그렸다.

기억 속에 남아 있는 어린 시절 마을 축제 때처럼 갑자기 떠들썩한 분위기가 되었다. 5,350미터의 봉우리에 도착한 다음 아침 하늘을 올려다보자 8,000미터 급 봉우리 4개가 한꺼번에 동료들의 시야에 들어온 것이다. 동쪽 지평선에서는 거대한 설빙산인 에베레스트, 로체, 마칼루가 위풍당당하게 펼쳐져 있었고, 북쪽 방향에는 초오유 산이 서늘한 기운을 품어 내고 있었다. 쿰부 지역의 무수히 많은 6,000~7,000미터 높이의 산들도 동료들의 눈에 들어왔다. 그중 다수는 이름이 없는 산이었지만 위용이 넘쳤다.

2주 만에 고도 적응 투어를 마친 후에도 길 위에서 몇 가지 진귀한 체험을 할 수 있었다. 촐 라 패스를 건널 때는 안디가 나의 내비게이션 역할을 해주었다. 이 구간을 지나려면 대원들의 협동심이 필수적이었다. 커다란 바위가 앞에 나타나면 타고 넘어가야 했는데, 갈수록 더 큰 바위들이 나왔다. 바위를 일단 넘어가면 반대편에는 넓은 강물이 흐르고 있었고, 돌다리를 하나씩 밟으면서 건너야 했다. 나는 근육을 긴장시킨 채 온몸을 가로로 쭉 뻗어서 강 건너편에 마른 땅이 만져지면, 폭이 2미터가 넘는 물길을 건너는 방식을 시도했다. 아무것도 보이지 않는 상태에서 무모하게 뛰어넘는 것은 너무 위험했다. 이때 십 센티미터의 오차만 생겨도 몸을 마비시킬 정도로 차가운 빙설에서 흘러나온 강줄기에 몸을 흠뻑 적시게 될 수 있었다.

5월 3일 루클라에서 우리는 다시 비행기에 몸을 싣고 카트만두로 돌아왔다. 오후에 우리는 도심의 거친 아스팔트길을 걸어 다녔다. 모두들 각자 입맛에 맞는 음식들을 찾아다니면서 초오유의 험난한 일정에 대비했다. 내 장바구니에는 콜라 4병과 감자칩 3통을 챙겨 넣었다. 당분과 지방은 극도로 혹사된 몸이 회복을 위해 가장 필요로 하는 영양성분이었다. 또한 간식은 언제나 기분 전환을 하는 데 효과적이었다.

모든 것을 새롭게 정비하고, 원정 장비 짐들을 꾸렸다. 원래 목표했던 탐험은 5월 5일 정식으로 시작되었다. 카트만두에서 버스를 타고 네팔-티베트의 국경지역을 지나 초오유 산의 북쪽에 있는 해발 4,200미터 높이에 있는 촌락인 팅그리로 향했다. 버스를 타고 가면서 우리들은 완전히 낯선 세계에 대해서 깊은 인상을 받았다. 네팔과 중국 사이의 국경으로 이어지는 대로 위의 아스팔트 포장은 곧 끊겼다. 버스는 심하게 덜컹거리기 시작해서 대화가 불가능할 지경이었다. 몇 번 기사는 멈춰 서 있는 자동차나 정부에 항거하는 시위대들 때문에 도로에서 울퉁불퉁한 들길로 우회해야 했다. 티베트의 국경을 넘는 일은 긴장감이 넘쳤다. 네팔 국적의 차는 국경을 넘는 것이 금지되어 있기 때문에 사람들은 걸어서 국경을 넘어야 했고, 중국령으로 넘어가서는 다른 기사의 차에 올라탔다. 물론 그 전에 국경 근무 요원들은 문자 그대로 우리의 몸을 구석구석 검사했다. 나는 대원들과 함께 작은 방으로 들어갔는데, 그곳에는 여의사가 라텍스 장갑을 낀 채로 우리를 기다리고 있었다. 체온계를 한 사람씩 나누어 주었고, 부어오른 부위의 림프절을 더듬어서 검사했고, 심장 박동소리를 청진기로 들었다.

우리 모두 우스꽝스러운 절차가 진행되는 도중에 진지한 태도를 유지하느라 애써야 했다. 팀원 중 한 사람이라도 검사요원의 비위를 거슬리면 전체 원정대의 입국 허가가 나지 않을 수도 있었다. 다행히도 우리들은 대형 지프차에 올라타서 다음 며칠 동안 지내게 될 창무로 향했다. 우리가 투숙한 숙소의 계단 한 칸의 높이는 유럽의 계단의 절반밖에 되지 않았기 때문에 특별한 주의를 요했다. 우리 층에는 욕조가 단 하나뿐이었는데 수도꼭지의 중간부분이 깨져 있었고, 그 모서리가 날카로워서 다칠 위험이 있었다. 마치 누군가가 홧김에 수도꼭지를 부셔 놓은 것 같았다. 국경 근무 요원의 불친절한 태도를 생각해 보면 수긍이 갔다.

트레킹 투어를 하면서 고도 적응이 잘된 상태였기 때문에 중국인 운전사는 다음 날 한 달음에 5,100미터 높이의 고갯길을 지나 문명사회의 마지막 거점인 팅그리로 데려다 주었다.

끝도 없는 바위 지대를 통과해서 모토 캠프에서 초오유 산의 베이스 캠프로 가는 이틀간의 강행군 때문에 나는 녹초가 된 상태였다. 그래서 5월 10일 오후에 5,700미터 높이의 고지에 도착하자 한없이 기뻤다. 앞으로 3주간 우리들은 초오유 산의 베이스캠프인 티치 캠프를 본부로 활용할 계획이었다. 그래서 그곳에 요리용 천막, 원정대 천막과 취침용 텐트를 설치했다. 며칠간 필수적인 휴식을 취한 후에 5월 13일에 6,400미터 고도에 위치한 제1 캠프를 향해 첫 번째 돌진을 감행했다.

동료들과 나의 수고를 덜기 위해서 내 개인적으로 가기 너무 힘겨운 구간은 꼭 필요할 경우가 아니라면 가지 않는 것을 원칙으로 했다. 그래서 새로운 고도에 적응할 수 있도록 이틀 낮과 이틀 밤을 제1 캠프에서 지내고 특별히 힘든 강행군을 하지는 말자고 제안했다. 그런 방식으로 생체는 앞으로 며칠간 산소공급이 제한될 것에 대비할 수 있다. 그곳에서의 두 번째 날 밤은 첫 날 밤보다 지내기가 수월해져서 맥박수가 낮아졌다.

로레, 기젤라, 게르하르트, 볼프강은 산에 접근하는 각자의 기술과 방식이 있었다. 그래서 토마스, 안디, 나는 다시 베이스캠프로 내려갔다. 8,000미터 급의 산에서 각 등반가들은 자신만의 타고난 리듬에 주의를 기울였고, 그 누구도 다른 사람을 신경 쓸 수 없었다. 그래서 토마스와 안드레아스가 기꺼이 내 리듬에 맞추려고 했을 때 나는 정말 큰 고마움을 느꼈다.

그런 상황에서 내 문제는 더욱이 특별했다. 화장실이 설치된 천막으로 가는 길을 찾기 힘들었기 때문에, 엉뚱한 곳에 볼일을 볼 위험이 있었다. 그래서 화장실에 갈 때에도 나는 동료들의 안내에 의지하고 있었다. 화장실 문제는 원정대의 현지 안내자인 티르 타망 씨가 단숨에 해결했다. 그는 라인홀트 메스너와 함께 1980년대에 함께 등정길에 오르는 경험이 있었는데, 당시에는 완전히 다른 문제를 해결하기 위해서 분투했을 것이다. 안디나 토마스가 나를 화장실에 데리고 가는 수고를 덜기 위해서 그는 내 텐트 바로 옆에 전용 옥외 화장실을 제작했다. 의자 형태의 구조물에 정식 변기 커버가 장착되어 있었고, 그 밑에는 오물 수거 봉지가 있었다. 그래서 나는 저녁 식사 후에 아주 편안한 마음으로 텐트에 들어갈 수 있었다. 방광이 꽉 차거나 장에서 신호가 오면 언제고 나의 전용 화장실로 바로 달려 나갈 수 있었다. 물론 내 개인 화장실은 낮이면 공공연하게 잘 보였기 때문에 베이스캠프에서 웃음거리가 되기도 했다. 내 소화기관은 어두운 밤이나 환한 대낮을 가리지 않고 신호를 보내는 습성이 있었기 때문이다. 다른 원정대 사람들은 대부분 '시각 장애인 등반가'가 텐트 옆에서 쾌적한 좌석에 앉아 있는 모습에 금방 적응했다. 그 상황을 이해하지 못하는 사람들에게 나는 이렇게 말했다. "저는 체면을 잃어버리는 대신 건강을 챙기고 있는 중이랍니다."

몇몇 원정대들은 그 사이에 산세와 날씨 때문에 원정을 중도에 포기했다. 더 높은 곳의 캠프에서 돌아온 사람들이 전해 온 이야기들은 제각각이었다. 다수는 좌절했다. 루마니아에서 온 여자 등반가의 소식은 우리에게 다소나마 희망적이었다. 그녀는 셰르파 두 명과 함께 인공호흡기를 가지고 정상까지 오르는 데 성공했던 것이다. 나는 그녀에게 진심으로 축하했다. 다른 남자 등반가들도 몇 주 동안이나 정상에 등정하기 위해서 노력하고 있었다.

우리도 분주하게 지내면서 정상에 오를 기회가 오기를 고대했다. 정상에 오르기 전에 사흘간 휴식을 취하면서 만발의 준비를 하고 있던 와중에 게임을 하기도 했다. 그래서 우리들은 상자를 활용해서 뮐레(일종의 오목놀이. 3연성連聲을 만드는 게임 —옮긴이)라는 보드 게임의 놀이판을 만들기로 결정했다. 말은 다양한 모양의 사탕으로 활용하기로 했다. 하지만 이 고전 보드게임의 놀이판이 어떻게 생겼는지 정확히 아는 사람이 아무도 없었다.

그래서 나는 어린 시절부터 기억 속에 남아 있는 이 게임판의 이미지를 무딘 칼을 갖고 마분지에 새겼다. 상자의 표면에는 내가 먼저 그린 선들이 분명하게 느껴졌고, 뮐레 놀이판을 완성하려면 기존의 선 위에 어떤 각도로 선을 더 그어야 하는지 정확히 알 수 있었다. 팀원들은 시각 장애인 동료가 이런 내용까지 기억하고 있다는 사실에 놀라워했다.

그리고 그들은 내 그림을 토대로 뮐레 게임을 정확히 떠올릴 수 있게 되었다.

기젤라는 정상을 오를 때 모두 배낭에 소지해야 하는 고산병 예방약의 정확한 복용 방법에 대해서 설명했다. 나는 위성전화로 앞으로 며칠간의 정확한 기상예보를 확인했다. 일기예보에 따르면 5월 23일이 정상에 오르기에 가장 좋은 날이었다. 5월 20일 수요일에 안디, 토마스, 나는 무거운 배낭을 메고 베이스캠프에서 출발해서 제1 캠프로 향했다. 근무복귀 일정 때문에 시간에 쫓기던 볼프강은 월요일에 티르타 씨와 다른 짐꾼들과 먼저 출발한 상태였다.

여러 시간 동안의 강행군 끝에 제1 캠프에 저녁 무렵 도착했을 때 나는 다시 일기예보를 확인하고 혼란에 빠졌다. 민간 일기예보는 앞으로 2~3일간 비교적 바람이 덜 부는 좋은 날씨가 계속 될 것이며, 우리의 등반을 아무것도 방해하지 않는다고 알려 주었다. 하지만 2분 후에 로레는 베이스캠프에서 무전기를 통해 군용 일기예보에서 들은 소식을 전달했다. 앞으로 24시간 이내에 폭설을 동반한 강력한 폭풍이 몰아칠 예정이어서 최대한 빨리 산에서 텐트를 비롯한 장비들을 철수해야 한다고 그녀는 경고했다. 나는 그날 밤 휴식을 취한 후에 다음 날 아침에 날이 밝으면 계속해서 나아갈 것인지 결정하자고 제안했다.

5월 21일 구름 없는 맑은 하늘이 우리를 아침 일찍 깨웠다. 9시 정각에 우리들은 제2 캠프를 향해 더 높이 올라가기 시작했다. 기상악화에 대한 로레의 경고를 잊지는 않았지만 아주 드물게 화창하고 바람도 불지 않은 날씨 때문에 그 예보에 신뢰가 가지 않았다. 처음으로 아이젠을 신은 발 아래로 모래와 자갈 대신 눈과 얼음이 느껴져서 훨씬 기분이 좋아졌다. 적당히 경사진 만년설이 덮인 산등을 따라 우리들은 여유롭게 올라왔고, 곧 6,700미터 지점에서 첫 번째 급경사 계단이 나왔다. 토마스는 60~70도의 급경사 설벽을 먼저 기어 올라갔다. 위에서 그는 피켈과 아이젠을 들고 픽스 자일을 묶은 채 힘겹게 오르고 있는 안디와 나의 모습을 촬영했다. 그때 나는 밀도가 낮은 공기 때문에 체력이 떨어지는 것을 느꼈다. 100미터 높이의 얼음 계단을 모두 오르고 난 후에 다시 좀 더 평이한 지대에 발을 디디는 순간 나는 마음이 놓였다.

우리 앞의 평원은 마치 축구장처럼 넓고 평평하게 펼쳐져 있었다. 그 평원을 끝가지 가면 더 가파른 두 번째 얼음 계단이 나왔다.

이제 발을 헛디딜 위험이 없다는 점에서 나는 기분이 정말 좋아졌다. 충분히 휴식을 취하고 난 후에 우리들은 이른 오후 시간에 평원의 끝부분이자 훨씬 난이도가 높아진 두 번째 계단의 시작점에 도착했다. 그 계단은 해발 6,800에서 7,000미터 구간에 걸쳐져 있다. 안디는 이번에 선두 주자로 올라가서 앵커와 픽스 자일을 조정했다. 토마스는 나와 함께 푸른 빛이 도는 빙설구간을 한 발 한 발 힘겹게 나아갔다. 나는 왼손에는 피켈을 쥐고 잘 부서지는 얼음 위에서 고정할 곳을 찾았고, 오른손으로는 클레메를 쥐고 픽스 자일을 타고 위로 올라갔다. 얼음면은 울퉁불퉁했기 때문에 정확히 90도 각도로 얼음을 내리찍지 못하면 피켈은 계속해서 튕겨져 나갔다. 아이젠의 앞쪽 날만 의지할 만했기 때문에 장딴지 근육에 힘을 실어야 했고, 발을 내딛을 때마다 통증이 밀려왔다. 7,000미터 고도에서 엄청난 강행군을 하면서 심장은 강렬하게 뛰고 온몸의 혈관에서 박동이 느껴질 정도였다. 몇 시간 동안 기력을 모두 소모한 후에야 비로소 지대는 약간 평탄하고 완곡하게 변했다.

곧 나는 회복했고 다시 친구들과 농담을 주고받을 여유가 생겼다. 무전기를 통해서 볼프강이 잠시 컨디션이 악화되는 바람에 하루를 통째로 날렸고, 지금은 우리 위에 있는 제3 캠프에서 정상에 오르기 전에 대기 중이라는 소식을 전해 들었다. 토마스와 안디와 나는 으깬 감자를 조금 먹고 난 후에 침낭 속으로 파고들었다. 그때까지만 해도 전날 저녁에 들었던 상반된 두 가지 일기예보에 대해서는 거의 잊고 있었다. 텐트가 부족한 상황이었기 때문에 그날 밤에는 불편하더라도 2인용 텐트를 세 명이 써야 했다. 해발 7,200미터 고도의 위치에서 밤을 보내는 것은 결코 유쾌한 일이 아니다. 몇 시간 후에 텐트에서 조금 움직일 여유가 생기자 기뻤다. 반쯤 잠든 상태에서 텐트의 덮개가 펄럭이는 소리가 들렸고 동료들 중 한 명이 침낭 밖으로 나가는 중이라고 생각했다. 그런데 갑자기 밖에서 나는 무시무시한 폭풍소리에 모두들 번쩍 눈을 떴다. 우리들은 몸을 구부러진 텐트의 폴대에 밀착시켜서 텐트 전체가 바람에 휩쓸리지 않도록 안간힘을 썼다. 시간은 새벽 4시였고 밖은 아직 아주 캄캄했다.

불안하게 펄럭이는 텐트 속에서 들리는 폭풍우의 소리는 순식간에 요란한 굉음으로 바뀌었다. 우리는 서로의 말을 알아들을 수 없을 지경이었다. 텐트 바닥 바로 아래로 돌풍이 몰아쳤다. 토마스는 텐트 입구의 지퍼를 열어서 칠흑같이 어두운 밤 속으로 살짝 나가서 우리에게 닥친 재앙과도 같은 상황을 파악하려고 시도했다. 앞에 있는 작은 텐트 입구가 눈과 바람막이 역할을 하고 있었지만, 마치 눈대포에서처럼 발사된 것처럼 부드러운 눈꽃들이 텐트 입구로 들어왔다.

토마스는 바깥 상황에 대해서 전해 줄 만한 소식이 없자 곧 다시 돌아왔다. 우리는 앞으로 2시간 동안 무거운 장비들과 우리들의 체중으로 텐트를 제자리에 버티고 서있도록 노력해야 했다. 볼프강은 그 시간쯤 제3 캠프에서 정상을 향해 가고 있는 중일 것이다. 갑작스러운 악천후를 그가 7,500미터 고지에서 만나지 않았기를 우리는 기도했다. 폭풍과 폭설을 동반한 뇌우전선이 올 것이라는 이틀 전 군대의 기상청의 예보가 맞았던 것이다.

나는 거위털 파카의 주머니에서 무전기를 꺼내서 베이스캠프와 볼프강과의 교신을 시도했다. 작은 스피커에서 볼프강의 목소리가 잡음과 섞여서 들리자 나는 안도했다. 그의 배터리가 거의 떨어진 상태였기 때문에 그가 7,500미터 고도의 제3 캠프의 텐트 속에 있다는 소식만 간신히 들을 수 있었다. 베이스캠프에서는 폭풍우가 더 악화될 것이기 때문에 최대한 빨리 내려오라고 재촉했다.

10초 만에 우리들은 즉시 철수하기로 결정했다. 요란한 폭풍우가 몰아치는 외중에 청각에 의존해서 방향을 잡는 나로서는 2개의 엄청나게 가파른 얼음벽을 안전하게 타고 내려갈 엄두가 나지 않았다. 최악의 기상 상황에서는 손을 옆에서 잡아 주는 것도 불가능했다.

나는 맥킨리 산에 오를 때 폭풍우를 만나서 대처했던 경험에 희망을 걸었다. 당시 토마스는 귓속말과 피켈을 두드리는 소리를 내서 나에게 길을 안내해 주었다. 또한 나는 자신의 느낌과 직관과 민첩성을 완전히 믿어도 된다는 확신이 들었다. 폭풍우는 청각과 후각을 완전히 차단시킬 것이기 때문에 텐트에서 나가자마자 친구들로부터 고립된 상태가 될 것이라는 것도 알고 있었다.

하지만 이 상황에서 대안은 없었다. 매 시간 온도는 급감했고, 그 위에서 지체하다가 저체온 상태가 되는 것은 시간 문제였다. 강풍 때문에 모자가 귀를 때릴 때 '그래도 저체온증 보다는 앞이 안 보이는 것이 하산할 때 훨씬 유리하지'라고 되뇌이며 나는 자신에게 용기를 불어넣었다. 전날 올라오면서 넓은 평지에는 추락의 위험이 전혀 없다는 것을 알았다. 하지만 이번에 가장 위험한 순간이 도사리고 있는 곳은 바로 평지가 끝나고 푸르스름한 빙벽으로 이어지는 첫 번째 픽스 자일이 시작되는 지점이었다. 한 손으로 나는 토마스가 내민 피켈을 잡고 있었기 때문에 어느 방향으로 발걸음을 내딛어야 하는지 정확히 알고 있었다. 다소 경사진 설원을 내려오는 시간이 길어질수록 200미터 높이의 빙벽의 절벽에 너무 가까워지는 것은 아닌지 걱정이 커졌다. 무의식적으로 내 걸음 속도는 점점 느려졌다.

이제 손으로 피켈을 잡으려면 나는 상체를 훨씬 앞으로 굽혀야 했다. 토마스는 계속 똑같은 속도로 나아갔지만 내 속도가 뒤쳐졌기 때문이다. 그래서 나는 내 자신을 다독였고, 친구가 내 움직임에 주의를 기울이고 있다는 것을 전적으로 믿으면서 다시 발걸음을 재촉했다. 그때 내 손에 쥐어진 피켈이 움직임을 멈췄다. 갑자기 친구의 손이 내 손을 잡으면서 픽스 자일의 시작점으로 이끌었다. 목적지가 가까워졌다는 것에서 기쁨이 몰려왔다. 급경사의 험난한 지대를 다른 사람에게 의존하지 않고 내려갈 수 있다는 확신이 들었다.

올라왔을 때의 기억으로 픽스 자일이 급경사의 계단 아래까지 계속해서 쭉 나있다는 것을 알고 있었다. 길을 표시한 빨간색 안내선처럼 자일은 벽을 넘어 아래까지 이어져 있었다. 나는 피켈과 아이젠을 써서 규칙적으로 발을 내딛는 것에 정신을 집중하기만 하면 되었다. 나는 안전용 카라비너를 끼워서 전날 고생을 하면서 올라갔던 긴 횡단로를 내려가기 시작했다. 음반을 되감는 것처럼 나는 똑같은 움직임을 되풀이했다. 곧 나는 픽스 자일이 수평에서 수직으로 바뀌는 지점에 도달했다. 그곳에서는 두 사람이 동시에 한 픽스 자일에 매달리지 못하기 때문에 한 사람씩 자일을 타고 하강할 수 있다. 토마스는 이미 첫 번째 자일을 타고 아래로 내려갔고, 안디는 내 뒤를 따라 횡단로를 건너오고 있었다. 그래서 나는 정확히 언제 자일을 타고 하강을 시작해야 할지 알 수 없었다. 폭풍우가 쏟아질 때 등반가들은 서로 수신호로 자일을 타고 내려오라고 알려 준다. 하지만 나로서는 앞서 가고 있는 사람이 이미 나보다 50미터 아래까지 내려간 후 다음 자일을 타고 하강 중인지 알 방도가 없었다. 나는 아래로 뻗어 있는 자일을 손에 쥔 채로 더 이상 팽팽함이 느껴지지 않을 때까지 기다렸다. 그런 후에 나는 몇 초 더 기다려서 토마스가 실제로 다음 번 자일로 넘어갔다는 것을 확실히 했다. 그런 다음 하강자일을 걸고 아래쪽으로 내려가기만 하면 되었다. 돌로미텐에서 백 번도 넘게 해봤던 경험이었다.

마치 자동화 기계처럼 나는 자일 구간을 하나하나 통과해 내려갔다. 다른 사람에게 의지하지 않고 독자적으로 헤쳐 나갈 수 있어서 기분이 좋았다. 몇 시간 후에 우리는 6,400미터의 산비탈에 위치한 제1캠프에 도착해서 휴식을 취했다. 마찬가지로 복귀했던 볼프강도 곧 셰르파와 함께 당도해서 7,600미터 고지에서 만난 끔찍한 날씨에 대해서 이야기를 해줬다.

나의 몸 상태가 괜찮은 편이었고 아래 쪽 지형이 쉬운 편이어서 우리는 3~4시간 더 하산해서 베이스캠프까지 가기로 결심했다.

정상에 오를 두 번째 기회가 올 때까지 우리 팀은 5월 말까지 베이스캠프에서 체류해야 했다. 매일같이 새로 눈이 내렸고, 등반가들은 정상행이 가망이 없어지자 쇠약해진 채 하나둘씩 돌아갔다. 그 주 내내 계속해서 일기예보는 좋지 않고, 5월 30일이 되어서야 우리는 텐트에서 완전히 철수했다.

진정한 삶 속에서

산을 오를 때에는 어느 정도 조심성이 필요하다. 예를 들어 내가 차에서 배낭을 내리려고 하는데, 상대가 아무 말 없이 자동차의 트렁크를 열어 버리면 이마에 상처를 입을 수도 있다. 정상 위에서 휴식을 취하다가 옆에 놓여 있는 음료수 병을 실수로 치는 바람에 귀중한 음료를 바지나 바닥에 쏟을 수도 있다. 좁은 길 위에서 다른 등반가와 마주치면 우스꽝스러운 상황이 종종 연출된다. 가령 내 앞에 가는 동행인이 느릿느릿한 걸음의 등반가를 앞지르려고 할 때 그렇다. 동행인이 바로 내 옆에서 다른 사람을 추월할 때에는 두 사람의 발자국 소리가 동시에 들린다. 나는 그 중 어떤 소리를 따라가야 하는지 헷갈리게 된다. 그때 내가 멈추지 않고 빠른 걸음으로 계속 가다가는 낯선 사람의 뒤를 들이받는 일도 발생한다. 얼어붙은 정상 위에 겨우 올라갔는데 다른 등반가들이 진을 치고 있는 바람에 휴식을 취할 곳을 찾아 아이젠을 장착한 채로 다시 내려가야 할 때면 마음이 씁쓸했다. 나는 다른 산악인들에 비해 반응 속도가 굼뜬 편이다. 얼음 위에서 미끄러지는 것을 방지하는 피켈을 사용하다가 뾰족한 끝으로 바닥에 놓인 다른 등반가의 배낭이나 값비싼 점퍼를 찍어서 큰 손해를 입히는 경우도 있다.

나와 함께 자일을 타는 동료들은 몇 가지 특별한 규칙을 지켜야 했고 나와 보조를 맞추느라 속도를 늦춰야만 했다. 반면 그들은 나와 함께 하는 산행이 보람되고 값진 경험이라고 생각한다. 역설적이게도 시각장애인 파트너와 함께 자일을 타는 것은 꼭 위험하지는 않으며 오히려 더 안전할 때가 있다. 험난한 벽을 만났을 때 내 동료들은 다른 등반가들처럼 벽 끝에 있는 완만해지는 부분에서 자일 없이 오르고 싶다는 유혹에 빠지지 않는다. 완만한 부분에서는 자일을 쓰지 않으면 훨씬 빠르게 갈 수 있고, 험난한 구간을 소화해 낸 후이기 때문에 보통 사람들은 그곳에서 자일 없이 오르는 것을 선호한다. 하지만 실제로 위험한 곳은 가장 경사가 심한 지점이 아니다. 오히려 사람들이 예상치 못한 곳에 가장 큰 위험이 도사리고 있다. 가장 위험한 곳은 사람들이 마음을 놓고 올라가는 곳이다. 그곳에 박힌 자갈이 굴러 떨어지거나 바위가 흔들린다는 것을 모르고 암벽을 타다가 낭패를 당할 수 있다. 내 자신의 한계를 잘 알고 있는 나로서는 그런 지점을 빨리 지나려고 무모한 시도를 하기 보다는 신중을 기하는 편이다.

선견지명과 도전 정신 그리고 무엇보다도 강인한 정신력이 있는 동료들과 함께할 때에만 나는 마음 놓고 모험을 떠날 수 있었다. 물론 나는 등반가들의 성향을 가르는 특징이 무엇인지 알고 있다. 산을 오르는 것에 신체적인 단련 이상의 가치를 두는 부류가 있는가 하면, 좀 더 빨리, 좀 더 높이 기록을 갱신하는 것에 제일 큰 비중을 두고 스릴 넘치는 도전을 추구하는 부류가 있다. 후자의 부류는 나를 자일 파트너로 고려해 넣지 않는다. 반면 나와 함께 산을 타는 친구들 중에는 다른 사람들에게 종종 괴짜 취급을 받는 독특한 사람들이 많다. 다수의 산악인들은 속도와 안전성과 재미를 포기하면서까지 시각 장애인과 함께 자일을 타려는 이유를 이해하지 못한다. 나의 성공에 대해서 불쾌감을 표하는 등반가들도 존재했다. 최상급 등반가들에게 종종 나의 등정은 그들만의 신성한 장벽을 모독한 것으로 여겨졌다. 아마도 시각 장애인이 루트를 등정함으로써 자신들의 성공을 더 이상 자랑할 수 없게 되는 것을 그들은 두려워하고 있는지도 모르겠다.

대표적으로 난이도 등급 VIII－(안전용 하켄을 사용할 경우 VI+ 등급)인 라저르츠의 남벽이 그런 신성한 장벽이다. 라저르츠 남벽은 아주 가파르고 그 표면은 마치 콘크리트 벽처럼 매끄럽다. 그래서 그곳을 오를 때는 미리 훈련한 움직임 패턴에 정확히 따라서 벽에 밀착한 채 위를 향해 몸을 뻗어 나가야 한다. 종종 손가락 두 개로 키보드 자판 하나 크기의 바위 턱을 붙잡고 기어올라야 한다. 그리고 정확한 순간에 몸무게의 하중을 손가락에서 발끝으로 옮겨서 울퉁불퉁한 지점을 딛고 설 수 있어야 한다. 내 자일 파트너인 다비트 데니플에게 아주 특별한 정신력과 체력이 없었더라면 나와 단 둘이서 그 암벽에 오르려는 도전을 하지 않았을 것이다. 라저르츠 남벽은 경사가 너무 심해서 한번 미끄러지기라도 한다면 바로 서쪽 협곡의 백 미터 위 허공에 대롱대롱 매달리게 된다. 그리고 다시 벽으로 돌아가는 것은 거의 불가능해진다. 다비트는 나를 이 위험천만한 모험에 초대했을 뿐만 아니라, 300미터 높이의 벽을 넘을 때 단 일 초도 내가 그에게 짐이 되고 있다는 느낌을 주지 않았다. 나와 함께 돌로미텐 산군의 가장 가파른 벽들을 넘으면서 쌓았던 경험을 토대로 내 능력에 대해 신뢰하고 있었던 것이다. 그는 위에서 경사면을 제일 쉽게 오를 수 있는 방법에 대해서 체계적으로 조언을 해줬다. 게다가 그는 나와 함께 혁신적인 프로젝트를 하면서 아주 즐기는 듯한 인상을 주었다. 그 시도는 성공했고, 힘을 합쳐서 가장 난해한 장벽을 뛰어넘고 나의 한계를 한껏 넓힌 소중한 경험이 되었다.

강연과 세미나에서 내가 언제나 반복해서 하는 말이 있다. 서로 의지하는 것은 서로에게 짐이 되는 것이 아니다. 함께 목표에 도달하는 것은 인간이 경험할 수 있는 일 중에 가장 아름다운 것이다. 우리는 누구나 과제를 성공으로 이끄는 데 기여할 수 있는 고유의 능력을 갖고 있다. 그 점을 이해하게 되면 자신의 과제가 무엇인지 발견하는 것만이 중요해진다. 누군가 스스로가 이 세상에서 진정으로 독립된 존재라고 생각한다면, 그것은 착각이다. 시각 장애를 가진 나는 자연스럽게 또 아주 특별한 방식으로 다른 사람들에게 의존한다. 그것을 혹자는 치명적인 단점이라고 보거나 세상은 공평하지 않다고 생각할 수도 있을 것이다. 하지만 나는 두 번째 인생을 살면서 뒤늦게 남아 그것을 아주 다른 방식으로 보는 법을 배웠다. 거짓 우월감을 불어넣기 위해서 자신의 약점을 숨기려면 많은 에너지를 잃어버리게 된다. 반대로 이 비건설적인 행동 방식에서 벗어나면 많은 것을 얻을 수 있다.

시각 장애인과 팔이 하나 뿐인 사람이 6,000미터 산을 오를 때에는 자기 자신을 과시하기보다는 자신의 취약점이 무엇인지 서로 털어놓아야 일이 훨씬 수월해진다. 극단적인 상황에서는 본질적인 것을 위해 남아 있는 에너지를 써야 한다. 이것은 나와 친구 페터가 아콩카구아의 정상에서 얻은 깨달음이었다. 무엇을 가졌고 또 가지지 못했느냐는 결코 중요한 문제가 아니다. 오히려 자신의 결점을 어떻게 다루고, 다른 사람과 어떻게 소통하고 호흡을 맞추는지가 중요하다. 그 교훈은 내 뇌리 속에 깊이 남아 있다.

산 위에서 지위나 통장 잔고 또는 가입한 보험의 숫자는 전혀 중요하지 않다. 그 위에서 믿을 수 있는 유일한 보험은 함께 자일을 타는 동료와 신 그리고 나 자신뿐이다. 나는 종종 신이 중요한 결정을 내릴 때 내 생각에 개입하신다고 믿는다. 나는 기꺼이 그에 응할 준비가 되어 있다. 살면서 나는 최소한 몇 번은 그런 식으로 해서 현명한 선택을 할 수 있었다고 생각한다. 수직으로 뻗어 있는 암벽을 탈 때나 또는 일상을 살면서 지혜가 떠오르지 않는 순간들이 있다. 그런 상황에서 아무리 생각을 쥐어짜내도 더 혼란스러워지기만 한다. 그러면 잠시 동안 손에서 조종대를 놔버리고 저 위에 계신 분에게 조종을 맡아 달라고 부탁드린다. 안간 힘을 다해서 상황에 매달리는 대신 일을 순리에 맡기는 것이다. 그렇게 하면 나의 촉이 아주 예민해지면서 어느 방향으로 가야하고 어느 순간 다시 조종대를 넘겨받아야 할지 감지할 수 있다. 신의 조종의 손길을 느낄 수 있는 순간은 종종 몇 초에 불과하다. 그리고 대부분 직접 문제를 해결하기 위해서 아등바등했을 때보다 훨씬 더 적은 피해를 입었다.

산은 내가 장애를 넘어 자신의 능력에 대한 믿음을 계속 키워 나가고 새로운 도전에 대해서 끊임없는 호기심을 갖게 해주었다.

매일 아침마다 우주는 새로운 과제를 내준다는 것을 알고 있기에 나는 매일 새롭게 인생을 최대한 역동적이고 흥미진진하게 꾸려나가려고 노력한다.

어머니는 서쪽 하늘에서 두꺼운 잿빛 구름층을 발견한다. 돌로미텐 산군 중 가장 높은 산등성이에서 뇌우를 만나는 것은 등반가에게 닥칠 수 있는 일 중 최악이다. 그래서 나는 하산을 결정한다. 나는 어머니를 자일에 묶어서 짧은 침니 속으로 내려가게 한다. 어머니가 20미터를 더 내려가면 비좁은 비탈길이 나타날 것이다. 그 길은 테플리츠 협곡을 지나 평범한 산책로로 이어진다. 몇 분 후에 나는 어머니 옆에 선다. 바위에서 나는 시끄럽게 윙윙거리는 소리는 놀라울 지경이다. 어머니가 배낭에 꽂아 놓으신 산책용 지팡이의 뾰족한 끝도 말벌 집에서 들릴 법한 윙윙거리는 소리를 낸다. 뇌우 때문에 자기장을 띤 공기층이 산을 감싸고 있었다. 얼마 지나지 않아 첫 번째 천둥소리가 들렸다. 때로는 허리를 곧게 펴고, 때로는 기어서 벽에 매달린 채로 계속 간 다음에 그로세 테플리츠 봉과 남쪽에 이웃해 있는 봉우리 사이에 있는 작은 협곡으로 들어간다. 일단 그곳에 도착하면 자갈이 깔려있는 가파른 능선을 넘어야 한다. 그러면 자연이 고삐가 풀린 듯 위력을 펼치고 있는 와중에도 안전한 보금자리가 되어 줄 칼스바더 산장으로 갈 수 있다. 산장에서 탁탁 불꽃이 튀는 화롯불 앞에서 몸을 녹이던 중 어머니는 나에게 이야기한다. "오늘 우리에게 있었던 일은 아무한테도 얘기해서는 안 돼. 그렇게 했다간 사람들이 우리를 가두려고 할 거야. 앞이 보이지 않는 아들과 함께 목숨을 위협하는 위험한 상황에서 무책임하게 행동한 데다가 환호하기까지 했지. 그건 너무 지나쳤어. 아이고. 안디야. 너와 함께 했던 미친 짓들로 책 한 권은 쓸 수 있을 것 같구나."

지금 나는 어머니의 선수를 친 것 같다.

감사의 말

내가 진심으로 고마움을 느끼지 않고 지나가는 날은 단 하루도 없다. 나는 내 삶을 함께 해왔고 앞으로도 함께할 사람들에게 늘 감사한다. 그들이 없었더라면 나는 첫 번째 걸음마는 물론 내가 좋아하는 산들의 정상에 도달하지 못했을 것이다. 다른 사람에게 크게 의지하고 있다는 사실이 부담으로 다가오지는 않는다. 아니, 오히려 나는 그렇게 함으로써 언제나 새롭게 다른 사람들과 연결 고리를 맺을 수 있다는 것에 기쁘다.

나에게 안락한 보금자리를 든든하게 지켜 주고,

내게 인생의 자유를 허락해 주었으며,

언제나 같은 꿈을 함께 나누고 있는 사랑하는 아내 자비네와

언제나 나를 믿어 주셨고, 그 믿음으로 내 삶의 마지막 순간까지

튼튼한 지지대가 되어 줄 견고한 기반을 만들어 주신

어머니와 아버지와

어떤 사람이나 사물에서도 언제나 선함을 이끌어 낼 수 있다는
긍정적인 인생관으로 산으로 가는 문을 나에게 활짝 열어 준
한스 브루크너 씨와

사심 없이 나와 자일을 묶고 얼음과 눈과 바위를 헤치며 함께
산에 올랐던 믿음직한 산악인 친구들에게
— 그들이 없었더라면 나는 아무 기회도 없었을 것이다.

진심으로 고맙다는 인사를 전한다.

옮긴이 여인혜

독일에서 청소년기를 보내면서 독일 문학에 대한 꿈을 키웠으며, 서강대와 서울대 대학원에서 독어독문학을 공부했다. 현재 밀크우드 에이전시의 공동 대표로 있으며, 아직 국내에 출간되지 않은 독일어권 책과 영미권 책을 발굴하여 국내에 소개하는 일을 하고 있다. 번역에도 큰 열정을 갖고 있으며, 옮긴 책으로는 『보물찾기 대모험』(헨드리크 요나스 지음)이 있다.

그래도 나는 내가 좋다

자은이 안디 홀처 **옮긴이** 여인혜

디자인 김무얼

발행일 2012년 4월 20일 초판 1쇄

발행처 다반 **발행인** 노승현 **주소** 서울시 금천구 가산동 470-5 에이스테크노타워 10차 1003호

전화번호 02-868-4979 **팩스** 02-868-4978 **이메일** davanbook@naver.com

출판등록 제2011-08호 (2011년 1월 20일)

ⓒ 다반, 2012

ISBN 978-89-966109-5-3 03850

다반 - 일상의 책

일상다반사(日常茶飯事)에서 착안한 「다반」은 사람에게 중요한 밥과 차에 책의 의미를 더하여, 사람의 삶에서 늘 필요한 책을 만들자는 취지로 2011년 1월 20일 설립되었다.